VILLANOS FANTÁSTICOS

VILLANOS FANTÁSTICOS

Manu González

Diseño de interior: Eva Alonso
Diseño de cubierta: Regina Richling
Fotografías interiores: APG imágenes

ISBN: 978-84-120812-8-2
Depósito legal: B-25.081-2019
Impreso por Sagrafic, Passatge Carsi 6, 08025 Barcelona

Impreso en España - *Printed in Spain*

Dedicado a todos los malos políticos.

ÍNDICE

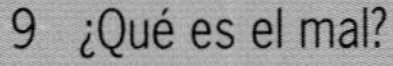

¿QUÉ ES EL MAL?

Es la pregunta que sociólogos, filósofos, psicólogos, psiquiatras y teólogos llevan haciéndose hace miles del año. En sociología se utiliza otra derivación de esa misma cuestión: ¿por qué es la gente mala? Normalmente, entendemos éticamente el mal como la ausencia de principios morales, bondad, afecto natural o caridad en los individuos. Más concretamente, se podrían considerar acciones malvadas el egoísmo, la manipulación, el narcisismo, la superioridad, la falta de empatía y autocontrol, la amoralidad, la violencia y el sadismo, el interés propio o el rencor y la venganza.

Pero muchas veces pensamos en el mal y el malo como alguien ajeno a nosotros. Nada más alejado de la realidad. Como el escritor Alan Moore (Northampton, 1953) declaró en una entrevista: «Pensamos en los nazis como si fuesen demonios del infierno o criaturas sedientas de sangre de otro planeta, al menos cuando hablamos desde un punto de vista moral. Son villanos, y por eso no tienen nada que ver con la gente corriente como nosotros. Pero sin embargo, la verdad es que los nazis solo eran gente corriente que mató y degradó a millones de personas igual de corrientes porque alguien les ordenó que lo hiciesen».

El psicólogo Philip Zimbardo (Nueva York, 1933) llegó a la misma conclusión con el experimento de la cárcel de Stanford en 1971. 24 candidatos saludables y estables psicológicamente fueron elegidos para ser prisioneros y guardias en una cárcel ficticia instalada en el sótano del departamento de psicología de la Universidad de Stanford. Se eligieron los roles al más puro azar, tirando una moneda al aire. El experimento se descontroló rápidamente y los candidatos prisioneros sufrieron y aceptaron un tratamiento sádico y humillante por parte de los candidatos guardias. Zimbardo propuso en su libro *El efecto Lucifer* (2007) que los actos malvados de gente normal son resultado de la identidad colectiva.

A veces, los filósofos han dudado de la misma existencia divina por justificar el mal, como si el libre albedrío fuera una trampa moral para el hombre. El escritor latino Lactancio (245-325 d.C.) atribuye al filósofo griego Epicuro de Samos (341-270 a. C.) una sentencia que acaba con muchas creencias teológicas simplemente con la existencia del mal. La conocida como Paradoja del Mal: «¿Es que Dios quiere prevenir la maldad, pero no es capaz? Entonces no es omnipotente. ¿Es capaz, pero no desea hacerlo? Entonces es malévolo. ¿Es capaz y desea hacerlo? ¿De dónde surge entonces la maldad? ¿Es que no es capaz ni desea hacerlo? ¿Entonces por qué llamarlo Dios?».

Aunque el mal en la ficción se pueda vestir de gris, es frecuente atribuirle intencionalidad e, incluso, mostrar al villano como si fuera una víctima. El personaje más ruin de un cuento, fábula, novela, cómic, película, serie de televisión o videojuego se crea para una única función, hacer brillar al bueno. Históricamente, un héroe se define por su villano, por la luz que arroja sobre la oscuridad. Puede tener todo el poso dramático shakesperiano que queramos, pero… ¿Qué sería de Luke Skywalker sin Darth Vader? ¿Incluso cuando descubrimos en *El imperio contraataca* que, en realidad, es su padre? ¿Qué sería del constante sacrificio del joven Harry Potter si no hiciera falta para vencer al asesino de sus padres, lord Voldemort?

Con la literatura victoriana de los *penny dreadfuls*, revistas de un penique, comienza el interés por los casos policiacos más truculentos, asesinatos y monstruos. El mal comienza a vender. La literatura negra, el *thriller*, el suspense y el terror tratan normalmente este tema: que el mal puede vencer, acecha en cualquier esquina y podría ser tu vecino o la amable ancianita que se sienta en la puerta de su casa cada tarde cuando el tiempo refresca. Los psicópatas y sus crueles asesinatos son morbosos y atraen lo peor de nosotros. Actualmente tenemos ficción literaria, cinematográfica o televisiva repleta de sangre y seres asociales. Este tipo de ficción no existe para recordarnos que el bueno brilla como la luz del sol, sino que el mal más infame puede anidar en la casa de al lado o, incluso, en el interior de tu propia familia, y que puede vencer.

La realidad es que el villano nos fascina tanto como el héroe, incluso más, en algunos casos. Muchos creadores y autores han cuidado con más mimo al personaje malvado de sus ficciones que al propio héroe, que muchas veces suele ser plano y poco interesante. ¿Por qué nos atraen los personajes más malos de la ficción? ¿Mentes perversas o genios incomprendidos? En el interior de este libro hay un repaso por las sesenta y seis personalidades más viles de la historia de la literatura, el cine y los cómics…

¡NO ABRAS ESTE LIBRO!

Rezuma crueldad, canalladas, ruindad, ignominia y perversidad en todas sus páginas.

66 villanos en 6 capítulos… el libro más malvado de la historia.

VILLANOS Y MÁGICOS

Malicia fantástica

ANNABELLE
La muñeca maldita
(de la saga cinematográfica *Expediente Warren*)

«¡ME AYUDARÁS CON TU ALMA!»

La infame muñeca llamada Annabelle que se encuentra en la colección de objetos malditos y poseídos del matrimonio de los demonólogos Ed y Lorraine Warren fue creada por el fabricante de muñecas Samuel Mullins en 1943. Devoto cristiano, marido de Esther Mullins y padre de la niña de diez años, Annabelle Mullins. La muñeca de rostro inquietante y traje blanco fue la primera de un pedido de cien creada por Mullins, pero nunca pudo completar el encargo porque la tragedia le azotó de golpe con el fallecimiento de Bee, atropellada por un coche. El matrimonio Mullins estuvo destrozado durante un tiempo y pidieron a todas las fuerzas de la Creación volver a ver a su hijita aunque solo fuera una vez. Una noche recibieron una nota escrita como las que dejaba Bee pidiendo poseer la muñeca que Mullins fabricó. Los Mullins creyeron que esa nota era del espíritu de su hija Annabelle y le dieron permiso. Durante un tiempo feliz se sentía la presencia de la hija de los Mullins jugando por las diversas habitaciones de la gran casa del juguetero, pero Esther comenzó a sospechar que, quizá, esa presencia no era la de su hija, sino de algo más malvado y antiguo. Una noche se le acercó con un crucifijo y su peor pesadilla se hizo realidad. La presencia no era su hija, sino una entidad demoniaca peligrosa a la que habían dejado entrar en nuestro mundo poseyendo a la muñeca. El demonio hirió gravemente en el ojo izquierdo a Esther, quien se salvó de milagro gracias a la intervención de Samuel. La muñeca fue encerrada en un armario forrado con páginas de la Biblia y bendecida por un sacerdote.

Durante doce años permaneció en absoluto silencio. Los Mullins decidieron convertir su gran casa en un orfanato cristiano como penitencia, con la estancia de seis niñas y la hermana Charlotte. La muñeca, disfrazada con el espíritu de Annabelle, tentó a la inválida Janice hasta que ésta la liberó de su prisión sagrada. El demonio acabó poseyendo a Janice, matando a los Mullins y acosando a las otras niñas y la monja. Tras una noche de pesadilla, Charlotte encerró a la muñeca y a Janice en el armario consagrado. Al día siguiente, la policía descubrió que Janice había huido por un agujero hecho por ella en la pared y la muñeca estaba libre de espíritus malignos.

Janice, ahora llamándose Annabelle, fue adoptada por el matrimonio Higgins. En 1967, una adulta Annabelle «Janice» Higgins se ha unido a una comunidad satánica y junto a un compañero sacrifican a sus padres. Los vecinos John y Mia Forn fueron a investigar los ruidos y fueron atacados por Annabelle y su amigo en su propia casa. Cuando parecía que los satánicos estaban a punto de matar al matrimonio Forn, la policía irrumpió matando al agresor. Annabelle Janice se encerró en la habitación del bebé de Mia, que aún

no había nacido, y encontró a la muñeca, ahora propiedad de los Forn. Janice se suicidó antes de que entrara la policía, devolviendo el demonio al interior de la muñeca. Aunque Mia había sido apuñalada, su hija no sufrió ninguna herida y nació perfectamente.

El retorno del demonio

Los Forn se mudaron a Pasadena para olvidar la pesadilla que habían vivido recientemente, pero cosas extrañas comienzan a ocurrir en la nueva casa. Los Forn piden ayuda a Evelyn, una librera especializada en lo paranormal. El demonio atacó a Mia y secuestró a su hija recién nacida Leah, proponiendo un trueque con Mia: la pequeña por su alma. Cuando Mia está a punto de suicidarse saltando por la ventana con la muñeca en las manos, Evelyn y John lo impiden. Evelyn decide sacrificarse por su amiga lanzándose por la ventana, dándole su alma a la entidad demoniaca. La muñeca acabó en una tienda de segunda mano y fue comprada por una estudiante de medicina llamada Donna. Pronto, la muñeca comenzó a manifestarse en la residencia de la facultad de Donna, moviéndose cuando nadie la miraba o dejando escalofriantes notas. Hasta que una noche Donna se despertó asustada con los brazos de la muñeca ahogándola. Una médium le dijo que dentro de la muñeca se encontraba el espíritu de una niña llamada Annabelle Higgins, una nueva treta de la entidad demoniaca. Al final, Donna contactó con los parapsicólogos Ed y Lorraine Warren, quienes descubrieron que dentro de la muñeca había un demonio que quería poseer a Donna. Los Warren se llevaron a la muñeca a su casa, encerrada en una vitrina y siendo bendecida por un cura dos veces al mes.

La entidad demoniaca se alió con el espíritu malvado de la bruja Bathsheba en 1971. La muñeca intentó atacar a Judy, la hija de los Warren, cuando estaban investigando el caso del matrimonio Perron. Después volvió a su vitrina y los Warren siguieron con sus espeluznantes y terroríficas investigaciones. Annabelle volvió a la vida por culpa de Daniela, una amiga de la niñera de los Warren, Mary Ellen. Obsesionada por lo paranormal, entró en el museo prohibido de la mansión de los Warren y dejó abierta por error la vitrina de vidrio que guardaba la muñeca. Annabelle poseyó varios objetos malditos de la casa, que atacaron a Judy Warren, Mary Ellen, su novio Bob Palmeri y Daniela. Pero ellos lograron escapar encerrando a Annabelle otra vez en su caja de cristal. Desde entonces, la entidad demoniaca que reside en esa peligrosa muñeca está esperando su próxima oportunidad para provocar el mal sobre la Tierra.

De la realidad a la metaficción

Dos de los recientes fenómenos *blockbusters* americanos con mayor fortuna en taquilla son el Universo Cinematográfico Marvel, que lleva 23 películas en 11 años, y el Universo Cinematográfico Warren, inaugurado con *Expediente Warren: The Conjuring* en 2013. Dirigida por James Wan, el Universo Warren lleva siete películas de terror sobrenatural inspiradas, muy libremente, en los casos reales del matrimonio Warren, dos reconocidos parapsicólogos y demonólogos americanos protagonizados por Vera Farmiga y Patrick Wilson. Gran parte del éxito de *The Conjuring* se centró en la terrorífica muñeca Annabelle, quien pronto tuvo una precuela bastante floja en 2014 dirigida por John R. Leonetti. La primera película de la muñeca maldita se centraba más en el drama y menos en los fenómenos paranormales terroríficos. La saga de la muñeca demoniaca continuaría con la más acertada *Annabelle: Creation* (2017), dirigida con ritmo por David F. Sandberg, y la divertida por acumulación de objetos malditos *Annabelle vuelve a casa* (2019), dirigida por Gary Dauberman. Si en la primera película contaba el caso Higgins-Forn y la última se centra en la casa-museo de los Warren y su hija, *Annabelle: Creation* narra la creación de la muñeca del infierno.

Lo más terrorífico del caso es que la muñeca Annabelle existe de verdad y está encerrada en la casa museo de los Warren, pero su aspecto dista mucho del horripilante rostro de la muñeca cinematográfica. Annabelle en realidad es una muñeca de trapo Raggedy Ann, creada en 1915 por Johnny Gruelle e inmortalizada por la saga literaria infantil en 1918. El otro dato interesante es que solo un caso, el de la enfermera Donna, fue realmente investigado por los Warren. ¿El resto? Pura imaginación hollywoodiense para hacernos pasar un par de horas de sustos en un tren de la bruja cinematográfico.

BABA YAGA
La eterna bruja del bosque
(de la mitología eslava)

«¿ESTÁS AQUÍ POR TU PROPIA VOLUNTAD O POR OBLIGACIÓN, MI JOVEN INVITADA?»

Baba Yaga la bruja, Baba Yaga la ogresa, Baba Yaga la de los dones, se encuentra viviendo en su casa pequeña y cochambrosa erguida sobre dos patas gigantes de pollo en la parte más oscura del bosque, más allá de tres veces nueve tierras. Existen muchas teorías sobre esta milenaria bruja antropófaga en todas las tierras eslavas y rusas: que es un ser celestial caído en desgracia que suele aparecerse con las tormentas y las grandes lluvias, que es una señora de los bosques y las fieras salvajes, a las que domina como una diosa, o una deidad del inframundo, del mundo subterráneo lleno de demonios y elfos malignos donde es heredera y dueña.

Si algo tenemos claro es que si no estamos realizando una gran gesta heroica, lo mejor es alejarnos de su *izbushka* o casa con patas de pollo. Más que nada porque a Baba Yaga le gusta devorar hasta el tuétano los huesos de los niños y jóvenes que llegan sin protección a la puerta de su casa, bien protegida por una empalizada de cráneos humanos con ojos en llamas. Baba Yaga es una anciana bruja de brazos marchitos y grises, tez horrorosa y ajada, pelo blanco sucio de mugre gris y unos pechos demasiado caídos que la ogresa se suele cargar a la espalda cuando está persiguiendo niños para alimentar su enorme caldero y saciar su gula. Si puedes huir a caballo no creas que podrás llegar muy lejos. Baba Yaga domina los espíritus del viento y el fuego, y te perseguirá hasta el confín del Universo cabalgando los vientos sobre su mortero gigante, llevando en una mano el mazo con el que puede desnucar a cualquier oponente y en la otra una larga escoba con la que va borrando el rastro que su inusual carruaje deja tras de sí.

Regateando con la muerte

Muchos niños han acabado en la cabaña mágica de Baba Yaga, ya sea porque estaban perdidos en el bosque o porque habían sido enviados allá aposta para que perdieran la vida, pero pocos han sobrevivido a sus fogones. Solo algunos héroes han encontrado bondad en la anciana bruja, negociando con ella por alguna herramienta, ungüento o arma mágica para proseguir su cruzada. Existe esa Baba Yaga bondadosa, pero

se debe tener cuidado con su tozudez y su arte en el regateo, pues el héroe también puede llegar a sucumbir ante el poder de la bruja del bosque. Uno de los héroes que se enfrentó a Baba Yaga y pudo doblegarla fue el agente de la Agencia de Investigación y Defensa Paranormal Hellboy. En 1964, este extraño ser, mitad demonio mitad humano, se encontró con la temida bruja cuando estaba investigando la desaparición de varios niños de una zona de Rusia. Estos críos habían sido secuestrados por la bruja para satisfacer sus ansias caníbales. Hellboy pudo sorprender a la vieja y casi vencerla arrancándole un ojo gracias a su fuerza demoniaca. La bruja, medio ciega y rabiosa, lanzó una poderosa maldición a la cercana población rusa de Bereznik dejándola sin primavera durante un año, 365 días en que los niños venidos al mundo en esas fechas nacieron ciegos de un ojo.

El mito eslavo

Baba Yaga es uno de los más conocidos mitos eslavos presentes en los cuentos infantiles moralizantes –*shazki*–, un mundo de espectros, espíritus, héroes prodigiosos como Iván Oreja de Oso o temidos enemigos como Koschéi el Inmortal… pero también animales mágicos como Finist Halcón Brillante, la princesa rana o las doncellas cisnes. En la rica y variada mitología eslava, Baba Yaga recibe diversos nombres: Yaga, Yegi Baba, Yagaya, Yagishna, Yagabova, Egiboba, Baba Yuga, Yaginya, Baba Yazya, Yazi Baba, Leśna Ję-dza, Jezinka o Ježibaba. Depende del país eslavo donde se cuenten sus innumerables y cruentas historias. Etimológicamente, Baba es «matrona», «hechicera» o «adivina» en ruso antiguo, mientras que Yaga parece provenir del *jeza* serbocroata (horror), el *jeza* esloveno (ira), el *jeze* checo (bruja malvada), la *jezinka* checa (dríada, ninfa de la madera) o el *jedza* eslavo (enfermedad).

Aunque la existencia de Baba Yaga se conoce desde los tiempos del Rus de Kiev entre los siglos X y XI, la primera referencia clara se encuentra en la *Rossiiskaia Grammatika* (1755) del científico, geógrafo y escritor Mijaíl V. Lomonósov (1711-1765), en una lista de dioses y seres mágicos eslavos. Con el tiempo, el personaje de Baba Yaga ha ido mutando en muchos cuentos, convirtiéndose en un trío de hermanas en algunas ocasiones. El gran folclorista ruso Alexandr Afanásiev (1826-1871) recopiló 680 cuentos tradicionales rusos durante varios años. Entre ellos había muchos protagonizados por Baba Yaga, como *Basilisa la Bella* o *Reinos de cobre, plata y oro*.

Baba Yaga también ha sido protagonista de varias producciones infantiles de animación rusa a lo largo del siglo XX, muchas de ellas dobladas por el famoso actor de teatro Georgy Milyar. Modernamente, Baba Yaga ha salido en películas rusas como *Cuento de hada real* (2011) de Andrey Marmontov, protagonizada por Lyudmila Polyakova, o la reciente producción de Disney para su canal ruso *El último héroe* (2017), dirigida por Dmitry Dyachenko con la actriz Elena Yakovleva. En el universo mágico de Hellboy, el cómic de Mike Mignola, también existe la Baba Yaga más temible, quien se enfrentó al héroe de Dark Horse y participa en su desdichado final como venganza por la pérdida de su ojo. En la nueva película de *Hellboy* (2019), dirigida por Neil Marshall, existe una escalofriante escena del demonio rojo dentro de la *izbushka* de Baba Yaga. La bruja está protagonizada por Troy James con la voz de Emma Tate.

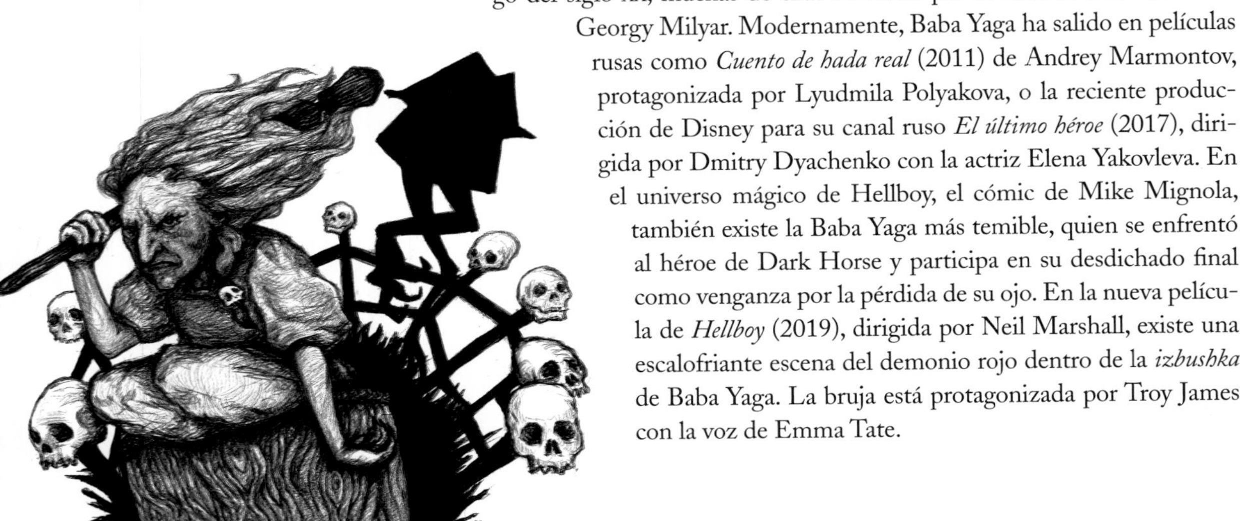

DAVY JONES
La leyenda del mar
(en *Piratas del Caribe*)

«¿TEMES A LA MUERTE? ¿TEMES A ESE OSCURO ABISMO? PUEDO OFRECERTE… OTRA SOLUCIÓN.»

Davy Jones es el terror de todos los océanos, el hombre del saco que los marinos se cuentan entre ellos para tener cuidado en la mar y no acabar en el fondo de sus negras aguas. Entre ellos se dicen con cautela «serás enviado al cofre de Davy Jones», que significa morir abrazado por la negrura de las profundidades marinas. Pero Davy Jones fue un marino como ellos, un buen hombre de mar galés que tuvo la desgracia de enamorarse de la bella pero voluble diosa del mar Calipso. La belleza de la diosa hizo perder su alma al marinero, literalmente. Calipso le pidió su total pleitesía obligándole a guiar a las almas de los fallecidos en el mar hacia su descanso eterno. Como capitán de *El Holandés Errante*, el barco de los muertos, Jones sería poco más que un fantasma de los mares y solo podría pisar tierra firme una vez cada diez años. La diosa le prometió que yacería con él transcurrido ese periodo. Pero como ya hemos dicho, una diosa del mar es tan voluble como las mareas y las tormentas, y, pasado ese tiempo, Calipso no cumplió su promesa.

A Jones se le rompió el corazón y se convirtió en un ser vengativo. Lo primero que hizo fue arrancarse su ya inservible órgano vital y lo escondió en un cofre guardado bajo llave donde Calipso nunca pudiera encontrarlo. El nuevo capitán de *El Holandés errante* guarda esa llave cerca de sí, colgada de su cuello. Para vengarse de su amada, Jones no cumpliría su tarea de llevar a los muertos a su destino, quedando miles de almas a la deriva en el purgatorio, en una eterna calma chicha que nunca los llevará a su descanso eterno. En contra del orden natural del ciclo de la vida, ahora Jones ofrece un trato a los difuntos recientes del fondo marino. ¿Una vida eterna en un limbo sin fin o cien años de sacrificado servicio a bordo de *El Holandés errante*? Lo que muchas víctimas de estos tratos no saben es que pasado el tiempo van perdiendo toda su humanidad, convirtiéndose en seres mitad humanos, mitad marinos. Esto mismo se refleja en el rostro de Davy Jones, cuya cabeza tiene forma de cefalópodo con apéndices en forma de pulpo e incrustaciones de percebes. Su mano izquierda se ha convertido en una gigante pinza de crustáceo y el dedo índice de su mano derecha es un largo tentáculo que parece tener vida propia. Davy Jones es temido en los siete mares, sobre todo porque es el dueño de un poderoso kraken, una increíble y gigantesca bestia marina capaz de acabar con toda la flota del Imperio británico en un solo ataque.

El final del monstruo del mar

Pero su final comenzó a estar cerca cuando hizo un trato con el traicionero, pese a su juventud, capitán Jack Sparrow. Jones salvó del mar el barco de éste, *La Perla Negra*, y permitiría que Sparrow fuera capitán trece años. Transcurrido este periodo, el Gorrión acabaría sirviendo en *El Holandés errante* durante cien años. Para sellar su trato, Sparrow fue marcado con la temida marca negra. Trece años más tarde, el marino monstruoso fue a cobrarse su premio, pero Sparrow alegó que solo había comandado *La Perla Negra* dos años, después le fue robada por el pirata Barbosa. Tras varias negociaciones, Sparrow le ofreció cien almas a Jones por la suya. Pero Jones no se fiaba del capitán y se quedó con su amigo Will Turner como pago de buena fe. Mientras Sparrow huía, Turner desafío a Jones con un juego de dados: su alma contra la llave del Cofre del Hombre Muerto, donde está escondido el corazón de Davy Jones. Will ganó y le robó la llave al examante de Calipso. Jones, rabioso, convocó al kraken para acabar con Turner, Sparrow y *La Perla Negra*. Tras varias persecuciones y peleas marinas, *La Perla Negra* y Sparrow acabaron arrastrados por el kraken a la negrura de la muerte. El Cofre del Hombre Muerto y el corazón de Davy Jones acabó en manos de lord Cutler Becker, oficial de la Compañía de las Indias Orientales, quien desde entonces podría controlar a Jones y *El Holandés errante*.

Muchos piratas, como Barbossa, Will Turner o la joven Elisabeth Swann, nombrada capitana pirata por Sao Feng, decidieron ir en buscar de Sparrow y *La Perla Negra* a la tierra de los muertos de Davy Jones, más allá del fin del mundo. Lo necesitaban para completar la Corte de la Hermandad pirata y enfrentarse a la Armada británica y *El Holandés errante*. Para librarse de Davy Jones, alguien tiene que apuñalar su corazón, pero la persona que empuñe la daga se convertiría en el nuevo capitán de *El Holandés errante* y cargaría con la misma maldición que Jones. Barbossa liberó a Calipso, encerrada en una forma humana, quien enfadada con Jones y los piratas crea un gran remolino en el mar para que se tragué a todos, sobre todo a *La Perla Negra* y *El Holandés errante*. En la lucha final, Will Turner apuñala el corazón de Jones, acabando con su maldición y convirtiéndose en el nuevo capitán de *El Holandés errante*.

Piratas del Caribe

La leyenda de Davy Jones o del Cofre de Davy Jones es un mito de los marineros británicos desde que este país comenzó a dominar los sietes mares. La frase «Serás enviado al cofre de Davy Jones» se refería a acabar hundido en el fondo del mar, perdiendo la vida. Otra leyenda cuenta que en realidad se llamaba Duffy Jonas, un espíritu marino galés. La leyenda de Davy Jones aparece en *La isla del tesoro* (1882) de Robert Louis Stevenson, *Moby Dick* (1851) de Herman Melville, *La aventura del negro pescador* (1824) de Washington Irving o el cuento *El rey Peste* (1835) de Edgar Allan Poe, por citar solo unos ejemplos.

Pero Davy Jones con su rostro de pulpo sería el villano de los capítulos segundo y tercero de la saga de Disney *Piratas del Caribe*. Dirigidas por Gore Verbinski, las cinco películas estrenadas hasta la fecha, protagonizadas por Johnny Deep haciendo del capitán Jack Sparrow, se han convertido en uno de los más rentables *blockbusters* de Disney y en inspiración de una atracción de Disneylandia. Davy Jones sería el villano de *El cofre del hombre muerto* (2006) y *En el fin del mundo* (2007), interpretado por el actor británico Bill Nighy, con capas de CGI (Computer Generated Imagery) encima de su rostro y cuerpo para darle el tono monstruoso final de las películas. Al final de la última película de la saga, *La venganza de Salazar* (2017), volvía a salir el cefalópodo rostro del actor, indicando que el malvado Jones será, de nuevo, el villano de una futura sexta película de *Piratas del Caribe*.

DRÁCULA
La sangre es la vida
(de la obra de Bram Stoker)

«LA SANGRE ES ALGO DEMASIADO PRECIOSO EN ESTOS DÍAS DE PAZ SIN HONOR.»

Draculea nació en Sighisoara (Transilvania) en noviembre de 1431. Hijo legítimo del noble Vlad II Dracul, príncipe de Valaquia, quien había recibido recompensas y tierras en Transilvania tras su heroica defensa del reino de Hungría ante el Imperio otomano. No tuvo una infancia muy alegre, pues en 1444, con apenas 13 años de edad, fue entregado a los turcos como rehén junto a su hermano Radu. Fue Vlad II quien los entregó al sultán como sumisión y salvoconducto de la provincia de Valaquia. Criado por los turcos, no volvería a su tierra hasta 1447, cuando su padre murió apaleado y su hermano Mircea fue enterrado con vida antes de ser torturado por la aristocracia boyarda. Se convertiría en príncipe de Valaquia y Transilvania apoyado por los turcos, pero su odio a este pueblo era enfermizo y pronto se convirtió en el consejero del conde Juan Hunyadi. Asentado en la corte, en la Pascua de 1459 tramó su sangrienta venganza contra los nobles boyardos. Invitó a sus entonces amigos a un gran cena a la que los nobles acudieron con sus mejores galas. Dominados por su ejército, Vlad mandó empalar a los nobles más viejos y forzó a los jóvenes a reconstruir su castillo como esclavos, lo que los llevó a morir de agotamiento. Tras este hecho sería conocido como Vlad Tepes o Vlad el Empalador. No había amigos ni enemigos en su vida y luchaba contra cristianos o musulmanes según sus intereses de conquista. Cuando la ciudad sajona de Brasov se rebeló contra él, mandó empalar a la mayoría de los rebeldes, creando un sangriento bosque de cadáveres empalados alrededor de sus murallas.

No sabemos exactamente cuándo el príncipe Vlad se convirtió en vampiro. Puede que fuera tras la batalla de Vaslui en 1474, pero lo cierto es que fue uno de los vampiros más influyentes de Europa, conocido como el príncipe de los vampiros. De pequeño ya mostraba una morbosa fascinación por las mazmorras del castillo de su padre, y durante su vida fue un sangriento cacique sin moral que solía verter la sangre de sus enemigos en un cuenco dorado donde mojaba el pan de las comidas. Nunca sabremos muy bien si el castigo que recibió Vlad por sus pecados fue su conversión en una criatura monstruosa, o si otro vampiro más viejo le prometió poder e inmortalidad. Lo cierto es que el Drácula vampiro ha sido mucho más sanguinario que el Draculea humano.

Londres conoce a Drácula

A finales del siglo XIX, salió de su vieja Transilvania para viajar a Londres tras comprar varias propiedades alrededor de la capital del Imperio británico. Mientras vivía entre los mortales londinenses se encariñó de

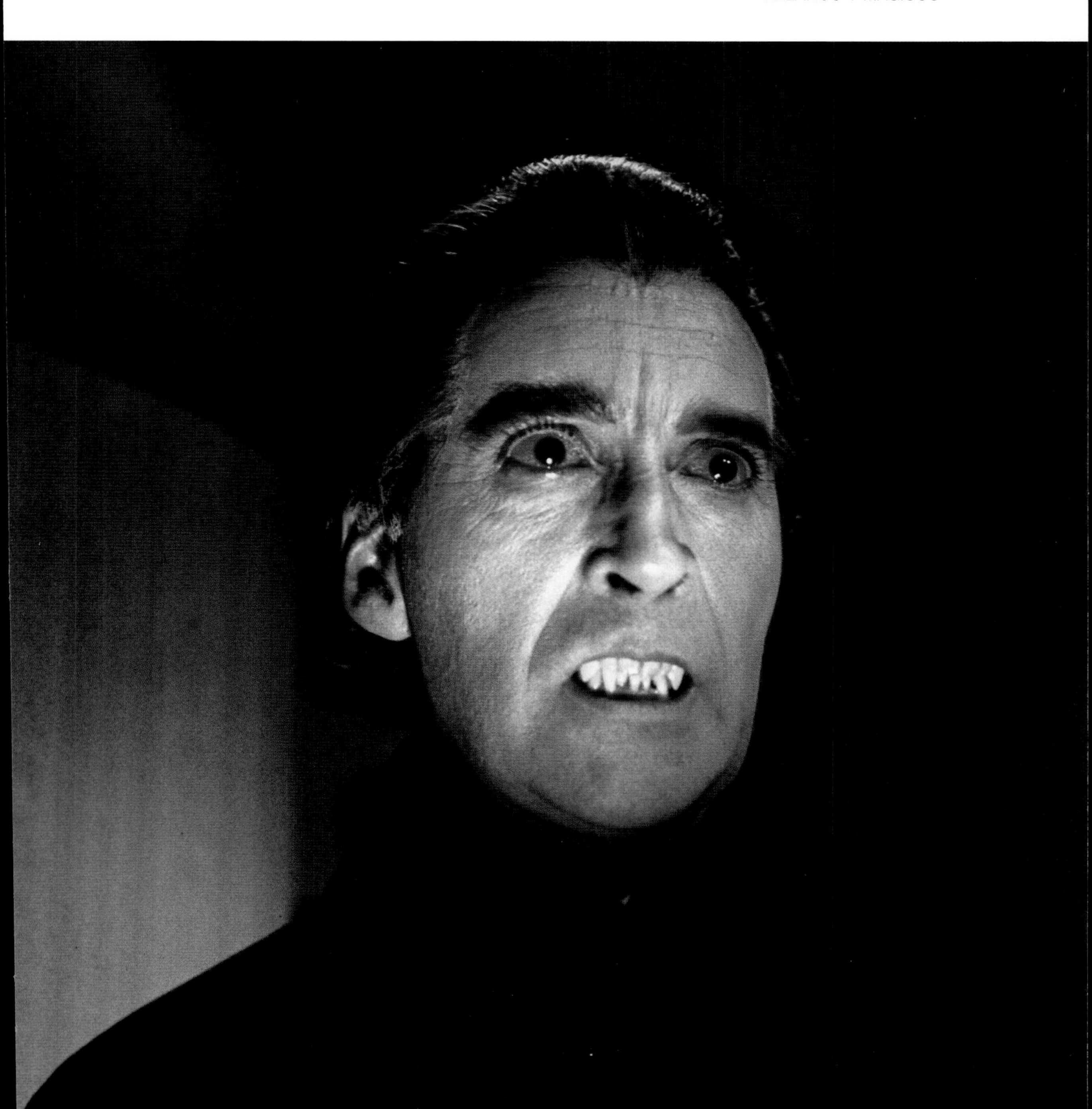

la prometida del agente mobiliario Jonathan Harker, al que retuvo en su castillo de Transilvania donde tres vampiras se alimentaban de su sangre. El príncipe convertiría a la joven Mina Harker al vampirismo dándole de beber su sangre. Para que la transformación no fuera completa, Harker, el noble Arthur Holmwood, el cowboy norteamericano Quincy Morris, el doctor John Sewald y el experto en ocultismo y vampirismo profesor Abraham Van Helsing perseguirán al monstruo vampiro por toda Europa hasta acabar con él en Transilvania. O eso creían ellos, pues la sangre de Drácula es más fuerte que la muerte y el conde encontró un camino para volver a la vida.

La primera descripción de Drácula la tenemos de los diarios de Jonathan Harker: un hombre viejo de escaso pelo gris, cara fuerte, nariz aguileña, orejas puntiagudas, cejas espesas y un tupido bigote que envolvía unos labios rojo sangre en los que resaltaban unos colmillos blancos, peculiarmente agudos y de notable rudeza. Una de las cosas que más impresionó a Harker fueron sus manos blancas y toscas, de afiladas uñas y fino pelo blanco poblando su palma. Aunque puede andar de día por la ciudad, necesita unas lentes especiales ahumadas para proteger sus delicados ojos. Como vampiro, necesita beber sangre de sus víctimas y no puede descansar a menos que sea en un ataúd con tierra de su castillo. No soporta ni el ajo ni los símbolos cristianos, y para matarlo se le tiene que clavar una estaca en el corazón y cortarle la cabeza.

Es más fuerte que la mayoría de los hombres y puede convertirse en un monstruoso animal con apariencia de murciélago o lobo, o transmutarse en espesa niebla blanca. Domina los sentidos de sus adversarios y es capaz de manipular a diversos animales como lobos o ratas. Como otros vampiros, no puede entrar en casa ajena si no es invitado cordialmente a pasar, cosa que muchas veces consigue con su control mental.

Drácula suele echar de menos su naturaleza humana, pero fue un sanguinario guerrero sin piedad en vida. En el diario de Harker leemos que las novias vampiras que guardan el castillo le echan en cara que nunca ha amado, pero el noble conde se entristece replicando que sí, que lo ha hecho y lo volverá a hacer. Quizás Mina Harker fuera su última oportunidad de aspirar a algo de bondad en una miserable vida en la que la sangre de sus víctimas es lo único que importa.

El noble vampírico de Bram Stoker

No era la primera vez que el monstruo vampiro era el protagonista de una novela. En 1819, John Polidori escribiría *El vampiro*, protagonizado por un noble chupasangre londinense, y en 1872, Sheridan Le Fanu publicaría *Carmilla*, una novela corta de aires góticos protagonizada por una vampira austriaca. *Carmilla* es uno de los cuentos más influyentes del gótico en lengua inglesa, escrito por un irlandés de Dublín, como Bram Stoker (1847-1912). *La tierra más allá de los bosques* (1888), la gran obra de Emily Gerard que se ocupa del folclore transilvano, *El festín de sangre* (1845), de James Malcolm Rymer, la leyenda de sangre de la condesa húngara Erzsébet Báthory y *El extraño misterioso* (1844) de Karl von Wachsmann sirvieron de inspiración a Stoker para su monumental *Drácula*, una novela gótica atípica que está construida en su totalidad a través de diarios, apuntes científicos y cartas de los protagonistas que se enfrentan al maldito Drácula, un viejo noble valaco convertido en vampiro que se traslada al febril Londres de finales del siglo XIX sembrando el terror.

Stoker fue el gerente comercial del Lyceum Theatre entre 1879 y 1898, y representante del famoso actor shakesperiano sir Henry Irving, cuya teatralidad inspiró al escritor irlandés para crear su mítico personaje, vampiro que en un principio se iba a llamar conde Wampyr, antes que Stoker descubriera que Dracul, nombre del padre de Vlad Tepes, significaba «El dragón» o «El diablo». Stoker tardó siete años en acabar *Drácula*, que se publicaría en 1897. Aunque la obra no fue un éxito de ventas al principio, sus versiones cinematográficas y teatrales convirtieron al conde en el vampiro más famoso de la historia.

El mito más cinematográfico

En 1921 se rodaría la primera versión cinematográfica, *La muerte de Drácula*, cinta húngara perdida. En 1922, la historia inspiró al director alemán F. W. Murnau, quien rodó *Nosferatu*, versión libre del libro que no pudo eludir la demanda de la viuda de Stoker. En 1924, se adaptaría al teatro, como quería Stoker, obra que marcó el estilo del traje de Drácula con frac negro y capa roja para casi siempre. En 1927 llega a Broadway, interpretado por un misterioso actor húngaro llamado Bela Lugosi, quien daría rostro al noble vampiro también en la película de Hollywood de 1931 dirigida por Tod Browning, film que convirtió a Drácula en un icono del terror y de la cultura popular.

Han sido muchos los actores que han dado rostro al conde, en películas rodadas alrededor del mundo, como Jack Palance, Frank Langella, David Carradine, Gerard Butler, Leslie Nielsen, Dominic Purcell, Thomas Kretschmann, Luke Evans o Richard Roxbourgh, además de Max Schreck o Klaus Kinski como Nosferatu. Pero aparte de Bela Lugosi solo dos actores más merecen el honor de ser considerados auténticos vampiros Draculae: el actor británico Christopher Lee, quien desde la seminal *Drácula* (1958) de Terence Fisher ha interpretado al conde en nueve ocasiones, incluido un documental sobre la figura de Vlad Tepes; y Gary Oldman, protagonista de la barroca versión de Francis Ford Coppola *Bram Stoker's Dracula* (1992), una de las mejores películas de terror de la década de los noventa.

GRENDEL

El monstruo nórdico

(Del poema *Beowulf*)

«EL MUNDO ES UN ACCIDENTE SIN SENTIDO... YO EXISTO, NADA MÁS.»

Muchos conocen al monstruo, al gigante, al licántropo, al maldito, al demonio de los años que pasó atacando el palacio Heorot del rey Hrothgar en la Isla de Selandia, y cómo el bravo guerrero Beowulf acabó con su vida y la de su madre. Pero pocos saben que Grendel, un gigante peludo de brazos fuertes y garras como espadas, es un descendiente de la estirpe de Caín. Su madre era pariente de los dökkálfar o los jötun, casi inmortal, una bruja que cambia de forma y que fue adorada en la antigüedad como Nerthus, la diosa germana de la fertilidad. No sabemos muy bien quién fue su padre, algunos apuntan a que fue el mismo rey Hrothgar, pero el ser llamado Grendel aprendió pronto la ira y el desprecio de los humanos que se establecieron en la isla de Selandia, en Dinamarca. Muy joven, cuando ya era más alto que un hombre de altura media comprendió que el mundo no era nada, un caos mecánico de enemistad y brutalidad en el que estúpidamente intentamos imponer nuestras esperanzas y miedos. Decidió huir donde nadie lo encontra-

se, en cuevas profundas y ciénagas, sin contacto con humanos ni bestias, solo con su madre, quien adoraba a su pobre vástago e intentaba consolarlo.

Selandia fue colonizada y se construyó un campamento cerca de la guarida de Grendel. Ese campamento pronto se convirtió en una ciudad importante. Se edificaron casas, graneros, almacenes de aguamiel y hasta un palacio, Heorot, gobernado por un rey viejo llamado Hrothgar, antiguo héroe que había matado dragones. Al rey le gustaba agasajar a sus hombres e invitados con bailes y grandes cantidades de aguamiel. Se contaba que no existía en Dinamarca un palacio tan alegre como Heorot. Pero había un ser que no participaba de tanta alegría y que sufría con cada fiesta. Grendel padecía un problema auditivo y los sonidos fuertes le molestaban, sobre todo los ruidos de fiesta, de esa alegría que había abandonado años atrás.

Una noche, harto de las canciones y la alegría, atacó el pueblo de Hrothgar matando a varios soldados, irrumpiendo con fuerza en el palacio. Allí arrancó el torso de algunos hombres. Era tan grande y estaba tan loco de ira que podía agarrar a tres guerreros a la vez y machacarlos contra el suelo. Fue una auténtica matanza. Grendel huyó del palacio llevándose varios cadáveres y esparciéndolos por el camino como advertencia. El rey Hrothgar resultó herido, pero sobrevivió. Tras un periodo de luto cerró su palacio y prohibió la alegría en su reino. Mandó barcos alrededor del mundo pidiendo ayuda, pero durante doce años nadie se atrevió a enfrentarse al temido Grendel.

Grendel contra Beowulf

Solo un héroe curtido en cien batallas, Beowulf de Gotia, acudió a la llamada del rey de Selandia. Lo primero que hizo el guerrero fue ordenar celebrar un banquete con aguamiel para sus hombres. Los súbditos del rey Hrothgar, tras doce años de llantos y penas, celebraron con más ruido que en las fiestas previas al ataque de Grendel. Cuando el monstruo llegó al Heorot, se encontró con Beowulf y sus soldados durmiendo, seguramente ebrios. Nada más alejado de la realidad: la trampa hacía horas que estaba dispuesta. Acorralaron a la bestia, y aunque acabó con la vida de alguno de los hombres de Beowulf, el héroe le hizo frente mano a mano, hasta que consiguió arrancarle un brazo de un hachazo. Grendel, malherido, pudo escapar del palacio de aguamiel, roto por el dolor y sangrando copiosamente, hasta llegar al lago subterráneo de su madre. Allí falleció el fatídico gigante, en los brazos de su madre.

Beowulf y sus hombres siguieron la sangre de su presa hasta encontrar la cueva donde se había refugiado el gigante fallecido. Beowulf se encontró con la madre de Grendel, quien se le apareció al héroe de Gotia en forma de hermosa mujer desnuda. Beowulf decide matarla, pero ella deshace su espada en sus manos solo con mirarla. Le confiesa al héroe que está apenada por la muerte de su hijo, pero que no se vengará de él. A su vez, le promete grandes riquezas y un gran reino si yace con ella y le da otro hijo. El héroe lo encontró un trato justo o quedó hechizado por la promesa del sexo, pero cumplió su parte del acuerdo. Tras acabar el intercambio, Beowulf volvió a Gotia, donde pronto fue nombrado rey por sus gestas y gobernó durante muchos años. Lo que no sabía es que la madre de Grendel le había engañado y había dado a luz un peligroso dragón que atacó el reino de Beowulf. El rey se enfrentó al dragón y lo venció, pero murió en la batalla, en la que contó con la ayuda de su sobrino, el bravo Wiglaf, quien se convertiría en el nuevo rey de Gotia.

El poema épico anglosajón

Grendel es uno de los villanos más clásicos de la literatura anglosajona. Lo podemos encontrar en el poema épico anglosajón *Beowulf*, escrito en inglés antiguo en verso aliterativo. *Beowulf* se encuentra en el *Códice Nowell*, un libro que contiene diversas obras religiosas en prosa y las dos obras poéticas de *Beowulf* y el *Libro de Judih*. Las cinco obras seleccionadas tratan en cierta medida de monstruos o comportamientos monstruosos, por eso incluyeron un poema épico no cristiano en el códice. Aunque en él se relata que Grendel era de la estirpe de Caín. Se considera que el poema tiene su origen en el folclore pagano, un conjunto de

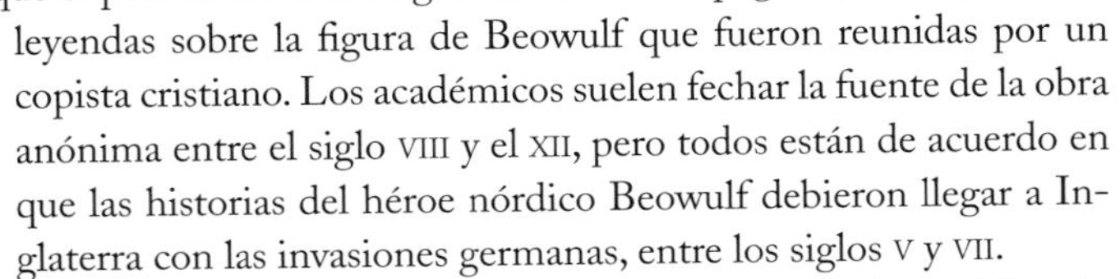

leyendas sobre la figura de Beowulf que fueron reunidas por un copista cristiano. Los académicos suelen fechar la fuente de la obra anónima entre el siglo VIII y el XII, pero todos están de acuerdo en que las historias del héroe nórdico Beowulf debieron llegar a Inglaterra con las invasiones germanas, entre los siglos V y VII.

Beowulf, las figuras del mal de Grendel, su madre o el dragón han fascinado a cientos de académicos británicos, como a J. R. R. Tolkien, especializado en esta obra y fuente de inspiración de gran parte de su exitosa primera novela *El Hobbit* (1937). El autor norteamericano John Gardner (1933-1982) escribió una novela muy filosófica desde el punto de vista del villano titulada, cómo no, *Grendel* (1971). En 2005 se estrenó una realista producción canadiense-islandesa *Beowulf & Grendel*, dirigida por Sturla Gunnarsson, con Gerard Butler haciendo de Beowulf e Ingvar Eggert Sigurðsson poniendo rostro a un Grendel más parecido a un neandertal. Aunque adapte parcialmente el poema original, la película de animación *Beowulf* (2007) de Robert Zemeckis se puede considerar su mejor versión cinematográfica. Con guion de Neil Gaiman y Roger Avery, la película cuenta con un reparto de lujo que realizaron sus actuaciones con cámaras de captura de movimiento. Entre ellos está Ray Winstone, Angelina Jolie, Anthony Hopkins, John Malkovich, Brendan Gleeson y Robin Wright Penn. Crispin Glover sería el actor encargado de dotar de monstruosa humanidad al maldito Grendel.

EL GRINCH
El enemigo de la Navidad
(De las obras del Dr. Seuss)

«ODIO, ODIO, ODIO, ODIO, DOBLE ODIO... ¡MUCHO ODIO!»

El Grinch es un ser despreciable que solo se alegra con las desdichas de los demás. Eso es porque su corazón es dos veces más pequeño que el del tamaño normal de los *whos*. El Grinch vive con su perro Max, la única criatura a la que considera amiga, en una cueva en el monte Crumpit, ubicado justo al norte de Whoville, la ciudad de los *whos*, seres amables y alegres que viven en un mundo microscópico ubicado en una mota de polvo en una flor en la cima del monte Nool. El Grinch tiene forma de *who*, pero un pelaje verde le cubre

todo el cuerpo. Tiene unas intensas pupilas rojas encerradas en unos globos oculares amarillos. También tiene unas cejas negras y espesas que puede enviar a voluntad a atacar a otros whos. Sus dedos son largos y peludos y su boca expresa desdén, ira o aburrimiento eterno, menos cuando hace desdichados a los *whos*. Entonces una amplia sonrisa ilumina su rostro, una sonrisa sarcástica, porque, como ya hemos dicho, el Grinch solo disfruta haciendo el mal.

Como el conocido empresario Ebenezer Scrooge, el Grinch es un gruñón desagradable que solo sabe odiar; su temperamento es perverso; su actitud, amarga, y se mantiene en un estado de constante rencor contra toda la alegría del mundo. Esta disposición es completamente inusual en Whoville, donde todos sus habitantes están siempre alegres y contentos, sobre todo en Navidad. Creemos que tanta alegría ha acabado trastocando al pobre Grinch, quien se ha convertido en el enemigo de los *whos*, que le temen. Una de sus primeras víctimas fue Hoobub, a quien convenció de que comprara por una cantidad exagerada de dinero un inservible trozo de cuerda diciéndole que valía más que el sol. Tras convertir al pobre Hoobub en el hazmerreír de los otros *whos*, el Grinch siguió vendiéndoles cosas inútiles.

¿Y si la Navidad fuera algo más que regalos?

Pero su hazaña más malvada fue robar la Navidad a los pobres habitantes de Whoville. Como ya hemos dicho antes, los *whos* son criaturas alegres que aman las fiestas por encima de todo, y la fiesta que más celebran es la Navidad. El Grinch odia la Navidad, odia su consumismo, sus regalos, la nieve, sus luces, sus ponches… ¡Todo! Tras 53 años aguantando la Navidad, un día ideó un perverso plan para acabar con el gran día de los *whos*. Se disfrazó de Santa Claus y, ayudado por su perro Max, comenzó a entrar furtivamente en todas las casas de los habitantes de Whoville para robar sus regalos, bellamente expuestos bajo los árboles de Navidad o en los calcetines colgados de las chimeneas. Cuando tuvo todos los regalos y chucherías, se deshizo de ellos en una montaña cercana. El Grinch volvió a la ciudad la mañana del 25 de diciembre para disfrutar de su proeza, a darse un festín de lágrimas amargas y llantos desconsolados. Pero los *whos*, felices y bondadosos, no se amargaron y salieron a la calle a cantar villancicos alegremente cogidos de las manos. Entonces algo extraño comenzó a suceder en el interior del pequeñísimo corazón del Grinch. ¿Y si la Navidad es algo más que regalos? Esta alegría pura no viene en una caja comprada en unos grandes almacenes y no está envuelta con un lazo. Este enigma caló profundamente en su corazón, cuyo tamaño se triplicó. Arrepentido, el Grinch devolvió todos sus regalos y dulces a los *whos*. Ese día, el verde habitante de Whoville disfrutó de la alegría, pero tenemos que decir que se le pasó pronto y volvió a las andadas maléficas en cuanto tuvo la mínima oportunidad.

Crítica al consumismo

El escritor y caricaturista norteamericano Theodor Seuss Geisel (1904-1991) es uno de los autores de libros infantiles más leídos del mundo bajo su seudónimo Dr. Seuss. A lo largo de su vida publicó más de

sesenta libros y cuentos ilustrados, convertidos muchos de ellos en especiales televisivos de animación o en películas. Es el creador del Gato en el Sombrero, el Lorax y muchas criaturas mágicas más, pero si existe un personaje suyo que haya seducido la imaginación de los infantes, sin duda es el malhumorado Grinch. Nació como una crítica al consumismo desaforado de la década de los cincuenta, un cuento moralizante donde los sentimientos y las personas importan más que los objetos. Su primera aparición sería en el poema *Hoobub y el Grinch* (1955), con un aspecto muy diferente al conocido actualmente por todos gracias a las ilustraciones del mismo Dr. Seuss. En esta historia, un ser llamado el Grinch vendía cosas inútiles a un pobre Hoobub. Influido por el clásico *Cuento de Navidad* (1843) de Charles Dickens, Seuss volvió a utilizar a su nueva criatura, ahora cubierto de pelo verde, en el cuento ilustrado de 1957 *¡Cómo el Grinch robó la Navidad!* Seguramente, la historia del Grinch debería haber acabado ahí, pero en 1966 el reputado director Chuck Jones haría, con la participación del mismísimo Boris Karloff como narrador del cuento, un largometraje animado que sería todo un éxito.

En el año 2000 se estrenó la película de acción real *El Grinch*, dirigida por Ron Howard y protagonizado por un Jim Carrey oculto bajo kilos de maquillaje. El famoso histrionismo de Carrey hizo más mal que bien, interpretando a la criatura de Seuss como una mezcla muy loca entre sus personajes de *la Máscara* y el Acertijo de *Batman Forever*. El Grinch también se convirtió en un musical de Broadway en 2006 y es uno de los secundarios en el famoso musical *Seussical* (2000). El Grinch volvió a tener una nueva versión animada en 2018 producida por Illumination Entertainment y dirigida por Yarrow Cheney y Scott Mosier. Una versión más divertida del popular cuento que destaca por la voz de Benedict Cumberbatch.

IMHOTEP

La maldición egipcia

(de la película *La momia*)

«MUERTE, CASTIGO ETERNO, PARA CUALQUIERA QUE ABRA ESTA TUMBA.»

Una momia es un cadáver que mediante embalsamamiento se mantiene en un estado de conservación aceptable a lo largo de los siglos. Existen momias naturales, cuerpos que se han encontrado casi intactos después de muchos años gracias a un entorno de sequedad o frío, pero el embalsamamiento es una práctica artificial relacionada con la religión. Muchas culturas creían en preservar el cuerpo del muerto tras su fallecimiento para que éste pudiera recuperarlo en el Más Allá. Existen momias en la cultura inca, chinchorro, guanche canaria, tibetana o china. Pero si existe una civilización que hicieron del embalsamamiento todo un arte y una ciencia fue el Antiguo Egipto, cuya cultura funeraria se puede admirar hoy en día en muchos museos alrededor del mundo. La momificación egipcia consistía en la limpieza del cadáver, extracción de órganos, que se guardaban en los vasos canopos, sumergir el cuerpo en natrón durante setenta días, rellenarse con mirra y ser envuelto en vendas entre las que se unta una sustancia llamada *mum*. No todos los egipcios de la antigüedad eran embalsamados, solo los más ricos o importantes.

Uno de estas momias revividas fue el sacerdote Imhotep. Cercano al faraón, Imhotep estaba enamorado de la joven princesa, con la que tenía una relación amorosa. La princesa Ankhesenamon murió en un accidente e Imhotep intentó resucitarla con el prohibido Pergamino de Thoth, pero fue descubierto por el faraón y los demás sacerdotes y fue condenado a ser momificado en vida como castigo con el pergamino a su lado. Dos milenios después, una expedición inglesa lo descubrió y tras leer las inscripciones del papiro la Momia resucitó atacando a la expedición. Pasan diez años y el antiguo y maligno sacerdote busca la tumba de su antiguo amor. Para ello se convierte en un misterioso mecenas egipcio llamado Ardath Bey, quien ayuda a los arqueólogos Frank Whemple, el profesor Pearson y Helen Grovesnor, una joven medio egipcia cuyo parecido con la fallecida princesa Ankhesenamon es extraordinario. Ardath-Imhotep secuestra a la joven Grovesnor para sacrificarla y momificarla y así conseguir estar con ella toda la eternidad. En el transcurso de la ceremonia, Grovesnor recuerda su vida pasada en Egipto y eleva una plegaria de vida dedicada a la diosa Isis para librarse de la maldición de Imhotep. La estatua de la diosa levanta su brazo incendiando el Pergamino de Thoth. Esta acción destruyó a la momia, quien se convirtió en polvo ante los ojos de la pobre Helen.

Imhotep no es la única momia que ha conseguido volver de entre los muertos, muchas otras han despertado cuando su sueño ha sido interrumpido por la avaricia de los cazadores de tesoros o los arqueólogos de dudosa reputación. La maldición de una momia no es algo que deba ser tomado a la ligera.

El no-muerto vendado

Gracias a la película de la Universal *The Mummy* (1932), dirigida por Karl Freund (1890-1969) y protagonizada por Boris Karloff, la momia se ha convertido en uno de los monstruos clásicos de la cultura popular. El creador de *Drácula*, Bram Stoker, también habló de momias que vuelven a la vida en *La joya de las siete estrellas* (1903). Pero no sería Stoker quien inspiraría al productor Carl Laemmle Jr. de la Universal para realizar una película sobre momias, sino el descubrimiento de la tumba de Tutankamón en 1922 y la famosa maldición de los faraones que tantos periódicos internacionales publicaron aquellos días. Parte de la inspiración del guion de *La momia* se basó en la historia corta *El anillo de Thoth* (1890) de Arthur Conan Doyle. El guion lo escribiría el periodista John L. Balderston, quien había cubierto el descubrimiento de la tumba de Tutankamón para *The New York Times* y tenía conocimientos amplios de la cultura egipcia. Suya fue la idea de llamar a la momia Imhotep, en honor al histórico erudito egipcio.

Este muerto viviente cubierto de vendas sería muy famoso en los cómics de terror de la EC, como *Tales from the Crypt*, y se convertiría en un superhéroe de Marvel en los años setenta. Tras varias visitas a la taquilla con su paso lento pero constante, Imhotep volvería en todo su esplendor en *La momia* (1999) de Stephen Sommers, película que unía terror, humor y aventuras *pulp* al más puro estilo Indiana Jones. El sudafricano Arnold Vosloo interpretaría a Imhotep en la primera película y en su segunda parte, *The Mummy Returns* (2001), luchando contra Brendan Fraser y Rachel Weisz. En 2017, la productora Universal quiso revivir su franquicia de monstruos clásicos para las nuevas generaciones bajo el título de Dark Universe. Comenzaría con *La momia*, dirigida por Alex Kurtzman y protagonizada por Tom Cruise. La particularidad de esta nueva versión es que la momia es una mujer, la princesa Ahmanet, a quien daría sensual y terrorífica forma la actriz Sofia Boutella.

FREDDY KRUEGER

El dueño de tus pesadillas

(de la película *Pesadilla en Elm Street*)

«BIENVENIDO A MI PESADILLA, PERRA.»

Existe un monstruo que solo puede atacarte en tus sueños, un asesino despiadado que te asesinará con violencia y gran dolor mientras suelta un dicho socarrón. Su nombre es Freddy Krueger, el dios de las pesadillas, quien mata a los jóvenes de Springwood, donde se ha convertido en el hombre del saco de varias generaciones. Las normas son simples: si mueres o resultas herido en su mundo onírico morirás o resultarás herido en el mundo real. Si tienes la mala suerte de ser asesinado por las temibles cuchillas que surgen como garras de acero de un guante en su mano derecha, te espera una eternidad en el infierno.

Porque Krueger fue un humano antes de convertirse en el sangriento heraldo de los Demonios de los Sueños. Su nombre era Frederick Charles Krueger, hijo de Amanda Krueger, una monja novicia que entró a trabajar como practicante de enfermería en el hospital psiquiátrico Westin Hills en la década de los cuarenta. La noche de Navidad se quedó encerrada accidentalmente en la zona de los peores criminales dementes del hospital y no fue descubierta hasta acabar las fiestas. Amanda fue brutalmente torturada y violada por todos los dementes. Se quedó embarazada y dio a luz al joven Freddy, quien fue adoptado por Mister Underwood, un alcohólico que abusaba del crío. Underwood y

Krueger vivían en el pueblo de Springwood, en el estado de Ohio. Entre su maldita herencia, su triste educación y los abusos que sufría en el colegio, Krueger comenzó a convertirse en un psicópata mientras aprendía los secretos del dolor, convirtiendo su sufrimiento y el de otros en placer. El señor Underwood sería la primera víctima de un adolescente Krueger, harto de tantas injurias.

No te duermas

Pudo fundar una familia, tener una hija y encontrar trabajo en la central eléctrica de su pueblo, heredando la casa de Elm Street donde se crio. Pero pronto se convertiría en un cruel asesino, llamado por la prensa y la policía como el Acuchillador de Springwood. Tras asesinar a 20 niños y a su mujer, Krueger fue detenido por la policía en 1966, pero su abogado alegó un arresto ilegal en su juicio de 1968, saliendo libre de la cárcel. Los vecinos de Krueger y los padres de las víctimas decidieron vengarse del cruel asesino y lo quemaron vivo en su casa. Allí tendría que haber acabado la miserable vida del Acuchillador, pero cuando estaba siendo consumido por el fuego se le aparecieron los Demonios de los Sueños, tentándolo a vivir eternamente como pesadilla entre los habitantes de la zona.

Krueger no es muy alto ni fuerte, pero su rostro deformado por las quemaduras infunde terror en sus víctimas, con las que acostumbra a jugar dentro de las pesadillas. Su autoridad es total en el mundo de los sueños, donde puede deformar la realidad a su antojo. Por ejemplo, convertirá tu sueño en tu peor pesadilla o provocará un recuerdo agradable para que te confíes, destrozando después tus esperanzas… y tus tripas. Aparte de sus poderes de manipulación de los sueños también puede poseer el cuerpo dormido de sus víctimas. Durante una década, Krueger se convirtió en el monstruo onírico más peligroso, con innumerables víctimas en su lista negra, todos niños y adolescentes, siendo una leyenda urbana temible. Hubo varias mujeres que se enfrentaron a su maldad, pero fue la trabajadora social Maggie Burroughs quien pudo acabar con la pesadilla de Krueger. En realidad se trataba de su hija Katherine Krueger, quien logró traer al onírico monstruo al plano físico, acuchillarlo con su propio guante y meterle en el pecho una bomba que lo envió directamente al infierno.

El hombre del saco de los sueños

El director de Ohio Wes Craven (1939-2015) ya era considerado un maestro del terror norteamericano con películas como *Las colinas tienen ojos* (1977). Mientras rodaba *La Cosa del Pantano* (1982) se le ocurrió una idea para una nueva película de horror, modernizar al mítico hombre del saco con una mirada fresca. En la década de los setenta había leído tres reportajes en *Los Angeles Times* sobre una serie de muertes misteriosas de personas del sureste de Asia que habían fallecido mientras dormían. Según el periódico, habían muerto gritando en pesadillas. La idea de morir durmiendo sin razón aparente caló en el director norteamericano. Craven quería que su nuevo monstruo llevara una máscara identificativa, como Jason Woorhees o Michael Myers, pero también quería que el personaje hablara e interactuara con sus víctimas, su mejor opción era que el rostro de Krueger estuviera completamente quemado. Las cuchillas en las manos se crearon para que Krueger pareciera un depredador, como un animal rabioso. Su famoso sombrero de fieltro marrón fue decisión del actor Robert Englund, quien convenció a Craven de que su rostro quemado sería más impresionante si aparecía medio tapado durante gran parte del metraje.

Pesadilla en Elm Street se estrenó en 1984, producida por el entonces poco conocido estudio de New Line Cinema. Su éxito internacional fue inmediato, convirtiendo a Krueger en uno de los monstruos más famosos de los ochenta. Desde entonces se conoce a New Line Cinema como «la casa que Freddy construyó». Robert Englund sería el actor que interpretaría al sádico asesino onírico a lo largo de ocho películas, incluida *Wes Craven's New Nightmare* (1994), donde su creador volvió a dirigir a su mítica criatura tras despedirse de ella con el guion de la tercera parte, *Dream Warriors* (1987), una de las mejores películas de la serie. Entre 1988 y 1990 se realizó una serie de televisión de 44 capítulos titulada *Las pesadillas de Freddy*, donde Englund presentaba historias macabras al más puro estilo *Tales from the Crypt*. El actor californiano se despidió de su personaje fetiche con 56 años de edad interpretando *Freddy vs. Jason* (2003), dirigida por Ronny Yun. En 2010, New Line Cinema quiso renovar la franquicia con una versión de la película original de Craven dirigida por Samuel Bayer, director de algunos de los mejores videoclips de rock de la historia, y protagonizada por Jackie Earle Haley. La película no fue ningún fracaso, convirtiéndose en una de las más taquilleras de la saga *Elm Street*, pero el poco interés de Bayer hizo que se paralizase el proyecto de una secuela.

LA MALVADA BRUJA DEL OESTE

Luchar contra el destino

(del libro *El maravilloso mago de Oz*)

«UNAS SON TRÁGICAMENTE BELLAS, YO SOY BELLAMENTE TRÁGICA.»

Es muy difícil luchar contra la aprensión o suspicacia que generan los prejuicios ajenos cuando un estigma de tu físico, una malformación, alguna discapacidad extraña o algo tan exótico como el color de tu piel llega a hacer que se te considere malvado solo por eso. Eso fue lo que le sucedió a Elphaba Thropp de Munchkinland en Oz. Nació con la piel verde y muchos creyeron que era hija bastarda de elfos oscuros, malvados y traviesos. Elphaba luchó toda su vida contra estos prejuicios, pero murió sin pedir perdón a nadie, orgullosa con el título de Malvada Bruja del Oeste. Elphaba Thropp creyó toda su vida que era hija de Melena Thropp, señora de Munchkinland con el título de Eminent Thropp, y Frexspar, misionero y ministro de la fe. Pero en realidad era hija bastarda del Mago de Oz, quien seducido por la belleza de Melena, la drogó y abusó de ella dejándola embarazada.

Elphaba crece con resentimiento, cínica y bastante atea, no como su hermana pequeña, la bella Nessarose, cuya piedad es mucho mayor que la de Elphaba. Nessarose también nació con una malformación, no tiene brazos, pero su fe la convierte en una santa local, gracias a la ayuda de su padre Frexspar, quien convierte a Nessa en su favorita. Como noble de Oz, Elphaba estudió en la prestigiosa Crage Hall de la Universidad de Shiz, donde comparte confidencias y amistad con la bella Galinda, quien más tarde se llamaría Glinda, la Bruja Buena del Sur, y Fiyero, príncipe heredero del país de los *winkie*. También hace enemigos en esa institución, como Madame Horrible, directora del centro y acérrima humanista. En Oz existe una corriente racista contra los animales, quienes tienen conciencia e inteligencia en esta tierra. El Mago promueve estas políticas y tiene una policía secreta, la Fuerza Gale, que captura, tortura y ejecuta en secreto a quienes se oponen a las nuevas leyes antianimales. El profesor favorito de Elphaba, la cabra doctor Dillamond, desapareció un día. La joven *munchkin* sospecha que ha sido culpa de Madame Horrible y planea muchas veces su venganza contra ella. A Crage Hall llega también Nessarose, a quien su padre ha regalado unas zapatillas rojas con joyas. Elphaba considera que ella, como primogénita, tendría que haber tenido esas zapatillas. Además, Glinda y Nessarose se hacen buenas amigas, hasta tal punto que Glinda hechiza las zapatillas de Nessa para que caminen solas.

Elphaba, la terrorista

Harta de la vida escolar, Elphaba abandona Shiz y se une al movimiento de resistencia en la Ciudad Esmeralda. Su vida es peligrosa, pero cree fervientemente en la causa animalista. Coincide en la resistencia con Fiyero, quien comienza una relación amorosa con ella a pesar de que está casado y tiene tres hijos. La Fuerza Gale captura y asesina a Fiyero. Esta tragedia la vuelve literalmente loca y acaba en un convento, donde entra en *shock* durante un largo año. Casi no habla ni come, la cuidan las monjas, hasta que descubren que la nueva paciente de piel verde está embarazada. Cuando nace el niño, lo adoptan porque su madre no creía haberlo traído al mundo debido a que no se parecía a ella ni a Fiyero. Elphaba pasó siete años cuidan-

do enfermos en el convento, hasta que decidió viajar al palacio de Kiamo Ko, en el país de los *winkie*, para pedirle perdón a Sarima, la esposa de su amante. Ésta la acogió como una hermana pero nunca quiso hablar con ella de Fiyero y su desaparición. En Kiamo Ko comenzaría a estudiar brujería gracias al descubrimiento del libro *Grimmerie* en el ático del castillo, aunque solo la practica como le enseñó su profesor Dillamond, para mejorar las investigaciones científicas. La Fuerza Gale captura a Sarima y su familia. Elphaba se queda en Kiamo Ko sola, volviéndose cada vez más desdichada y rencorosa. También asesina a Madame Morrible, favorita del Mago, como venganza por el asesinato de su querido profesor cabra.

Una extraña venida de Kansas llamada Dorothy Gale cayó en Oz con su casa traída por un tornado, con tan mala suerte que aplastó a Nessarose. Glinda le regaló sus zapatos a Dorothy para que estuviera protegida. Cuando se enteró de eso, de boca de la propia Glinda, Elphaba enloqueció de furia e ira. Esos zapatos eran suyos y Glinda no tenía ningún derecho a dárselos a nadie. Elphaba también sospecha que Dorothy y sus amigos (un león, un espantapájaros y un robot) venían a por ella mandados por el Mago. Envía perros, cuervos y abejas para espiar a sus contrincantes, los cuales acaban con aquéllos, pensando que iban a atacarlos. Finalmente, envía a sus monos voladores para secuestrar a Dorothy. Cuando ésta llega le confirma que sí, que había sido enviada por el Mago para matarla, pero que en realidad venía a pedirle perdón por la muerte de su hermana Nessa. Elphaba nunca había pedido perdón por sus acciones y su maldad y nadie le había pedido perdón nunca por sus desgracias. Este gesto la desorienta y la deja tan conmocionada que, en un accidente, se quema la falda. Dorothy le echa un cubo de agua para salvarla pero el líquido la mata, derritiéndola, quedando solo un charco verde maloliente, su ropa y su infame sombrero.

La villana de Oz

Lyman Frank Baum (1856-1919) publicó en 1900 el primer cuento de hadas norteamericano, *El maravilloso mago de Oz*. Gracias a su gran imaginación y a las brillantes ilustraciones de William Wallace Denslow (1856-1915), el libro se convirtió en un gran éxito de ventas, siendo uno de los más editados en Estados Unidos y Europa. Baum volvería pronto a su mundo imaginario en 1904 con *La maravillosa tierra de Oz*, y visitaría Oz en doce ocasiones más. En el primer libro de Oz, la Malvada Bruja del Oeste no tenía nombre y no tenía la piel verde. Vestía de amarillo y era tuerta de un ojo. El característico aspecto de la bruja, con su sombrero puntiagudo, su traje negro y su piel verde se lo daría la actriz Margaret Hamilton en la gran superproducción musical de Hollywood de 1939 *El mago de Oz*, dirigida por Victor Fleming y protagonizada por una icónica Judy Garland. En 1974 se estrenaría la película animada de Lou Scheimer, *Regreso a la tierra de Oz*, donde la voz de Dorothy sería la de Liza Minnelli, hija de Judy Garland.

En 1995, el escritor norteamericano Gregory Maguire (Albany, 1954) publicaría *Wicked: Memorias de una bruja mala*, donde narra la vida de la Malvada Bruja del Oeste, llamada Elphaba en honor de las iniciales de L. Frank Baum (LFB). Una obra donde el racismo, la desgracia y la política convierten a una cínica mujer en una malvada bruja. El libro tendría continuación en *Hijo de Bruja* (2005), *Un león entre hombres* (2008) y *Fuera de Oz* (2011). Pero Elphaba creció como villana trágica gracias al musical *Wicked*, con libreto de Winnie Holzman y música y letras de Stephen Schwartz, que se estrenó con gran éxito en Broadway en 2003. La actriz Idina Menzel pondría rostro y voz en las funciones de Broadway y del West End londinense. En 2013, Sam Raimi estrenó una nueva visión de *El maravilloso mago de Oz* titulada *Oz, un mundo de fantasía*, donde contaría cómo el Mago llegó a ser poderoso en esa tierra mágica. Protagonizada por James Franco, la actriz Mila Kunis es Theodora, quien luego se convertiría en la Malvada Bruja del Oeste, engañada con promesas de amor por el extranjero Oz. El director indio Tarsem Singh estrenó en 2016, con su particular estilo preciosista, la serie *Emerald City*, en la que la actriz Ana Ularu da vida a la bruja West, quien regenta un burdel y es adicta al opio.

LESTAT DE LIONCOURT

El vampiro más poderoso

(de las *Crónicas vampíricas*)

«DIOS ASESINA INDISCRIMINADAMENTE. NOSOTROS HACEMOS LO MISMO PORQUE NINGUNA CRIATURA ES TAN PARECIDA A ÉL COMO NOSOTROS.»

Existen pocos vampiros tan poderosos, bellos, apasionados y terriblemente crueles como Lestat de Lincourt, una criatura de la noche salvaje que aunque todavía ama a la humanidad tiene una extraña relación con ella, al tratarse de su principal presa y fuente de alimento. Como podemos leer en su autobiografía, *Lestat el vampiro*, el inmortal marqués nació en 1758 en Auvernia, Francia. Hijo pequeño de una familia noble bastante pobre, el joven Lestat experimentó la atracción del teatro y la música, pero se sentía atado a su Auvernia natal. Solo su madre, Grabrielle, enferma, le anima a que huya a París con su amigo Nicolás de Lenfent para que sea libre y consiga sus sueños. Lestat se convierte en un actor profesional y es bastante famoso en los teatros de la capital. Pero una figura alta de rostro blanco pétreo se encaprichó con él.

El vampiro Magnus regaló al joven actor el don de la oscuridad, convirtiéndose en un vampiro de finales del siglo XVIII. Magnus, antes de suicidarse, cede a Lestat sus posiciones y riquezas, cosa que permitirá a Lincourt convertirse en el noble dandi francés que siempre aspiró a ser. Sin guía, Lestat convierte en vampiros a su madre moribunda, Gabrielle, y a su mejor amigo, Nicolás. Pero tuvo que enfrentarse al aquelarre vampírico de Armand por sus ideas modernas. Tras crear el Teatro de Vampiros, Lestat se obsesionó con un vampiro antiquísimo de la época romana, Marius, e hizo todo lo posible por acercarse a él. Tras encontrarlo, Marius le reveló que era el guardián de Akasha y Enkil, aquellos que deben ser detenidos, padres de los vampiros desde el Antiguo Egipto, cuya bestialidad arrasó con muchas vidas humanas en la Antigüedad. Lestat se siente atraído por estos reyes oscuros convertidos en piedra, y planea despertarlos con su música. Akasha escucha su petición y le da a beber su sangre, cosa que despierta la rabia de Enkil.

Rock 'n' roll

Antes del comienzo del nuevo siglo, Lestat huye al nuevo mundo, a Nueva Orleans, donde se enamora de Louis de Pointe du Lac, un terrateniente de una plantación de esclavos al que concede la maldición eterna. Tras ser traicionado por Louis y la joven vampira Claudia, Lestat se va apagando poco a poco hasta que a finales del siglo XX encuentra una razón para volver a revivir y convertirse en el vampiro más poderoso de la historia. Muchos vampiros tienen en alta estima a Lestat tras su participación en la caída de la peligrosa

Akasha, pero recordemos que en un principio había caído bajo su oscuro influjo y estaba dispuesto a convertirse en su consorte tenebroso. Conocimos a Lestat por la biografía que Louis de Pointe du Lac escribió sobre su relación y experiencias como vampiro. Y en este libro, la visión de Lestat es de la de un vampiro esnob acaudalado abandonado completamente a su naturaleza salvaje. Su telepatía le permite sondear la naturaleza de sus víctimas y casi siempre se decide por alimentarse de los seres más viles, norma que muchas veces no cumple. Además, su maldad queda bien demostrada al montar una banda de rock gótico llamada The Vampire Lestat.

Lestat es alto, terriblemente bello, con un pelo rubio ligeramente rizado. Una de las características más sobrenaturales en él son sus uñas afiladas que parecen de cristal. Entre la media de los vampiros se le considera un oponente muy poderoso y peligroso al haberse alimentado de la sangre de vampiros viejos y fuertes como Magnus, Marius, Armand o Akasha. Admite que echa de menos su humanidad, pero durante una breve etapa de su vida pudo volver a ser mortal y se dio cuenta de que tenía un recuerdo idealizado de aquella vida, abrazando su parte vampírica con más pasión que nunca.

El renacimiento del vampiro gótico

Existen pocos personajes de la literatura de terror que hayan revivido todo un género. Si el conde Drácula de Stoker era un monstruo, las sucesivas versiones cinematográficas lo convirtieron en un noble bello y encantador que seducía a sus víctimas antes de devorarlas. En la década de los setenta, un libro presentó al vampiro definitivo, amante de la humanidad, en constante lucha contra su dualidad de haber sido un humano antes y alimentarse de sus congéneres. Un libro que describía a un vampiro moderno y que influiría en la literatura romántica vampírica de las próximas décadas. Ese libro es *Entrevista con el vampiro* (1976) de Anne Rice, seudónimo de la escritora Howard Allen O'Brien (Nueva Orleans, 1941).

El primer libro de las *Crónicas vampíricas* fue su primera novela, ideada en 1968, escrita en 1973 y publicada en 1976. Parte de los personajes del libro están inspirados en ella misma y en su marido. La apariencia física de Lestat es la de su marido, el poeta Stan Rice, cuando era joven; parte de la personalidad de Louis es la suya propia; y el personaje de la joven vampira Claudia estaba inspirado en su hija Michele, fallecida en 1966. El éxito de *Entrevista con el vampiro* fue inmediato, convirtiéndose en una de las novelas góticas más vendidas de la historia. Tras dos novelas históricas y varias eróticas protagonizadas por la Bella Durmiente, Rice volvería a su vampiro favorito con *Lestat el Vampiro* (1985), donde el viejo chupasangre francés cuenta su versión de la historia que antes había explicado Lois, y que sirve de antesala a *La Reina de los Condenados* (1988), donde Lestat tendrá que enfrentarse a la primera vampira, Akasha. Rice ha vuelto a sus antihéroes vampíricos en diez ocasiones más, hasta *Blood Communion: A Tale of Prince Lestat* (2018).

Dos actores han dado rostro al temible y bello Lestat. Tom Cruise, de manera muy convincente en la muy acertada versión de Neil Jordan de *Entrevista con el vampiro* (1994), y Stuart Townsend, en *La reina de los condenados* (2002) de Michael Rymer, película que unía imposiblemente en menos de dos horas el segundo y el tercer capítulo de las *Crónicas vampíricas*. Hay rumores de una serie de televisión desde 2014, pero en 2018 se anunció que la web de *streaming* Hulu planeaba comenzar su preproducción en breve.

MALÉFICA
El hada madrina que ninguna princesa querría tener
(de la película *La Bella Durmiente*, de Disney)

«NINGÚN PODER SOBRE LA TIERRA PODRÁ DESHACER ESTE HECHIZO.»

Seguramente, la historia de Maléfica, el hada de las ciénagas, sea una de las más trágicas de este libro y el ejemplo perfecto de cómo una narración puede cambiar sustancialmente según el narrador. Conocemos al hada malvada que maldijo a la hija de rey Stefan y la reina Flor, la princesa Aurora, pero nunca llegamos a saber bien sus motivos. Aurora fue la víctima de la venganza que Maléfica lanzó contra Stefan, su antiguo amante. Porque Stefan no creció entre sábanas de lino, sino en un establo, cerca del gran bosque mágico de las ciénagas. De niño, conoció al hada Maléfica, una bella niña con cuernos grandes, orejas largas y enormes alas de águila. Eran inseparables y llegaron a enamorarse, prometiéndose amor verdadero para siempre. Pero Stefan se dejó guiar por uno de los peores pecados del hombre: la ambición. Cuando su amada se enfrentó con furia contra el rey Henry en su cruzada para conquistar las ciénagas, Stefan vio su oportunidad. Henry ofreció la mano de su hija Flor a quien asesinara a Maléfica. Los amantes se volvieron a encontrar sin que el hada sospechara nada. Stefan envenenó a Maléfica, pero no la mató porque todavía la recordaba con cariño. Pero estaba determinado a cumplir su objetivo. Cortó las alas del hada con hierro y se las presentó al rey Henry como prueba de que había matado a la peligrosa hada de las ciénagas. Henry le dio la mano de su hija Flor, gracias a lo cual se convirtió en el nuevo aspirante al trono.

Maléfica quedó destrozada, el resentimiento contra Stefan y el mundo de los humanos se convirtió en auténtica maldad, pérfida y peligrosa. Como ya no podía volar, tomó a un cuervo, Diaval, como su espía del reino.

También se convirtió en el hada protectora de las ciénagas, impidiendo el paso a los humanos a su mágico mundo. Pero el resentimiento por la traición de Stefan quemaba más que el hierro en carne de hada y aprovechó su ocasión para vengarse de su antiguo amante con el nacimiento de su hija Aurora. Maléfica se presentó en la ceremonia de bautismo de la princesa. Antes habían acudido tres hadas madrinas, llamadas Flora, Fauna y Primavera, que traían regalos para la recién nacida princesa. Flora le dio belleza a la niña, Fauna la dotó de una hermosa voz, pero Primavera no pudo realizar su hechizo porque fue interrumpida por Maléfica. Su don para la hija de su enemigo sería una maldición. Aurora moriría al cumplir dieciséis años al pincharse el dedo con el huso de una rueca. Tras lanzar la maldición se retiró a su ciénaga complacida con el dolor del rostro de su examante. Primavera no había regalado todavía su don, así que intentó rehacer el hechizo, sabiendo que no se podía retirar. Aurora no moriría al pincharse el dedo, sino que dormiría hasta que fuera despertada con un beso de amor verdadero.

La protección de Aurora

Para asegurarse, el rey Stefan hizo quemar todas las ruecas y husos de hilandera del reino y envió a su hija a criarse en una granja con otro nombre, Rosa, cuidada por las tres hadas madrinas, quienes no realizarían más magia. Maléfica no supo dónde estaba Aurora durante varios largos años en los que su odio y su maldad fueron aumentando. Cuando tenía quince años y estaba a punto de cumplir los dieciséis, las hadas volvieron a utilizar sus varitas, cosa que alertó a Diaval, el cuervo de Maléfica. Aurora-Rosa se encontró con el joven príncipe Phillip, y fue amor a primera vista. Ese mismo día, las hadas madrina le contaron la verdad a Aurora y la llevaron a palacio para celebrar el cumpleaños de la princesa. Maléfica, que estaba vigilando a la niña desde entonces, aprovechó un momento que Aurora estaba sola para hipnotizarla. La princesa anduvo dormida por los salones del castillo hasta subir a una habitación antigua llena de polvo donde se encontraban la única rueca y el único huso de todo el reino. Aurora cumplió la profecía y la maldición y el don entraron en acción durmiendo a la princesa hasta que llegara el beso de amor verdadero. Para que los padres no sufrieran, las tres hadas fabricaron un gran hechizo que hizo que todo el reino cayera en el mismo sueño que la princesa.

Maléfica no cabía en sí de gozo. Secuestró al príncipe Phillip, encerrándolo en su castillo para que no deshiciera el encantamiento. Las tres hadas madrinas lograron rescatar al príncipe contándole todo lo ocurrido. También le dieron armas mágicas para enfrentarse a Maléfica: la espada de la verdad y el escudo de la virtud. Con la espada pudo hacerse camino hasta el castillo del rey Stefan. Allí se encontró con el hada maldita, quien se había convertido en un dragón que escupía fuego abrasador. Phillip pudo defenderse de ese fuego infernal gracias al escudo mágico. Tras varios intentos de Maléfica por quemar al príncipe, optó por el ataque directo, pero Phillip era diestro con las armas, y más con una espada encantada. Cuando Maléfica dragón se levantó para atacar, Phillip le lanzó el arma clavándosela en el corazón. Así acabó la vida del hada que se había vuelto malvada por culpa de la ambición de su amado.

La materia de la que están hechos los cuentos

Muchos conocen el cuento infantil *La Bella Durmiente*, pero no todo el mundo sabe que la versión edulcorada de los Hermanos Grimm o de la película de Disney de 1959 tiene poco que ver con las primeras versiones de la fábula. Este cuento medieval ya se podía rastrear en el romance anónimo en prosa *Le Roman de Perceforest*, obra compuesta en francés en los Países Bajos entre 1330 y 1345 que recoge varias leyendas artúricas y cuentos populares. En 1634, el gran poeta italiano Giambattista Basile (1566-1632) incluiría la historia de la dormilona princesa en *Sol, Luna y Talía,* uno de los cuentos presentes en su recopilación *Il Pentamerone*, publicada póstumamente entre 1634 y 1636. Aquí tenemos la versión más dura del mito de la Bella Durmiente, como todas las versiones de Basile. Irónicamente, aquí no sale ninguna hada madrina mala, sino que la princesa, Talía, ya estaba maldita desde el día de su nacimiento según los astros. El príncipe no es tan encantador y no la despertó de un beso mientras dormía. La violó y la joven Talía dio a luz gemelos, dormida. Una de los bebés fue quien le quitó la astilla de lino chupándole el dedo buscando el pecho de su madre.

En 1697, el escritor francés Charles Perrault (1628-1703) modernizó muchas fábulas populares europeas en el libro *Cuentos de Mamá Ganso*. En la recopilación se encontraba *Barba Azul, El Gato con Botas, Caperucita Roja, Cenicienta* y, claro, *La Bella Durmiente del bosque*. Perrault introdujo cambios sustanciales en la historia, añadiendo siete hadas buenas que conceden dones a la hija de un rey, y un hada malvada que lanza la maldición. Seguramente Perrault no se inventara a Maléfica, aquí sin nombre, como la princesa, pero si lo dejó por escrito. Los Hermanos Grimm dulcificaron mucho más el cuento en *Dornröschen* (1850), y le dieron nombre a la princesa: Zarza Rosa.

El mito de Disney

La obra de los Grimm serviría de inspiración para el decimosexto largometraje de Disney, *La Bella Durmiente* (1959), dirigido por Les Clark, Eric Larson y Wolfgang Reitherman bajo la supervisión de Clyde Geronimi. En esta versión, la princesa se llamaría Aurora, las hadas madrinas serían solo tres, y el hada malvada, de diseño tan icónico, se llamaría Maléfica. Eleanor Audley fue la actriz elegida para la malvada voz de Maléfica. Antes de las fotocopias informáticas actuales de Disney en «acción real» de sus películas de animación clásicas, la guionista Linda Woolverton y el director Robert Stromberg propusieron una inteligente vuelta de tuerca al cuento tradicional contando la historia de la mala de la historia. Aprovechando la icónica vestimenta del clásico animado, el hada no tan malvada sería interpretada con acierto por Angelina Jolie en *Maléfica* (2014), convirtiéndose en uno de los éxitos recientes de la productora. Isobelle Molloy sería una Maléfica niña y Ella Purnell interpretaría al hada adolescente. En 2019, se ha estrenado una segunda parte dirigida por Joachim Ronning, *Maléfica: Maestra del mal*, que trata del enfrentamiento de Maléfica-Jolie contra la reina Ingrith-Michelle Pfeiffer.

MORGANA LE FAY

El final de Arturo

(del ciclo de Bretaña)

«ENCONTRARÉ A UN HOMBRE Y DARÉ A LUZ A UN DIOS.»

Pocas mujeres son tan importantes en la historia del mítico rey Arturo de Inglaterra como su hermanastra. Morgana era hija del duque de Tintagel Gorlois y la dama Igraine. En aquellos tiempos de oscuridad, tras la caída del Imperio romano, un rey ambicioso quiso unir a todos los pueblos de Inglaterra, a través de alianzas o guerras. Su nombre era Uther Pendragon y, batalla tras batalla, se forjó un nombre temido. El gran mago Merlín, hermano de demonios y adorador de la serpiente de la Tierra, cedió a Uther la mágica espada *Excalibur*, que había sido forjada en la isla encantada de Avalón y custodiada por la Dama del Lago. Con *Excalibur* en la mano, muchos nobles reconocieron el poder real de Pendragon, incluido Gorlois. Para celebrar el nacimiento del nuevo rey, Gorlois invitó a Uther y sus hombres a un gran banquete en su castillo. La fiesta no duró demasiado, pues el nuevo rey se enamoró locamente de la dama Igraine, cosa que no pasó

inadvertida a nadie. Pendragon sitió el castillo de Tintagel, pero tenía fama de ser inexpugnable. Uther le pidió a Merlín un favor, convertirlo en Gorlois para poder yacer con la dama una sola vez. Mientras el rey, disfrazado mágicamente del duque yacía en la cama de Igraine, Gorlois moría en una emboscada cerca de su castillo. Morgana había nacido con dones mágicos y fue consciente del engaño de Uther y Merlín. Igraine dio a luz a un bastardo, hijo del rey, al que llamó Arturo.

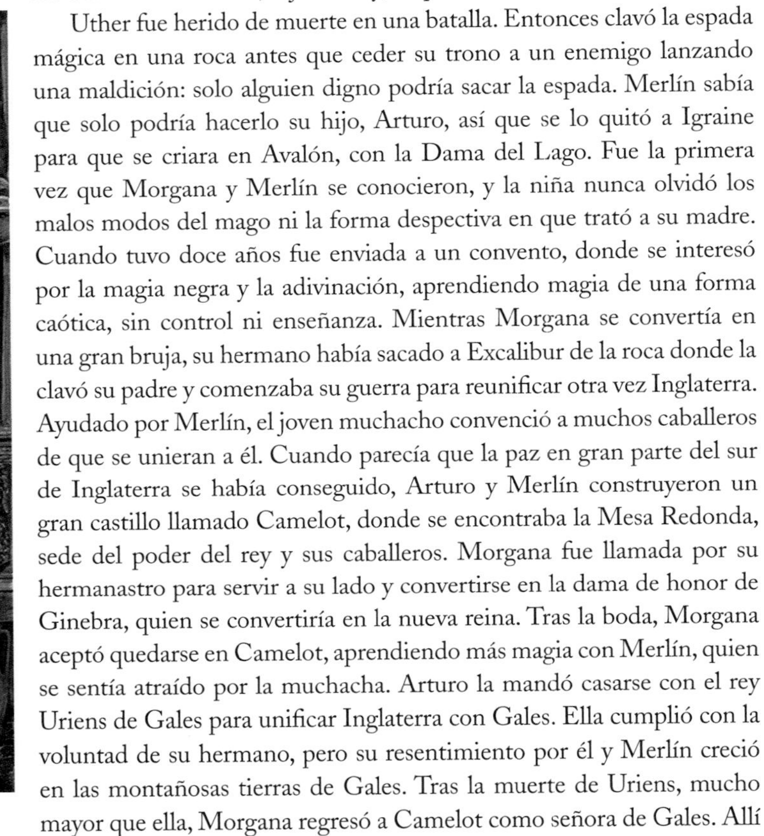

Uther fue herido de muerte en una batalla. Entonces clavó la espada mágica en una roca antes que ceder su trono a un enemigo lanzando una maldición: solo alguien digno podría sacar la espada. Merlín sabía que solo podría hacerlo su hijo, Arturo, así que se lo quitó a Igraine para que se criara en Avalón, con la Dama del Lago. Fue la primera vez que Morgana y Merlín se conocieron, y la niña nunca olvidó los malos modos del mago ni la forma despectiva en que trató a su madre. Cuando tuvo doce años fue enviada a un convento, donde se interesó por la magia negra y la adivinación, aprendiendo magia de una forma caótica, sin control ni enseñanza. Mientras Morgana se convertía en una gran bruja, su hermano había sacado a Excalibur de la roca donde la clavó su padre y comenzaba su guerra para reunificar otra vez Inglaterra. Ayudado por Merlín, el joven muchacho convenció a muchos caballeros de que se unieran a él. Cuando parecía que la paz en gran parte del sur de Inglaterra se había conseguido, Arturo y Merlín construyeron un gran castillo llamado Camelot, donde se encontraba la Mesa Redonda, sede del poder del rey y sus caballeros. Morgana fue llamada por su hermanastro para servir a su lado y convertirse en la dama de honor de Ginebra, quien se convertiría en la nueva reina. Tras la boda, Morgana aceptó quedarse en Camelot, aprendiendo más magia con Merlín, quien se sentía atraído por la muchacha. Arturo la mandó casarse con el rey Uriens de Gales para unificar Inglaterra con Gales. Ella cumplió con la voluntad de su hermano, pero su resentimiento por él y Merlín creció en las montañosas tierras de Gales. Tras la muerte de Uriens, mucho mayor que ella, Morgana regresó a Camelot como señora de Gales. Allí se convirtió en confidente de la reina y se enteró del amor entre ella y Lancelot, el mejor amigo de Arturo. Poco a poco fue convenciendo a la reina de que aceptara a Lancelot como su amante y se entregara a la lujuria. Mientras, aprendía más magia de Merlín, a quien tenía embelesado.

La venganza de Morgana

Una noche, la venganza que llevaba tejiendo desde hacía años comenzó a dar resultado. Ginebra se acostó con Lancelot, traicionando a su señor Arturo. La infidelidad podría haber sido secreta, pero la bruja se encargó de que se supiera en todo Camelot. Lancelot fue exiliado y Ginebra se hizo monja de clausura. Morgana convenció a Merlín de que le enseñara el hechizo de la Creación, fuente de toda la magia. Merlín se lo enseñó por una noche de lujuria, pero Morgana lo aprisionó para siempre en una roca de cristal. Convertida en la mayor bruja del reino, se transformó en Ginebra para yacer con su hermano Arturo para concebir al hijo que se había profetizado que sería la maldición de Camelot.

El rey enfermó tras las traiciones de Lancelot, Ginebra y Morgana, y sin la ayuda de su fiel Merlín, se agravó su situación. Una melancolía que solo el Santo Grial, la copa de Cristo, podía curar. Cientos de caballeros fueron enviados a todos los rincones del mundo para encontrar el cáliz sagrado. Mientras todos fracasaban año tras año, Morgana criaba con magia a su hijo Mordred, convirtiéndole en un soldado invencible. Como el rey estaba enfermo, el joven Mordred Pendragon reclamó su lugar en el trono, iniciando una cruenta guerra contra su padre y protegido por la magia de su madre. Camelot comenzaba a flaquear, pero uno de los más jóvenes caballeros de Arturo, Perceval, encontró el Santo Grial gracias al lisiado Rey Pescador. Tras beber de la copa mágica de Cristo, Arturo sanó de su melancolía y enfermedad. Reunió a los pocos caballeros que le quedaba para enfrentarse a Mordred. Su hijo había renegado de la magia de su madre, a la que había desterrado de su castillo. Ella, destrozada por la pena, fue a buscar a Arturo, la única familia que le quedaba. El gran ejército mercenario de Mordred y el pequeño ejército de leales caballeros de Arturo se enfrentaron en la larga Batalla de Camlann que duró toda una jornada. Los mercenarios de Mordred no estaban preparados para afrontar la lealtad y el corazón de los Caballeros de la Mesa Redonda y fueron reducidos. Mordred y Arturo se enfrentaron y el legítimo rey consiguió matar a su malvado hijo, pero resultó fatalmente herido en la batalla. Morgana llamó a la Dama del Lago, quien con sus hadas se llevaron a un Arturo moribundo a la mágica isla de Avalón. La Dama del Lago invitó a Morgana a quedarse también en la isla de los manzanos, sellando esa mágica tierra después para que ningún mortal volviera a encontrarla.

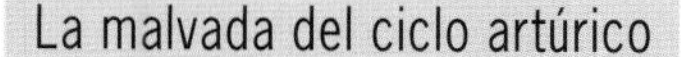

La malvada del ciclo artúrico

Se necesitarían varios libros para explicar cómo se ha ido desarrollando el personaje de Morgan o Morgana a lo largo de la historia literaria y las diversas escuelas sobre el ciclo artúrico. A partir del siglo XX, la hermana de Arturo se consideraría como una antagonista o una *femme fatale*, sobre todo por su papel en la obra teatral de 1895 *King Arthur*, escrita por W.G. Willis (1828-1891) y producida por Henry Irving (1838-1905), donde fundieron el personaje de Morgana con el de su hermana Morgause, madre de Mordred, hijo de Arturo. Pero Morgana comenzó siendo un personaje bueno en las primeras leyendas artúricas. Su nombre aparece por primera vez en la *Vita Merlini* (1150), escrita por el clérigo noruego-galés Geoffrey de Monmouth (1095-1155). Este poema latino era una extensión de su famosa *Historia Regum Britannie* (1136) en la que cuenta la vida del mago Merlín y la Batalla de Camlann, donde Mordred hirió de muerte a Arturo. El cuerpo moribundo del rey fue llevado a la isla mágica de los manzanos, Avalón, donde sería curado por nueve hermanas reinas mágicas, hadas, entre las que se encuentra Morgana.

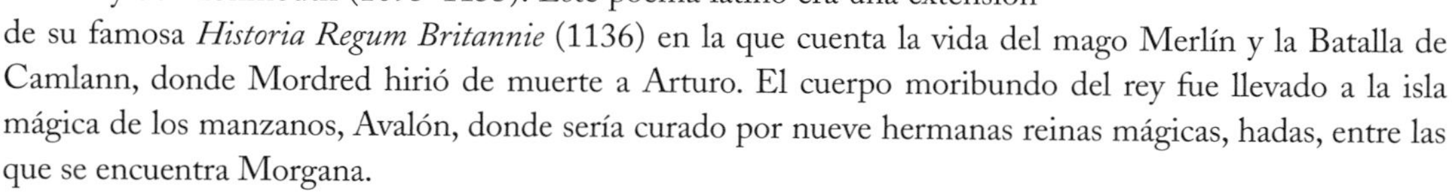

Su papel fue cambiando, sobre todo, con la prosa francesa, con las vulgatas del Lancelot-Grial o el ciclo posterior a la vulgata del Santo Grial, Tristán y la muerte de Arturo. Morgana se convierte en hermanastra de Arturo, en una bruja que utiliza la magia y en el germen de todos los problemas que suceden en Camelot, sobre todo en la relación entre Lancelot y Ginebra. Pero no sería nunca la madre de Mordred, esa sería Morgause. Tampoco destruiría a Merlín. Esa sería Nimue, la conocida como Dama del Lago. Gran parte de la confusión entre Morgana, Morgause y Nimue se debe a la película *Excalibur* (1981), del director británico John Boorman, inspirada en *Le Morte D'Arthur* (1485) de sir Thomas Malory (1415-1471). El noble escritor británico reunió en un solo libro muchas de las vulgatas francesas sobre Arturo y el Grial. *Excalibur* es una de las mejores películas que se han realizado nunca sobre el ciclo artúrico. Mágica, sucia y espectacular, con una sensual Helen Mirren interpretando a Morgana.

Morgana ha sido reducida a un estereotipo de sexualidad que le sirve como vehículo principal para la manipulación de los enemigos que la rodean. Eso cambió con *Las nieblas de Avalón* (1983), una revisión feminista de Morgana y su papel en el ciclo artúrico. Escrito por la autora americana Marion Zimmer Bradley (1930-1999), la novela tuvo una adaptación en forma de miniserie televisiva en 2001 dirigida por Uli Edel y protagonizada por Julianna Margulies como Morgana. Recientemente, la BBC produjo una serie fantástica juvenil de aventuras medievales titulada *Merlín*, en la que narraba las aventuras de unos jóvenes Merlín y Arturo a las órdenes de Uther Pendragon. Son cinco temporadas (2008-2012) en las que la amable Morgana Pendragon se convertiría en una villana mágica. Sería interpretada por la actriz irlandesa Katie McGrath, quien, irónicamente, también sería la hija de Lex Luthor en la serie *Supergirl*.

PAZUZU

El demonio de la antigüedad

(de la novela *El exorcista*)

«DIOS NUNCA CONTESTA, PERO EL DIABLO TIENE BASTANTE PUBLICIDAD.»

Pazuzu es un antiguo dios de la antigua Mesopotamia, rey de los demonios del viento, hermano de Humbaba, monstruo gigante guardián del Bosque de Cedros, residencia de los dioses, e hijo de Hanpa, dios de todas las fuerzas del mal. Como rey de demonios, servía en el Infierno de Lucifer y se le consideraba el portador de tormentas y sequías. Como monstruo del averno, Pazuzu es bastante escalofriante: una combinación de partes animales y humanas con cuerpo de hombre, cabeza de león demoniaco, patas de águila, grandes alas gigantes del color del alquitrán, cola de escorpión y pene serpentino. Pazuzu goza destrozando vidas humanas, poseyendo y corrompiendo sobre todo a infantes. Estuvo hibernando durante varios siglos, pero la maldad del siglo XX le despertó. El padre Lankester Merrin supo de su existencia en unas excavaciones en el norte de Irak. Allí descubrió una pequeña estatua del demonio y tuvo el presentimiento que el diablo contra el que había luchado en África cuando era más joven estaba a punto de volver a maldecir otra inocente vida.

La elegida del demonio fue la joven Regan, hija de la actriz Chris MacNeil, con residencia en Georgetown. La niña y su madre comenzaron a tener diversos casos sobrenaturales inexplicables que, en un principio, relacionaron con ataques de *Poltergeists* o fantasmas malditos. Regan hablaba con su tabla de güija con un amigo imaginario llamado Capitán Howdy, que usaba un lenguaje obsceno. La degradación física y moral de Regan, ya con el demonio Pazuzu en su interior, avanzó rápidamente. Aunque Chris MacNeil es atea, recurre al padre Damien Karras para pedir ayuda porque los tratamientos psiquiátricos y médicos no funcionaban con su hija. Aunque el padre Karras no creía que se tratara de una posesión, llega a la conclusión de que algo demoniaco se esconde dentro del frágil cuerpo de la niña tras varias entrevistas con Megan-Pazuzu. Pide permiso al obispo de Washington para llevar a cabo un exorcismo. Pero dada la poca experiencia de Karras se encomienda dirigir la tarea al veterano padre Merrin, quien estaba esperando un

nuevo enfrentamiento contra Pazuzu, aunque su avanzada edad no lo hiciera el más adecuado para esta lucha entre las fuerzas de Dios y las del mal. El exorcismo duró varias horas, exigiendo mucho a los dos curas. La tensión acabó con el pobre corazón de Merrin, quien sufrió una arritmia cardiaca falleciendo durante el exorcismo. Karras decidió sacrificarse para salvar a la niña, haciendo que Pazuzu entrara en él y abandonara a Megan. Cuando el párroco sintió al diablo en su interior se lanzó por la ventana de la habitación, falleciendo tras la caída. Este acto de bondad volvió a enviar al diablo al Infierno, donde pertenecía.

La película más terrorífica de la historia

El escritor norteamericano William Peter Blatty publicó en 1971 una de las novelas de terror que mejores ventas han alcanzado, *El exorcista*. Se inspiró en un caso real de 1949 conocido como el exorcismo de Roland Doe, un seudónimo para proteger la identidad de la víctima. Un caso que saltó a la prensa con el testimonio del padre jesuita Walter H. Halloran en el que se contaba cómo se le practicó un exorcismo a un niño de Maryland de 14 años que sufría una posesión demoniaca. En el caso también aparecía una tabla de güija y eventos paranormales durante su realización. Esto inspiró a Blatty para escribir su libro sobre una posesión demoniaca, aunque en la novela se habla también de las posesiones reales de Loudun y Louviers. Blatty se inspiró en el arqueólogo británico Gerald Lankester Harding para la figura del padre Merrin. Harding había excavado en las cuevas donde se encontraron los Rollos del Mar Muerto y Blatty lo había conocido en un viaje a Beirut. También rescató el nombre de Pazuzu de la mitología asiria-mesopotámica para dar nombre a su demonio. En 2011, la novela sería reeditada en su cuarenta aniversario con cambios por parte del autor, como un personaje y una escena nueva. En 1983, Blatty, bastante descontento con la película de 1977 *Exorcista II: el hereje*, dirigida por John Boorman, film con el que no tuvo ninguna relación el autor, escribió la secuela de *El exorcista*, *Legión*, mucho más *noir*, centrada en un *psycho-killer* y una investigación policiaca. Basó parte de su personaje Géminis en el auténtico asesino en serie Zodiac.

En 1973, dos años después de su estreno en libro, llegaba a la gran pantalla la película *El exorcista*, dirigida por William Friedkin con guion adaptado del propio William Peter Blatty. Protagonizada por Ellen Burstyn, Linda Blair, Max von Sydow y Lee J. Cobb, es considerada por crítica y público como una de las películas más terroríficas de todos los tiempos. El secreto es el mismo que el libro: una sucesión de escenas truculentas que acaban con una explosión de maldad final. También destaca el tono realista de la cinta, como si ese horror te pudiera pasar a ti en cualquier momento. Aunque Pazuzu es nombrado en la novela, no sería así en la película, donde solamente se lo llama «demonio» o «diablo». El rostro icónico que aparece en un par de fotogramas es de Eileen Dietz, mientras la tenebrosa voz manipulada la puso Mercedes McCambridge. Pazuzu y su relación con Medio Oriente y África saldría en la denostada por autor y crítica *Exorcista II,* que resultó ser un fracaso de taquilla comparada con su antecesora, aunque tuviera como protagonista a Richard Burton.

PINHEAD

Placer y dolor

(de la película *Hellraiser*)

«¡YO SOY EL DOLOR!»

El hombre no fue hecho por Dios sino por Leviatán, una deidad imposible de imaginar por la mente humana que creó a un ser débil lleno de miedos, sueños y apetitos que no era inmune a las tentaciones del mal. El hombre recibió conocimiento y comenzó la edad de la razón, pero el Leviatán crearía el Otro Lado, un universo más allá del nuestro, alimentado por el pecado y la maldad de su creación. Un laberinto oscuro carente de lógica o de mapas, en el que el placer se convertiría en dolor y el dolor en placer. Algunos podrían pensar que el Otro Lado es el infierno, pero nada más alejado de la realidad. Allí solo acaban aquellos que se pierden en la maldad humana y llegan conscientes y agradecidos. El castigo para unos es la bendición para los otros. El Otro Lado, que algunos ocultistas llaman Oblivion, está gobernado por la Orden de Leviatán, seres condenados a vagar por los pasillos del laberinto, culminación de la degradación de la carne humana, plagado de horripilantes heridas y tumores, llagas en carne viva y mutilaciones imposibles. No son demonios, llámalos cenobitas.

El líder de los cenobitas no tiene nombre, aunque algunos lo llaman el Sacerdote del Infierno, el Hombre Frío o el Ingeniero… pero muchos lo llaman, por su cruel deformación, Pinhead, cabeza de pincho, por los clavos que sobresalen de su rostro y de su cabeza completamente pelada. Va vestido con una túnica de cuero negra que absorbe la luz y en su pecho mantiene abierta su piel desgarrada en seis heridas simétricas. Pero Pinhead fue antes un ser humano, el capitán del ejército británico Elliot Spencer, quien sufrió por las atrocidades que tuvo que vivir en la Primera Guerra Mundial. Deprimido y destrozado tras la Gran Guerra, Spencer perdió interés por la vida, abandonándose a placeres hasta que descubrió la caja-puzzle de Lemarchand en la India, un objeto mágico que sirve como llave para llegar al Otro Lado. Para ello existe una combinación especial llamada la Configuración del Lamento. Spencer fue torturado por los que enseñan el placer prohibido, el dolor supremo. Su alma se fundió con el espíritu Xipe Tótec, el pontífice oscuro del dolor, convirtiéndose en Pinhead, el líder de los cenobitas.

El terror del Otro Lado

Durante años fue uno de los más fieles servidor del Leviatán, su máximo profeta del dolor, un ser sin conciencia del bien y del mal. En su vida solo existía el dolor y el placer. Pero la humana Kirsty Cotton le recordó su pasado humano cuando estuvo atrapada en el Otro Lado. Esta revelación golpeó a Pinhead, quien fue asesinado por el Doctor Channard cuando estaba protegiendo a Kirsty. Pero Pinhead no murió, su alma quedó separada en dos. Elliot Spencer sería encerrado en el mundo de los sueños y Pinhead permaneció atrapado en una estatua llamada el Pilar de las Almas junto a la Caja de Lemarchand. Fue liberado por el dueño de un popular club nocturno llamado JP Monroe. Pinhead le prometió placer y poder a Monroe, creando cenobitas en la Tierra, un infierno parecido a su Otro Lado en nuestro mundo. Finalmente fue vencido y exiliado en Oblivion.

Pero Pinhead no quería renunciar al poder. Llamado ahora el Sacerdote del Infierno, estaba decidido a obtener toda la magia conocida por el hombre. Los últimos magos de la Tierra fueron masacrados por el Sacerdote. Esto llegó a oídos del detective paranormal Harry D'Amour, quien descubre que Lucifer ha desaparecido y que el infierno está siendo dominado por Pinhead, quien utiliza la magia para afianzar su poder. D'Amour y sus aliados, los *harrowers*, llegan a las tierras baldías del infierno persiguiendo al Sacerdote. Allí descubren una catedral maldita que resulta ser la tumba de Lucifer, quien se suicidó tras llevar milenios alejado de la presencia de Dios. El cuerpo del antiguo ángel está vestido con su armadura, que es robada por el Sacerdote, declarándose Señor del Infierno. Lo que no sabe es que los generales sobrevivientes del Infierno se han aliado para derrotarlo. La batalla entre el Sacerdote y los demonios es brutal. Lucifer resucita y se enfrenta a su profanador hasta destriparlo. Tras vencer a su enemigo, Lucifer comienza a destruir el infierno, mientras D'Amour, sus hombres y los demonios sobrevivientes huyen. Una fuerza invisible, seguramente Leviatán, eliminó el infierno acabando con la existencia también de Pinhead, el Sacerdote del Infierno.

El rey de los sadomasoquistas

El escritor de terror británico Clive Barker (Liverpool, 1952) no estaba muy contento del resultado de las películas hechas sobre sus guiones, *Underworld* y *Rawhead Rex* (1986), dirigidas por George Pavlou. Aunque no tenía ninguna experiencia como director, decidió dirigir su próxima adaptación al cine. Ese mismo año, 1986, publicó su tercer volumen de la antología *Night Visions* titulada *The Hellbound Heart*, una novela corta donde el sexo, el placer y el dolor eran indistinguibles. Como el propio autor reconocía: «El sexo es un gran nivelador. Me hizo querer contar una historia sobre el bien y el mal en la que la sexualidad era el tejido que conectaba a ambos. La mayoría de las películas de terror estadounidenses e inglesas no eran sexuales, o de forma muy tímida, presentando a un grupo de adolescentes que tenían relaciones sexuales y luego eran asesinados. *Hellraiser*, la historia de un hombre impulsado a buscar la mejor experiencia sensual, tiene un sentido de la sexualidad mucho más retorcido». Con el estilo sangriento y visceral de sus cuentos de *Los li-*

bros de la sangre, The Hellbound Heart serviría de inspiración para su primera película, *Hellraiser*. Aunque sus cenobitas no tenían nombre en el libro, estaba claro que tenían un líder, un jefe. Para el aspecto de Pinhead, Barker se inspiró en los clubes de sadomasquismo «para los alfileres en su cabeza. Hubo un local clandestino llamado Cellblock 28 en Nueva York donde viví una noche muy dura. No había bebida, ni drogas, y fue la primera vez que vi a gente perforada por diversión y sangre derramada». También se inspiró en la iconografía cristiana para darle aspecto de monje oscuro.

La saga infinita

Hellraiser se estrenó en 1987, convirtiéndose en una de las películas de terror más escalofriantes de la historia. El actor Doug Bradley daría rostro al cruel cenobita con pinchos en la cabeza. Barker se encargó de la historia de su segunda parte, *Hellbound: Hellraiser II* (1988), dirigida por Tony Randel, realizada con el mismo equipo y elenco de la primera parte. Aunque Barker aparecía como productor ejecutivo se desentendió bastante del retorno de sus cenobitas en *Hellraiser III: Hell on Earth* (1992), dirigida por Anthony Hickox. *Hellraiser IV: Bloodline* (1996) ya no convenció a nadie. Sería la última película de la saga *Hellraiser* estrenada en los cines. Bradley volvería a ser Pinhead en *Hellraiser: Inferno* (2000), dirigida por Scott Derrickson, *Hellraiser VI: Hellseeker* (2002), *Hellraiser: Deader* (2005) y *Hellraiser VIII: Hellworld* (2005), dirigidas por Rick Bota. En 2011 Bradley tenía 56 años, así que el director de *Hellraiser: Revelations*, Víctor García, contó con el físico de Stephan Smith Collins y la voz de Fred Tatasciore. Harto de la franquicia cinematográfica, Barker escribió el final de Pinhead en el libro *The Scarlet Gospels* (2015), dándole un gran final enfrentándose al mismísimo Lucifer. Lo hizo para que no se volviera a utilizar el personaje más. Pero no permanecería muerto mucho tiempo. En 2018 se publicó la novela corta *Hellraiser: The Toll*, escrita por Mark Allan Miller basada en una historia de Barker. El libro era una precuela a los eventos de *The Scarlet Gospels*. En 2018, con miedo por parte de Dimension Films de perder a su monstruo cenobita, se estrenó en DVD *Hellraiser: Judgment*, una película de serie b dirigida por Gary J. Tunnicliffe. Otro actor haría de Pinhead: Paul T. Taylor.

RANDALL FLAGG
La maldad poliédrica
(de las novelas de Stephen King)

«¿QUÉ HIZO EL UNIVERSO POR MÍ PARA QUE ME IMPORTARA SU BIENESTAR?»

La práctica de la magia es intrínsecamente maligna para algunas personas. No se puede discutir la mano que te tocó en las cartas, en la vida y en tu destino. Pero quienes lo afirman son seres pequeños mentalmente: humanos. Existe un ser que acostumbra a manipular y acomodar la gran baraja de la fortuna, a alterar el giro de las ruedas del destino, el *ka*, y afectar al devenir de los imperios. Ese hechicero oscuro es el profeta, la serpiente, el dador de conocimiento y deleite, Walter O'Dim, Marten Broadcloak, Rudin Filaro, Walter Padick, el Caminante, el Nigromante o Randall Flagg, pero es comúnmente llamado el Hombre de Negro, aunque algunos le han confundido con el mismísimo Diablo o con el Judío Errante.

Como su rostro, que muta a lo largo del tiempo y las décadas, el Hombre de Negro también muta su pasado con cada nueva aparición apocalíptica de su oscura presencia. Algunas veces se cuenta que nació como Walter Padick en el reino perdido de Delain y a los trece años se escapó de casa para vivir aventuras. Tras ser brutalmente violado por un vagabundo, el joven Padick viviría resentido por la humanidad, aprendiendo varias formas de magia oscura y logrando la inmortalidad. Tras varios siglos de fechorías, se convierte en el consejero de cuatro monarcas sucesivos de Delain, envejeciendo muy poco en casi setenta años. Su objetivo es provocar el caos en su tierra natal, causando una rebelión contra la monarquía para que este reino se vea sumido en mil años de sangrienta anarquía. Falló en su intento, frustrado por el hijo menor del rey Roland, Thomas, pero pudo huir sin conocer su fin. Sus fechorías llamaron la atención del rey Carmesí, el mal supremo del multiverso, cuya voluntad es destruir la Torre Oscura y dominar la oscuridad del exotránsito.

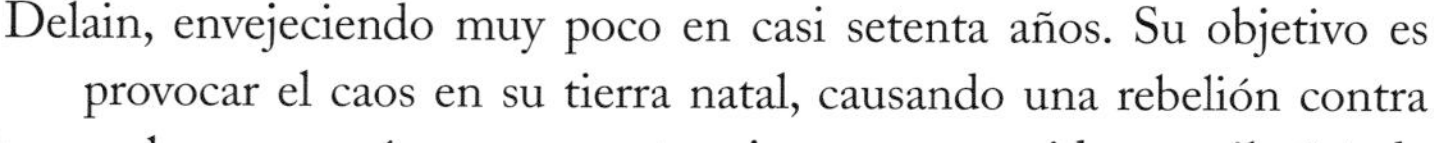

Pero su pasado podría ser otro mucho más peligroso. Walter O'Dim es hijo del mago Maerlyn y Selena, la diosa de la Luna Negra. Su poderoso padre lo abandonó en la casa humilde de un molinero. Con trece años, la maldad ya anidaba en el corazón del Hombre de Negro y quemó el molino de su padre adoptivo, huyendo en busca de su verdadera familia. Maerlyn había creado 13 esferas mágicas que en realidad son seres sensibles. Flagg tiene una relación sexual incestuosa con la esfera conocida como la Toronja, la cual tiene una personificación femenina que le ayudará en la caída de Gilead, la capital de la Afiliación, sede de la baronía de Nuevo Canaán y el centro de toda la actividad del Mundo Interior.

El hombre de negro

En Nuevo Canaán, el mago se hizo conocer en un principio como Marten Broadcloak, consejero de Steven Deschain, pistolero señor de Gilead y la Afiliación. Aunque en realidad conspira con el rey Carmesí con el objetivo de provocar la caída de la Torre Oscura utilizando al cruel John Farson, el Buen Hombre, que desea la caída de Gilead y Nuevo Canaán con sus sucias máquinas de petróleo. Broadcloak seduce a la esposa de Steven, Gabrielle, a quien utiliza para provocar al vástago de los Deschain, Roland, el cual se convertirá en el antagonista del Hombre de Negro, cuyo destino une al suyo, persiguiéndose a lo largo de varias décadas, hasta el final de la misma Torre Oscura. A lo largo de esta persecución también se hace llamar Walter O'Dim.

Flagg se parece a cualquiera que veas en la calle. Pero cuando sonríe, los pájaros se caen de las líneas telefónicas. Cuando te mira de cierta manera, tu próstata se pone mala y tu orina se quema. La hierba se pone amarilla y muere por donde escupe. Flagg, también hizo estragos en nuestro mundo, llamado Piedra Angular, cuando apareció tras una plaga que había acabado con la mayoría de la población como un hombre alto de ninguna edad vestido con vaqueros viejos, chaqueta y botas de vaquero. Su obsesión es construir una nueva civilización en Estados Unidos atrayendo a gente malvada que quiere el poder, la tiranía y la destrucción. Flagg tortura sin piedad a quien no le es leal y consigue reunir en Las Vegas a mucha gente afín a su agenda apocalíptica. Su objetivo principal es atacar Boulder, Colorado, la Zona Franca de Madre Abigaíl, para convertirse en la sociedad anárquica dominante. Parece que encuentra su fin con la explosión de ojiva nuclear, pero su poder de teleportación le permite huir de allí para crear el mal en otras facetas del multiverso.

El rostro del mal de Stephen King

Randall Flagg aparecería por primera vez en la novela *Apocalipsis* (1978) del escritor de terror Stephen King (Portland, 1947). Este siniestro personaje es la encarnación del mal en el apocalíptico mundo que describe King. Se le ocurrió al escritor de Maine a mediados de la década de los setenta inspirándose en Donald David DeFreeze, terrorista del grupo de extrema izquierda Symbionese Liberation Army, involucrado en varios delitos graves como el secuestro de Patty Hearst, la heredera del imperio periodístico. Según cuenta el mismo King, un día escribió: «"Donald DeFreeze es un hombre oscuro". No quise decir que DeFreeze fuera negro; se me había ocurrido que en las fotos tomadas durante el robo a un banco apenas se podía ver la cara de DeFreeze. Llevaba un gran sombrero que lo impedía. Escribí la frase "un hombre oscuro sin rostro", y luego imaginé un lema espeluznante: "una vez en cada generación la plaga caerá entre ellos". Y eso fue todo. Pasé los siguientes dos años escribiendo un libro aparentemente interminable llamado *Apocalipsis*».

King no paró ahí y volvería a vincular a Flagg con otros personajes de sus siguientes novelas. Sería Marten Broadcloak y Walter O'Dim en *La torre oscura: El pistolero* (1982), la primera piedra de su larga epopeya western fantástica de ocho libros inspirada en las leyendas artúricas, la prosa de Tolkien y las películas de Sergio Leone. En la primera edición, los personajes de Marten y Walter no estaban vinculados, eran diferentes personas. Pero King los unió en ediciones posteriores, añadiendo más y más capas a su personificación del mal absoluto como gran villano de su cosmogonía fantástica. Flagg recuperaría su apellido en la novela fantástica *Los ojos del dragón* (1984), dando a entender que los sucesos en el mágico reino de Delain de esa novela suceden 1.500 años antes de los que acontece en Mundo Interior.

Flagg ha hecho su maligna intervención en la pequeña y gran pantalla. En 1994 se estrenaría la miniserie de cuatro capítulos *Apocalipsis*. Jamey Sheridan daría rostro a Randall Flagg, con su imponente altura vestido de vaquero. Lástima que el peinado heavy con mullet de la época dé más risa que miedo actualmente. Walter O'Dim daría mucho más miedo en la adaptación cinematográfica de *La torre oscura* (2016) del director Nikolaj Arcel. Una floja película que solo mantiene a flote el enfrentamiento entre Idris Elba (Roland Deschain) y Matthew McConaughey (Walter O'Dim). En 2019, el productor de *The Walking Dead*, Glen Mazzara, anunció que en 2020 se estrenaría la serie basada en *La torre oscura* desde la caída de Gilead con el actor finlandés Jasper Pääkkönen interpretando al maligno mago consejero Marten Broadcloak.

RASPUTÍN
Semilla de destrucción
(del cómic *Hellboy*)

«VIVIRÁS PARA VER EL AMANECER DE UN NUEVO MUNDO.»

Quizá conozcas la historia de Grigori Yefímovich Rasputín, el místico ruso nacido en un pequeño pueblo de la Siberia Occidental, Pokróvskoye, en 1869. Fue un muchacho enfermizo y problemático que empezó a beber de joven y fue detenido por robar caballos. Se casó en 1887 y tuvo tres hijos, pero dejó a su familia para pasar varios meses en el monasterio de Verjoturie. La Iglesia ortodoxa rusa no le dio las respuestas que necesitaba, ni la secta jlystý, donde se flagelaban y se celebraban orgías, tampoco el iluminado ermitaño con el que estuvo un tiempo conviviendo. En 1895 fue visitado por la maldita bruja Baba Yaga, quien le profetizó que estaba destinado a dar nacimiento a una nueva era. Pero Rasputín temía que su tiempo se acabara antes de realizar su tarea y le pidió a la bruja que tomara un trozo de su alma y lo escondiera en las raíces del árbol místico *Yggdrasil* para convertirse en un inmortal. Sus poderes de curación comenzaron a interesar a la aristocracia rusa, que acogió al monje loco. Fue llamado por la zarina Anna Výrubova en 1905 para que curara la hemofilia de su heredero Alekséi Románov y se convirtió en favorito de los zares, sobre todo de la zarina Alejandra. Con el principio de la Gran Guerra, algunos aristócratas y generales rusos consideraban peligrosas las ideas de Rasputín, sobre todo por su influencia en la familia real, y planearon su asesinato. Lo envenenaron con cianuro, le dispararon tres veces, le golpearon la cabeza, lo arrastraron atado con cadenas de hierro y lo arrojaron al río Nevá, donde murió ahogado.

Esta es la historia que siempre nos han contado, pero la Agencia de Investigación y Defensa Paranormal (AIDP) tienen un dosier mucho más grande sobre sus correrías. Sí, estuvo a punto de morir, pero en el frío río se le aparecieron los siete dragones del caos, *Ogdru Jahad*, cuya visión lleva a la locura. Esta entidad multiforme curó a Rasputín y le reveló lo que necesitaba saber para preparar su regreso a nuestra dimensión para acabar con la vida humana y crear un nuevo renacer. Para ello debería convocar a Anung Un Rama, la mano derecha del Apocalipsis, el instrumento para provocar su advenimiento. Rasputín huyó a Italia y estuvo buscando información para convocar a la semilla de destrucción. Por fin había encontrado un sentido a su vida, provocar el fin del mundo. Entró en contacto muchas veces más con el dragón, preparando su llegada, pero no tenía los medios para tal empresa.

Rasputín y los nazis

Eso se solucionó en 1937, cuando lo encontró el nazi Heinrich Himmler, quien lo convenció de que entrara en su ejército esotérico que aseguraría un *Reich* de mil años. Las ideas fascistas de los científicos nazis con los que trabajaba no eran el objetivo de Grigori. Trabajó en el secreto Proyecto Ragna Rok para desencadenar el Apocalipsis e impulsar un nuevo Edén. Encontró nuevos acólitos, como la coronel Ilsa Haupstein o los locos Karl Ruprect Kroenen y Leopold Kurtz. En diciembre de 1944, cuando Alemania estaba a punto de caer por el ataque aliado, Rasputín y sus fieles llegaron con un submarino hasta una pequeña isla en la costa escocesa. Convocaron a la bestia del Apocalipsis con éxito, pero fueron rodeados por Bruttenholm y sus hombres, avisados por visiones de parapsicólogos británicos. Rasputín huyó con sus fieles y se retiraron a unas instalaciones nazis del Círculo Polar Ártico, donde esperarían congelados en animación suspendida hasta que el ser que habían convocado creciera hasta abrazar su destino.

Anung Un Rama resultó ser un bebé mitad demonio mitad humano con una gran mano de piedra. Bruttenholm lo adoptó y lo llamó Hellboy. El joven demonio creció sano y feliz con su padre en bases estadounidenses y comenzó a trabajar con la AIDP a mediados de la década de los cincuenta, acabando con muchas criaturas malignas y amenazas sobrenaturales. Rasputín durmió hasta que en 1994 fue despertado por una expedición al Círculo Polar Ártico financiada por la rica familia Cavendish. El monje loco convocó a la criatura Sadu-Hem y atrajo a Hellboy hasta la mansión Cavendish matando a Bruttenholm. Hellboy, el ser submarino Abe Sapien y la piroquinética Liz Sherman, los mejores agentes de la AIDP, llegaron a la mansión, pero allí se encontraron con Rasputín, quien intentó convencer a Hellboy de que despertara al Ogdru Jahad con la fuerza bruta del Sadu-Hem, un monstruo cefalópodo gigante. Abe, poseído por el espíritu de Eihu Cavendish, lo atravesó con un arpón, y Sherman incineró hasta las cenizas a Rasputín, Sadu-Hem y la mansión.

Pero Grigori había puesto en marcha planes más ambiciosos para convencer, a la fuerza, a Hellboy. Su fantasma se le apareció a su leal Ilsa Haupstein, para que se olvidase de su amado vampiro Vladimir Giuresco, al que quería revivir, y entregara su alma a una doncella de hierro encantada por Hécate, la diosa de los vampiros. Haupstein se sacrificó para convertirse en una nueva e indestructible Hécate y atacó a Hellboy, pero el chico demonio pudo vencerla. El último intento de Rasputín de construir su Edén en la Tierra aprovechándose de un Hellboy que no quiere nada de su herencia maldita fue en el castillo de Hunte, Austria, donde su aliado, el robótico Herman von Klempt, y su nieta Inger esperaban una nave espacial lanzada por los nazis en la década de los cuarenta. Con ella había venido un pedazo de maldad de Ogdru Jahad, conocida como el Gusano Conquistador. El homúnculo Roger venció al Gusano, acabando con la última esperanza del dragón de entrar en nuestro mundo. Inger se convirtió en un monstruo rana. Rasputín

se retiró derrotado al mundo de los sueños, donde se enfrentó contra el espíritu de Hécate, que se rio de él. Las respuestas airadas de Grigori no gustaron a la diosa, que destruyó su alma. No quedaba mucho de la esencia del monje loco, pero Baba Yaga la recogió y la guardó en una bellota, donde permanece esperando su momento.

Del personaje real al mito lovecraftiano

Existen bastantes universos superheroicos interesantes más allá de DC y Marvel. Uno de los mejores ilustradores de la década de los ochenta-noventa, Mike Mignola (Berkeley, 1960), creó uno propio influido por la literatura de H. P. Lovecraft, los seriales *pulp* de la década de los treinta, el terror paranormal y la mitología europea. Y todo nació con un dibujo hecho para la San Diego Comic-Con de 1993. En ella salía un gigante demonio en el que Mignola escribió debajo Hellboy. Con una idea en mente que mezclara los mitos de Chtulhu de Lovecraft, la Segunda Guerra Mundial, los nazis, aventuras de terror, superhéroes y cierto aire mitológico-esotérico a lo Indiana Jones, Mignola intentó venderle el proyecto a DC, pero en DC no veían con buenos ojos la palabra *Hell* en el título. Hablamos de la compañía que estuvo publicando durante más de veinte años un cómic titulado *Hellblazer*. Mignola decidió quedarse con su criatura y publicarla con Dark Horse. Llamó a su amigo John Byrne para que le ayudara con los diálogos y los cuatro números de *Semilla de destrucción* (1994) hicieron historia ganando los premios Harvey y Eisner de 1995 por la recopilación en álbum. Uno de los grandes aciertos de la primera aventura de Hellboy fue contar con un personaje real como enemigo, Grigori Rasputín, el famoso monje loco de la familia Románov, quien fue asesinado de una manera ciertamente grotesca. Rasputín se convirtió en el titiritero tras la creación de Hellboy y todo lo que acontece en *Semilla de destrucción, Despierta al demonio* (1996) y *El gusano vencedor* (2001).

Los eventos de *Semilla de destrucción* sirvieron de inspiración al director mexicano Guillermo del Toro para su adaptación de 2004 *Hellboy*, donde Ron Perlman hacía del rojo demonio. Su contrapartida, como no, fue Rasputín, interpretado por el actor checo Karel Roden, que impresiona con su presencia. El fantasma de Rasputín iba a aparecer en *Hellboy II: El ejército dorado* (2008), pero su escena tuvo que ser recortada. Aparecería como extra de animación en la edición DVD de tres discos donde el espectro de Grigori guiaba al empresario Roderick Zinco para resucitar a Karl Ruprecht Kroenen. En el nuevo *reboot* de la franquicia cinematográfica de Hellboy de 2019, dirigida por Neil Marshall e interpretada por David Harbour, también sale Rasputín, pero de manera tangencial en un *flashback* sobre la aparición del chico demonio. Su corto papel lo realizaría el actor Markos Rounthwaite. Si quieres saber más sobre el complot para asesinar al verdadero Rasputín, es imprescindible hacerse con la novela gráfica *Petrogrado* (2011) de Philip Gelatt y Tyler Crook, donde se cuenta su extraño asesinato paso a paso. Irónicamente, el ilustrador Tyler Crook también había dibujado algunos números de AIDP, una de las colecciones principales del *Hellboyverso* de Dark Horse.

SAURON

Su dominio es el tormento

(de las obras de J. R. R. Tolkien)

«MAESTRO DE LAS SOMBRAS, MALVADO EN SABIDURÍA Y CRUEL EN LA FUERZA.»

Sauron, el señor oscuro de la Tierra Media, lugarteniente de Melkor y uno de los principales enemigos de los *valar*, elfos, enanos y humanos no fue creado por Eru como un ser malvado. Todo lo contrario. Fue creado como un maiar, un espíritu primordial. Su nombre era Mairon, «lo admirable», y fue enviado a servir al herrero valar Aulë. Aprendió mucho de su señor para crear sustancias del recién creado mundo de Arda. Era un gran artesano bueno e incorrupto, pero comenzó a obsesionarse con el orden y la perfección. El Señor Oscuro Morgoth, también conocido como Melkor, sintió esas flaquezas en el maiar y comenzó a seducirlo. Mairon vio en las ansias de destrucción de Melkor un camino para conseguir sus fines de dominar toda la Tierra Media para recrearla a su antojo. Durante un tiempo, estuvo jugando a ser fiel a los *valar* y a Morgoth, dando información a ambos bandos. Los *valar* hacía tiempo que consideraban las aspiraciones destructivas de Morgoth un peligro para Arda. Cuando Melkor estableció sus fortalezas en la Tierra Media,

Mairon se convirtió en el más leal lugarteniente del Señor Oscuro. Tras su gran traición a los valar y a los *maiar*, los elfos sindar comenzaron a llamarle Gorthaur, «abominación temible», pero los elfos en general le llamaron Sauron, «Lo abominable». Él nunca se llamó así, claro. Se concedió el título de Tar-Mairon, «Rey Admirable».

Durante la Gran Guerra de la Cólera de la Primera Edad, Sauron se convirtió en el Alto Capitán de Angband, una fortaleza de Morgoth, quien había robado los silmarils de Fëanor, gemas encantadas que brillaban con la luz de los destruidos árboles de Valinor. Angband fue tomada por los valar y sabemos que algunos de sus lugartenientes huyeron. Sauron apareció más tarde declarándole la guerra a los elfos, conquistando la isla de Tol Sirion y convirtiéndose en el señor de los licántropos. Tol Sirion se convirtió en Tol-in-Gaurhoth, donde llegaron la pareja Beren y Lúthien, ayudados por el gran sabueso Huan. Sauron envió a sus hombres lobos a acabar con Lúthien, pero Huan los venció a todos. El propio maiar se convirtió en hombre lobo para atacar a la doncella elfa Lúthien, pero Huan pudo doblegarlo. Tar-Mairon tuvo que huir de su isla malherido con forma de vampiro. Cuando Morgoth fue definitivamente capturado y encadenado, Sauron se presentó con su forma más noble para pedir perdón al gran héroe maiar Eönwë, quien le ordenó que fuera a Valinor para ser juzgado, pero Sauron huyó y se escondió en algún lugar oscuro de la Tierra Media.

Derrotado y humillado por los *maiar*, los *valar* y los elfos, Sauron permaneció oculto durante los primeros quinientos años de la Segunda Edad hasta que comenzó a construir su Torre Oscura de Barad-dûr cerca del Monte del Destino en Mordor. Los hombres eran fáciles de corromper, pero contar con la pleitesía de los elfos le aseguraría la Tierra Media. Se presentó ante ellos como Annatar, el Señor de los Regalos, e instruyó a los herreros elfos de Eregion en artes y magia. Les enseñó a forjar los anillos de poder, tres grandes anillos para los elfos, mientras en secreto forjaba un Anillo Único, un anillo para dominarlos a todos y traerlos a las tinieblas. Cuando el anillo estuvo listo, los elfos sintieron su traición y escondieron sus anillos. Sauron también había hecho siete anillos para los reyes enanos y nueve para los hombres. Los reyes enanos resultaron ser más resistentes y no cayeron bajo su influjo, pero fueron malditos con una codicia enfermiza por el oro y las piedras preciosas. Los nueves reyes humanos se corrompieron rápido y se convirtieron en los nazgul, los sirvientes oscuros más leales de Sauron. Gracias a su control sobre los hombres, Sauron se convirtió en el Señor Oscuro de Mordor, conquistando casi toda la Tierra Media, y en enemigo de los elfos, a los que no había podido controlar. Gil-Galad, rey de los Noldor, Elrond y la dama Galadriel perdieron muchas batallas y elfos bajo el rodillo imparable de las fuerzas de Mordor. Pero los hombres de Númenor, descendiente de los elfos Edain, viajaron a la Tierra Media para detener a Sauron. El rey Tar-Minastir lo venció en la batalla de Gwathló.

La destrucción de Númenor

El Señor Oscuro volvió a utilizar su mejor arma, la persuasión y su forma más amable para alabar al rey numenoreano Ar-Pharazôn, dejándose atrapar y siendo llevado a Númenor, donde pasó de ser un prisionero a convertirse en el confidente del rey. Convenció a los hombres más nobles de Arda para adorar a Morgoth, edificando templos y realizando sacrificios humanos. También convenció al rey para ata-

car Valinor y reclamarlo para el hombre. Eru no quedó impasible ante esta ofensa e inundó Númenor bajo las aguas. Sauron fue destruido, pero su espíritu no. Huyó a Mordor con su anillo y volvió a llamar a sus fieles. Sin su cuerpo, Sauron ya no podría convertirse en un maiar más y solo irradiaría maldad. Tampoco podría crear nada más durante el resto de su vida.

Los numenoreanos que sobrevivieron a la destrucción de su tierra natal salvados por Elendil, un noble de Númenor que siempre había desconfiado de Sauron, se establecieron en la Tierra Media fundando los reinos de Gondor y Arnor, a las puertas de Mordor. Sauron odiaba a Elendil y comenzó una guerra contra él y sus hombres. El rey elfo Gil-Galad se alió con el rey de Gondor Elendil y atacaron a las huestes de Sauron en la Batalla de Dargorlad. Sitiaron Barad-dûr durante siete años hasta que, cansado, Sauron salió de su fortaleza para liderar a sus orcos contra elfos y hombres. Elendil y Gil-Galad fueron asesinados por el propio Sauron, pero Isildur, hijo de Elendil, cortó el dedo del Anillo Único de Sauron, acabando con su mágica forma física. Los ejércitos del Señor Oscuro se retiraron tras la desaparición de su amo. Isildur podría haber destruido el Anillo Único en los fuegos del Monte del Destino, pero quedó embelesado por su poder y lo guardó como legado para su reinado. Aunque nunca llegaría a Arnor. Fue asesinado por una partida de orcos y el Anillo Único se perdió en un río. Años más tarde sería encontrado por los *hobbit* Déagol y Smeagol. Sauron el inmortal no murió pero quedó débil y sin poder tomar forma física.

Alrededor del año mil de la Tercera Edad, Sauron comenzó a tomar forma física. Los *valar* estaban preocupados por el retorno del Señor Oscuro y enviaron a cinco *istari* para ayudar a la Tierra Media. Esos *istari* fueron llamados magos por humanos, enanos y hobbits. Ellos son Saruman el Blanco, Gandalf el Gris, Radagast el Pardo y los dos magos azules: Pallando y Alatar, quienes viajaron al oeste y no se supo nada de ellos durante la Guerra del Anillo. Mientras, Sauron se instaló al sur del Bosque Verde, en la fortaleza de Dol Guldur, organizando ataques contra Arnor y Gondor. Sus súbditos de Angmar destruyeron el reino de Arnor. Los *nazgul* conquistaron Minas Ithil y la llamaron

Minas Morgul. Pero los *istari*, los hombres de Gondor y los elfos comenzaron a sospechar y Sauron tuvo que huir al este, donde corrompió a los orientales. En el 2460 de la Tercera Edad, Tar-Mairon volvió a Dol Guldur, donde se le comenzó a conocer como el Nigromante. Un poco más tarde, Bilbo Bolsón, un *hobbit* de la Comarca, se encontró con el Anillo Único, que había estado más de dos mil años en la posesión de la criatura lastimera y traicionera llamada Gollum, el antiguo *hobbit* Smeagol, quien había sido deformado por la maldad del anillo de Sauron. El Concilio Blanco, formado por la dama Galadriel, Saruman, Gandalf, Elrond, Círdan y otros señores de los Eldar, pudieron parar al Nigromante, expulsándolo de Dol Guldur. Sauron huyó a Barad-Dûr, en Mordor, donde comenzó a organizar la búsqueda del Anillo Único y planear una nueva Gran Guerra contra todos los pueblos de la Tierra Media. Sin el anillo, Tar-Mairon no tenía cuerpo, solo era una presencia maligna que lo veía todo, por eso sus huestes enarbolaban las bandera con el ojo del mal que todo lo ve. Saruman el Blanco, el líder del Concilio Blanco comenzó a espiar a Sauron con

la piedra de Orthanc, pero el Señor de los Anillos sintió la presencia del mago y comenzó a engañarle con visiones desastrosas. La voluntad de Saruman comenzó a desfallecer hasta que cayó en las redes de Sauron, convirtiéndose en uno de sus peones para la guerra que se avecinaba.

La Guerra del Anillo

Los orcos de Sauron encontraron y torturaron a Gollum. Así se enteró éste de que el Anillo Único estaba en la Comarca, en manos de un *hobbit*. Envió a sus nazgûl a conseguirlo, pero Gandalf ya había organizado la huida de Frodo Bolsón, sobrino de Bilbo y actual dueño del anillo. Gandalf pidió al montaraz heredero de Isildur, Aragorn, que llevara a Frodo y sus amigos *hobbits*, Samsagaz Gamyi, Mediradoc Brandigamo y Peregrin Tuk, a Rivendel, donde se formó el Concilio de Elrond para decidir la suerte de la Tierra Media. Se creó la Comunidad del Anillo para destruir el anillo. Formada por el capitán de los Dúnedain Aragorn; el capitán general de Gondor Boromir; el embajador de los elfos del Bosque Negro Legolas; el enano Gimli enviado por la Montaña Solitaria; y Gandalf el Gris, quien ya había descubierto la traición de su amigo Saruman el Blanco. Los cinco acompañarían a los cuatro hobbit a Mordor, a la Montaña del Destino, para destruir el Anillo Único y acabar con Sauron. El Señor Oscuro y Saruman enviaron a orcos, *Uruk hai* y varias criaturas oscuras para conseguir el anillo, pero no pudieron arrebatárselo al pequeño *hobbit* mientras la Comunidad del Anillo se desmoronaba quedando solos Frodo y Sam en su camino hacía Mordor. El *palantir* de Orthanc era una de las pocas fuentes de información fiable que Sauron tenía, pero malinterpretó todas sus señales y eso le llevó a la derrota final. Cuando Isengard y Saruman cayeron, el *hobbit* Pippin miró en el *palantir* y Sauron llegó a la conclusión de que Saruman tenía el anillo y al *hobbit* en su poder. Esto permitió a los hombres de Rohan y Gondor organizarse. Más tarde, Aragorn se reveló a Sauron en el *palantir* como heredero de Isildur, el rey que mató su forma física. Rabioso, ordenó el ataque a Gondor al Rey Brujo de Angmar sitiando Minas Tirith en la cruenta Batalla de los Campos de Pelennor. Aunque Sauron había perdido cientos de miles de sus huestes oscuras, los hombres de Gondor y Rohan quedaron debilitados. Gandalf y Aragorn convencieron a los pueblos libres de la Tierra Media para un ataque suicida a Mordor. Su intención era acaparar toda la atención de Sauron, pues Frodo y Sam se encontraban muy cerca del Monte del Destino y tenían una oportunidad de destruir el Anillo Único. Aunque Frodo, finalmente, cayó bajo el oscuro influjo del maldito anillo, Gollum se lo robó en el último instante, cayendo en el fuego del Monte del Destino y destruyendo el Anillo. Sin la principal fuente de su poder, Sauron perdió toda su esencia, siguiendo a su señor Melkor en el vacío y el olvido.

El mal según Tolkien

Tras el éxito de *El Hobbit* (1937), el cuento juvenil del filólogo británico John Ronald Reuel Tolkien (1892-1973), la editorial le pidió una continuación. Aunque Tolkien publicara *El Señor de los Anillos* en 1954, sobre la Guerra del Anillo de la Tercera Edad, y *El Silmarillion* en 1977, póstumamente, recopilado por su hijo Christopher, la verdad es que el *legendarium* de Arda y la Tierra Media llevaba rondando en la cabeza del profesor de inglés antiguo desde 1917, cuando estaba convaleciente en Francia tras su participación en la Batalla del Somme en la Primera Guerra Mundial, una de las batallas más cruentas de esa guerra. Mientras escribía *El hobbit* en 1920, ya comenzaba a desarrollar algunas historias de El Silmarillion en 1925. Esa gran obra, influida por el folclore nórdico, la gran epopeya finlandesa *Kalevala*, el Antiguo Testamento o la mitología griega y celta, trataría la Primera y Segunda Edad, desde la creación de Arda, el mundo de la Tierra Media, pasando por la ascensión de Morgoth como gran mal de todos los pueblos hasta el final de la Guerra de la Cólera.

Para Tolkien, Sauron el Nigromante era la razón por la que *El Hobbit* se había convertido en un libro serio en vez de un cuento de hadas al estilo de los Hermanos Grimm. En cuanto introdujo un villano oscuro y manipulador, el mundo de la Tierra Media dejó de ser un cuento amable. Sus propias experiencias traumáticas en la Gran Guerra le hicieron ser consciente de la gran maldad y destrucción que existía en el mundo. Tolkien ya había creado un mal para Arda, la serpiente de la manzana, Melkor o Morgoth, el *ainur* creado por Ilúvatar (Dios) que se volvió maléfico. Sauron no existía en los primeros apuntes del *legendarium* de Tolkien. En las primeras versiones de Beren y Lúthien el oponente es Tevildo, el señor de los gatos, en vez de Sauron. Luego se convertiría en Thû, el Nigromante, hasta que llegó a Gorthaur y Sauron.

Su nombre es su sino

Como en todas las creaciones del maestro Tolkien, el nombre determina el espíritu: el Abominable. Fue con la creación del *leitmotiv* de *El Señor de los Anillos* cuando Sauron comenzó a ser muy importante para todo el *legendarium* creado por Tolkien. Por eso lo introdujo como *maiar* corrompido por Melkor, en su mano derecha y en uno de los protagonistas de todo lo malo que ocurre en la Primera y Segunda Edad. Cuando conocemos a Sauron, al principio del libro que lleva su nombre, nos encontramos con un personaje que ha vivido mil vidas y demasiadas derrotas.

Tolkien era un católico devoto y su interpretación sobre el mal es muy cristiana. El mal de Tolkien no puede crear, solo corromper. La Creación es una cosa divina. Cuando Sauron era Mairon, cuando era bueno, podía crear. En cuanto su cuerpo físico desapareció ya no podía ni aparecerse a otros pueblos con formas bondadosas, solo como un Nigromante o un Señor Oscuro. Hay mucha gente que encuentra en Sauron un parecido con Hitler, y todo *El Señor de los Anillos* como una especie de metáfora de la Segunda Guerra Mundial, pero Tolkien llevaba años pensando en la continuación de *El hobbit* y comenzó a escribir el libro en 1939. Sauron es un diablo, simplemente, un ser creado por Dios (*Ilúvatar*) que ha renegado de él, lo ha traicionado y corrompe a sus criaturas.

SMAUG

El rey de los dragones

(de la novela *El Hobbit*)

«¡MI ARMADURA ES COMO DIEZ ESCUDOS, MIS DIENTES SON ESPADAS, MIS GARRAS LANZAS, EL GOLPE DE MI COLA UN RAYO, MIS ALAS UN HURACÁN Y MI ALIENTO... MUERTE!»

Smaug es uno de los dragones de fuego más magníficos de la tercera edad de Arda, donde está el continente de la Tierra Media. Nacido en la primera edad en el Brezo Marchito, en el extremo oriental de la Montañas Grises, un lugar temido por ser el caldo de cultivo de los dragones de fuego, que antaño llegaron a dominar todas las Montañas Grises con su temido poder de aliento de fuego. Criado en Angband por Melkor como el resto de los grandes dragones de la Primera Edad, como Anacalagon el Negro o el peligroso teniente de la armada de Morgoth, Glaurung, Smaug no era uno de los dragones más grandes de Arda, pero sí uno de los más ruines y avariciosos.

Tras la caída de Melkor y sus ejércitos, Smaug fue uno de los pocos que sobrevivieron, convirtiéndose en un peligro alado de pura maldad y fuego. Permaneció escondido mucho tiempo en las Montañas Grises hasta que alrededor del 2770 de la Tercera Edad se sintió atraído por la inmensa riqueza del reino enano de Erebor. Cuevas y grutas llenas de oro, piedras preciosas, plata, perlas, esmeraldas, zafiros, diamantes y la famosa piedra del rey, la Arkenstone. Smaug abandonó su guarida y en un ataque que duró menos de un día arrasó Erebor y destruyó la ciudad humana vecina de Dale, acabando con gran parte del pueblo del rey enano Thrór, su hijo Thráin y el príncipe Thorin Oakenshield. Las grandes grutas de Erebor se convirtieron en la nueva residencia de Smaug, quien quemó todo el valle que había entre la montaña y Dale, convirtiéndose en la maldita Desolación de Smaug. Nadie osó invadir su dominio y el viejo dragón estuvo 170 años guardando celosamente su gran tesoro, durmiendo entre oro y piedras preciosas bajo la Montaña Solitaria.

En el 2941 de la Tercera Edad, el mago *maiar* Gandalf el Gris temía el resurgimiento de Sauron, el lugarteniente de Morgoth que había sido derrotado al final de la Segunda Edad del Sol, desprovisto de gran parte de su poder por haber sido desposeído del peligroso Anillo Único. Si Smaug despertaba por la llamada del mal de Sauron, la Tierra Media corría un gran peligro. Por eso convenció al nieto de Thrór, Thorin, de que reclutara una compañía de enanos para asaltar Erebor. Como el dragón estaba acostumbrado al olor de enano, reclutaron a un inocente *hobbit* de La Comarca, Bilbo Bolsón, como ladrón.

Bilbo Bolsón

Los enanos de Thorin y Bilbo consiguieron llegar a la Montaña Solitaria tras un peligroso viaje y accedieron al viejo reino por una entrada secreta. Bilbo bajó a la gigantesca gruta donde descansaba el dragón y robó una copa dorada. Los enanos querían más y Bilbo bajó de nuevo, pero esta vez Smaug había despertado, alarmado por la falta de uno de sus tesoros. Gracias a que Bilbo llevaba un misterioso anillo perdido en la cueva de Golum que le permitía ser invisible, el joven *hobbit* pudo hablar con Smaug sin ser descubierto por éste, pero su penetrante mirada le hacía decir la verdad en una larga conversación en la que Bilbo intenta alabar a Smaug para conseguir su perdón. Durante su larga estancia en Erebor, Smaug reforzó su cuerpo con oro y piedras preciosas, pero Bilbo puede ver que en su pecho falta una pequeña escama.

El *hobbit* logra escapar por los pelos, pero la ira de Smaug por el robo de los enanos hace que el dragón gigante salga de Erebor y centre su odio en Esgaroth, la Ciudad del Lago cercana a la Montaña Solitaria. Los enanos y Bilbo pudieron avisar al Bardo el Arquero, jefe de la guardia de Esgaroth, quien preparó la defensa de la ciudad contra el alado ataque de fuego del temible dragón. Tras provocar varios incendios con su aliento de llama y destrozar varios edificios con su cuerpo y sus alas, Bardo pudo atravesar el pecho de Smaug con una flecha negra de Dale que había heredado de sus antepasados, la única flecha que podía acabar con un dragón de fuego. Con la muerte de Smaug se acababa la estirpe de los grandes dragones de fuego en la Tierra Media. Criaturas inteligentes, salvajes y peligrosas, sí, pero uno de los grandes espectáculos animales de Arda.

Tolkien y los dragones

Cuando Tolkien estaba escribiendo su cuento infantil *El hobbit* (1937), gran parte de su fascinación por *Beowulf* y la literatura inglesa y nórdica medieval se volcó en la creación del gran adversario del pequeño Bilbo Bolsón y sus amigos enanos, el dragón Smaug. Tolkien realizó numerosos bocetos a lápiz sobre cómo tenía que ser su dragón, dibujos que han aparecido en diversas ediciones posteriores de su primer libro sobre el *legendarium* de la rica Tierra Media y el mundo de Arda. Gran parte del argumento del robo de Bilbo a Smaug está inspirado en Beowulf. Aunque la inspiración de que Smaug fuera un dragón parlante viene del taimado Fafner de la saga *Völsunga*, inmortalizado por Richard Wagner al principio de *El anillo del nibelungo*. Una de las características claves de Smaug es la misma que en Beowulf: el dragón se enfada aunque le hayan robado un pequeño objeto de la multitud de tesoros que tiene, un claro ejemplo de la encarnación de la codicia y de las calamidades que causa.

En 1977 se produjo una versión animada de *El hobbit* dirigida por Arthur Rankin Jr y Jule Bass animado por el estudio japonés Topcraft, precursor del famoso Studio Ghibli. La voz de Smaug, con sus ojos que alumbran como faros, la pondría el actor norteamericano Richard Boone. Aunque una escena de su ojo despertando ya salía en el plano final de *El hobbit: Un viaje inesperado* (2012), del director neozelandés Peter Jackson, el mismo que llevó al cine la trilogía de *El Señor de los Anillos*, Smaug sería protagonista absoluto de la segunda parte de la trilogía de *El hobbit* con *La desolación de Smaug* (2013), y el principio de la tercera, donde Bardo acaba con su vida, *El hobbit: La batalla de los cinco ejércitos* (2014). El actor británico Benedict Cumberbath sería el encargado de poner la voz del peligroso Smaug. Pero el actor llevó su actuación mucho más allá ofreciéndose a hacer capturas de movimiento de su propio cuerpo como si fuera un ser reptiliano. Los encargados de construir en 3D los movimientos del dragón de fuego quedaron tan impresionados con su actuación que incorporaron muchos de sus movimientos a las escenas finales de la película, dotándola de mucho más realismo.

LORD VOLDEMORT

El mago más oscuro
(de la saga de Harry Potter)

«EN ESTE MUNDO NO EXISTE EL BIEN Y TAMPOCO EL MAL, SOLO DEBEMOS BUSCAR EL PODER.»

Tom Sorvolo Ryddle sería uno de los magos más temidos en la comunidad mágica británica y mundial. Pero nadie lo recuerda por ese nombre. La mayoría de magos y brujas lo recuerdan como el infame lord Voldemort, el Señor Tenebroso o Como Aquel que No Debe Ser Nombrado. Ryddle era el hijo bastardo del rico *muggle*, persona no mágica, Tom Ryddle Sr y de la bruja Merope Gaunt. Nació en 1926 en el orfanato de Wood. Su madre era descendiente del mismísimo Salazar Slytherin, uno de los más grandes magos de la antigüedad y fundador del prestigioso Colegio Hogwarts de Magia y Hechicería. Su abuelo Sorvolo era un mago pobre pero orgulloso de su herencia de sangre limpia, ya que en su estirpe solo había magos hijos de magos y ningún indigno muggle había ensuciado el prestigioso nombre de los Gaunt. Pero su hija Merope se enamoró del señor de las tierras donde se encontraba la vieja y pobre casa de Sorvolo. Gracias a un encantamiento de amor pudo seducir al bello Tom Ryddle. Más tarde, sin el efecto del filtro de amor, Ryddle abandonó a una Merope ya embarazada, que dio a luz a su hijo Tom en el orfanato, falleciendo poco tiempo después con el corazón destrozado.

Tom creció sano sin conocer su herencia mágica, pero en el fondo sabía que había algo diferente en él: podía mover cosas sin tocarlas, hacer que los animales le obedeciesen sin entrenamiento, hacer cosas malas a la gente que no era buena con él y lastimarla solo con pensarlo. Al crecer sin amor familiar, sin guía, Tom se convirtió en un abusón en su orfanato, robando a sus compañeros y propasándose con ellos, castigándolos si quería, sabiendo que tenía el poder necesario para ello. Así lo encontró el profesor de Hogwarts Albus Dumbledore, quien fue a buscarlo en 1938 para que ingresara en la institución a la edad de once años. Dumbledore, uno de los magos más brillantes de su época, vio potencial en el chico, pero también maldad. Además, le resultó sospechoso que Tom hablase pársel, la lengua de las serpientes, algo no muy normal entre los magos. Aunque confiaba que en Hogwarts podrían enderezar al heredero de Slytherin entre todo el profesorado. Y así fue, en un principio. Tom era muy listo para ser tan joven y se convirtió en uno de los mejores estudiantes de la historia del colegio. Sus profesores le amaban, sus compañeros lo consideraban un guía. Muchos de los que luego fueron sus más leales súbditos en las dos guerras mágicas habían estudiado con él en Hogwarts, en la casa de Slytherin, por supuesto.

En busca de su familia

Su obsesión con sus orígenes fueron lo que determinaron su futuro maléfico. Tom buscó a su abuelo Sorvolo en Little Hangleton, pero solo encontró a su tío Morfin, hermano de su madre. Morfin le contó la historia de sus orígenes. Cómo era el heredero de una rica tradición mágica y cómo su padre había abandonado a su madre embarazada de él. Si Dumbledore creía que existía una brizna de bondad en el interior de Tom Sorvolo Ryddle, esa brizna murió aquel día. Tom aturdió a su tío, le robó la varita y mató con ella a su padre y a sus abuelos paternos. También robó el anillo de su abuelo. Los autores mágicos que investigaron este asesinato acusaron a Morfin porque los hechizos se realizaron con su varita. Nunca nadie sospecho del bueno de Tom Ryddle Jr. Tras aquello, comenzó a renegar de su nombre Tom Sorvolo Ryddle y los transformó en «Yo soy lord Voldemort», aunque por el momento solo lo utilizaba en la intimidad de su círculo de fieles de Slytherin.

Las primeras muertes habían sido muy fáciles para el joven Voldemort y nada se interpondría en su camino a la grandeza. El estudio de su ancestro, Slytherin, le convenció aún más de que la magia existía para dominar, que lo único importante era el poder. Los magos y las brujas no tenían que esconderse y podían reclamar el mundo para ellos, por encima de otras criaturas mágicas inferiores y, por supuesto, de los *muggles*. Tom solo tenía miedo a una cosa, a la muerte, un estado del ciclo de la vida que consideraba una debilidad. Estudió mucho hasta encontrar la solución: dividir su alma, cosa que solo se podía realizar tras una gran maldad, como el asesinato, y guardar una parte en un objeto, un *horrocrux*, para que ésta no pueda morir si el cuerpo era destruido. Pero un *horrocrux* no era suficiente para alguien como Voldemort, y con el tiempo llegó a hacer seis. Escondidos en objetos mágicos relacionados con los fundadores de Hogwarts o su estancia en el colegio: el anillo de su abuelo, su diario escolar, el guardapelo de Slytherin, la copa de Helga Hufflepuff, la diadema de Rowena Ravenclaw o su fiel amiga, la serpiente Nagini.

Pero esto lo hizo más tarde, tras graduarse en el colegio siendo el primero de su generación. Durante años mantuvo un perfil bajo en la comunidad mágica, haciéndose con estos preciados objetos, asegurándose de crear los *horrorcruxes* y ocultarlos, antes de convocar a sus queridos acólitos y comenzar a organizar su cruzada contra los sangre sucia, magos con padres *muggles*, y los mismos *muggles*. Como Tom era mestizo, de padre no mágico, se aceptaría a los mestizos en su nuevo orden mágico. Muchas familias de sangre pura, criadas en la Casa de Slytherin, los Mulciber, los Avery, los Malfoy, Lestrange, Rosier, los Black… abrazaron con fervor las ideas racistas del gran mago que había abandonado su nombre *muggle* para convertirse en lord Voldemort. Pero cuando fueron conociéndolo llegaron a temerlo. Muchos de sus acólitos eran sus fervientes admiradores, pero otros le temían por su gran poder. Voldemort y sus mortífagos mataron a muchos magos y *muggles* sin apenas resistencia del Ministerio de Magia, completamente perdido. Por esa razón, Dumbledore creó un ejército con los mejores magos y brujas de su generación para enfrentarse a Voldemort y sus magos oscuros. Se llamaría la Orden del Fénix.

El fin de Aquel Que No Debe Ser Nombrado

Cuando Voldemort parecía que podía ganar, envío a su acólito Severus Snape a espiar a Dumbledore. Snape descubrió que la no muy buena vidente Sybill Trelawney le había dado una profecía a Dumbledore en la que un niño nacido en julio de quien los había desafiado tres veces acabaría con el Señor Tenebroso. Voldemort tenía dos candidatos, Neville, el hijo de los Longbottom, y Harry, el hijo de los Potter. Ryddle creyó firmemente que el vástago de los Potter sería su fin cuando creciera porque era hijo de una maga de sangre sucia,

Lily. La madre de Harry Potter se había criado con Severus Snape y éste siempre había estado enamorado de ella. Cuando Snape se enteró de que su señor mataría a los Potter, suplicó a Dumbledore por la vida de Lily, para que hiciera algo para impedirlo. Dumbledore, aparte de pedir lealtad a Snape para siempre, convirtiéndolo en un espía doble, avisó a los Potter. Pero estos confiaron en su amigo Peter Pettigrew para ser su guardián secreto sin saber que éste llevaba un año trabajando para el enemigo. Voldemort atacó a la familia en su casa del valle de Godric. Tras matar a James Potter, subió al segundo piso para acabar con Lily y el joven Harry. Snape le había pedido que no matara a Lily y, Voldemort, agradecido por años de servicio, iba a satisfacer a uno de sus acólitos favoritos, pero Lily se interpuso entre la maldición mortal y su retoño. Su sacrificio dejó una protección mágica en el joven Harry que provocó que su hechizo rebotase en Voldemort, destruyendo su cuerpo físico y convirtiéndolo en un pobre espectro incorpóreo sin poder que tuvo que huir a los oscuros bosques de Albania. La primera guerra mágica había acabado y los mortífagos más fervientes del Señor Tenebroso fueron procesados y encerrados en Azkaban.

Voldemort tardó diez años en aparecer, atacando a un joven mago, Quirinus Quirell, recién nombrado profesor de Hogwarts de Defensa contra las Artes Oscuras. Lo convirtió en su esclavo y se alojó en su cabeza. Su objetivo era robar la piedra filosofal de Nicolas Flamel, que concedía la inmortalidad. Ya la intentó robar en Gringotts, el banco más seguro del mundo, pero Dumbledore sospechaba de Voldemort y le pidió a su amigo Flamel guardar su bien más preciado en Hogwarts. Quirell y Voldemort podrían haber conseguido la piedra de no haber sido por Harry Potter y sus amigos Ron Weasley y Hermione Granger, quienes cursaban su primer año en el colegio de magia. Al año siguiente, uno de los *horrorcruxes* de Voldemort, su diario escolar, poseyó a la hermana menor de Ron, Ginny Weasley, la cual volvió a abrir la Cámara de los Secretos, la cueva oculta de Slytherin bajo el castillo de Hogwarts donde vivía el gran basilisco del antepasado de Voldemort. Tras varios ataques al alumnado del colegio sin víctimas, Harry y sus amigos volvieron a salvar Hogwarts matando al basilisco con la espada de Gryffindor y destruyendo el diario con un colmillo venenoso de la serpiente maldita.

Petter Colagusano Pettigrew, el traidor de los Potter, había vivido años escondido como una rata en la familia Weasley. Cuando fue descubierto, huyó a Albania en la búsqueda de su señor. Entre él y Bartemius Crouch Jr, otro fiel mortífago, manipularon el Torneo de los Tres Magos que se celebraba en Hogwarts para atraer a Harry al cementerio de Little Hangleton. Allí, tras un oscuro hechizo, lord Voldemort regresó con todos sus poderes intactos. Como el hechizo se había realizado con la sangre de Harry, ahora podía atacarlo sin miedo a la protección amorosa del sacrificio de Lily. Voldemort llamó a su círculo de mortífagos, quienes acudieron a su llamada, más asustados que complacidos, todo sea dicho, porque sus más fieles estaban encerrados en Azkaban. El Señor Tenebroso torturó a Potter, un niño de catorce años, y le obligó a enfrentarse en un duelo mágico contra él. Pero las varitas de Harry y Voldemort son gemelas y se produjo un *priori incantatem*, dejando el duelo en tablas, oportunidad que Harry aprovechó para escapar.

La segunda guerra mágica

Voldemort manipuló a Potter y sus amigos para que sacasen la profecía que casi acaba con su vida del Departamento de Misterios del Ministerio de Magia. Una profecía que solo la podía recoger aquel al que estaba destinada. Así sabría si Potter era el elegido firmemente. Cuando Harry y sus amigos parecía que estaban perdidos, rodeados de mortífagos, aparecieron los miembros de la Orden del Fénix y Dumbledore para defenderlos. Voldemort fue demasiado atrevido al presentarse él mismo en el Ministerio para enfrentarse en persona a Dumbledore y querer matar al joven Potter.

Hogwarts estaba protegido por fuertes medidas de seguridad, así que mandó al hijo de Lucius, Draco, estudiante de penúltimo año, para que organizara el asesinato de Dumbledore mientras el director instruía a Potter sobre la historia de Ryddle y los *horrorcruxes*. Si querían parar a Voldemort, necesitaría destruir antes todos esos malditos objetos. El diario ya lo estaba, y Dumbledore acabó con el horrorcrux del anillo de Sorvolo, cargando con una maldición que hubiera acabado con su vida en meses si no hubiera sido por los cuidados de Snape, experto en pociones. Aunque al final del curso, Dumbledore se acercaba a su muerte. Snape sabía lo de Draco, como espía doble. Así que Dumbledore se aseguró que fuera él quien acabase con su vida llegado el momento para salvar el alma del muchacho. Severus no quería, pues había sido leal a Dumbledore desde el final de la primera guerra mágica, pero acató sus órdenes.

Con su mayor enemigo muerto y la Orden del Fénix sin demasiados miembros, Voldemort tuvo vía libre para que sus magos dominaran el Ministerio convirtiendo el antiguo plácido mundo mágico en un lugar aterrador, con magos y brujas nacidos de *muggles* siendo perseguidos y encerrados. Muchos huyeron de sus casas y se refugiaron en otros lugares de Gran Bretaña o Europa. Mientras sus acólitos cumplían la tarea, Voldemort se concentraba en acabar con Harry Potter, quien había huido con sus amigos Ron y Hermione para encontrar los otros *horrorcruxes*, vigilados y apoyados, sin saberlo, por Severus Snape, nuevo director de Hogwarts, quien cumplía las ordenes de Dumbledore antes de morir.

Mientras, Harry y sus amigos habían descubierto y destruido los *horrorcruxes* del guardapelo y la copa. Faltaban los de la diadema y la serpiente de Voldemort. Sabían que la diadema estaba oculta en Hogwarts. Se colaron en el colegio donde el profesorado, gran parte del alumnado, magos fieles a Dumbledore y antiguos miembros de la Orden del Fénix se hicieron fuertes con hechizos de protección para darle tiempo a Harry a encontrar la diadema. Cuando Voldemort se enteró de que sus *horrorcruxes* habían sido aniquilados entró en furia y lanzó a todos sus mortífagos a atacar su querida Hogwarts. Hubo muchos muertos y heridos durante esa larga batalla que duró todo un día y una noche. Harry destruyó la diadema. Solo faltaba un *horrorcrux*, Nagini, pero estaba bien protegida por el Señor Tenebroso. Voldemort paró el ataque y obligó a Harry Potter a entregarse, que no se protegiera tras otros magos y se enfrentase a él. Potter lo hizo y Ryddle le lanzo una maldición mortal. Pero no falleció. Nagini fue asesinada por Neville Longbottom con la espada de Gryffindor. Magos, profesores, alumnos y miembros de la Orden del Fénix se enfrentaron con los mortígafos. Voldemort y Harry también se enfrentaron: la última maldición mortal de Voldemort fue repelida por Potter y rebotó en él, matándolo y acabando con la maldad que había destruido el mundo de los magos británicos durante varias décadas y dos cruentas guerras mágicas.

Aquel Que No Debe Ser Nombrado

Lord Voldemort nació como el antagonista del protagonista juvenil creado por la escritora británica J. K. Rowling (Gloucestershire, 1965) para su libro *Harry Potter y la piedra filosofal* (1997). Su historia no estaba definida, solo era el malo. Rowling llegó a la conclusión de que la razón por la que Potter se había criado con *muggles* y no conocía el mundo mágico era porque Voldemort había matado a sus padres y también quiso matarlo a él. En el primer libro no aparece hasta el final, dentro de la cabeza de Quirrell. Tras ser rechazado por varias editoriales, Bloomsbury Publishing apostó por el libro, convirtiéndose en la serie más vendida de la historia de la literatura. En el segundo capítulo, *Harry Potter y la cámara de los secretos* (1998), Rowling comenzó a desarrollar el personaje de Voldemort, cómo había sido estudiante de Hogwarts, y un carácter definitivo de su personalidad y el *leitmotiv* del enfrentamiento entre los magos y brujas, el racismo. El Señor Tenebroso es un racista cuya misión es que los magos de sangre limpia sean los dueños del mundo. Existen muchos paralelismos de Voldemort con muchos dictadores del siglo XX, sobre todo con Adolf Hitler, aunque Rowling siempre ha dado a entender que el villano es en realidad un acosador infantil que nunca tuvo amor y que su miedo a la muerte lo convierte en un ser débil. Tras renacer en *Harry Potter y el cáliz de fuego* (2000), Rowling desvelaría gran parte su historia en uno de los mejores libros de la saga, *Harry Potter y el misterio del príncipe* (2005).

Cuando *El cáliz de fuego* se estrenaba en las librerías, Warner comenzaba la producción de la película *Harry Potter y la piedra filosofal*, que daría pie a una saga de ocho películas producidas entre 2001 y 2011, y dirigidas por Chris Columbus, Alfonso Cuarón, Mike Newell y David Yates. El personaje de Voldemort en la primera película de Columbus era una reinterpretación digital con la voz de Ian Hart, el actor que interpretaba a Quirrell. En *La cámara de los secretos* y *El misterio del príncipe*, varios actores jóvenes harían de Ryddle en diversas etapas de su adolescencia, como Christian Coulson o Frank Dillane. Pero si mentalmente tenemos un rostro asociado con uno de los villanos más famosos del siglo XXI es el de Ralph Fiennes, quien daba escalofríos en el final de *El cáliz de fuego*. Fiennes interpretó convincentemente a un Voldemort sin nariz en las cinco últimas películas de la serie, incluidas las dos partes de *Las reliquias de la muerte*, el final de la saga.

VILLANOS E INTERGALÁCTICOS

En el espacio nadie podrá escuchar tus gritos

EL AMO
El señor del tiempo loco
(de la serie *Doctor Who*)

«¿TE AYUDARÍA A CONCENTRARTE SI EXTRAJERA ALGUNOS DE TUS ÓRGANOS VITALES PARA PREPARAR UNA SABROSA SOPA?»

Existe una relación peculiar entre el Amo y el Doctor. Los dos son Señores del Tiempo, y durante una etapa larga pensaron que eran los únicos que quedaban vivos tras la Última Gran Guerra del Tiempo que enfrentó a Gallifrey contra los Daleks a través de toda la eternidad. Fueron amigos de jóvenes, y tras la fuga del Doc-

tor con una TARDIS averiada, el Time Lord malvado que se llamó a sí mismo el Amo encontró en el Doctor un alma gemela, un socio del crimen, un renegado de las estrictas leyes de los Señores del Tiempo. Pero si el Doctor cura y quiere dialogar con todos los seres vivos del tiempo y el espacio, el Amo es un sociópata que se volvió loco cuando comenzó su ritual de iniciación como Señor del Tiempo en Gallifrey. A los ocho años de edad, todos los niños del planeta natal de los Time Lords tienen que mirar el Vórtice Temporal en la Sima Insondable. Allí, los jóvenes Señores del Tiempo pueden comprender la complejidad y riqueza del tejido temporal o, sencillamente, volverse locos. Al Amo le pasó lo segundo.

Creció en la Casa de Oakdown y fue uno de los mejores amigos del Doctor durante su infancia, donde los dos jugaban en los prados rojos cerca del Monte Perdición. La locura del Vórtice del Tiempo cambió al muchacho, pero también le dio poderes. Podía hipnotizar a la gente y disfrutaba haciendo el mal a pequeña escala, aunque en su época en la Academia se obsesionó con una fuerza oscura llamada Valdemar e inició una revuelta contra el Lord Presidente Pundat Tercero. Tras muchas fechorías, el Amo acabó en la prisión de Shada mientras el Doctor permanecía encerrado en la Tierra, planeta que amaba y había decidido defender. Robó una TARDIS y bajó a la Tierra cuando se iniciaba la invasión de los Autones. Desde entonces, el Amo ha intentado ser el amo de toda la materia, controlando primero la Tierra, como castigo a su ahora enemigo Doctor, y luego invadiendo todo el Universo y el tiempo. Se ha aliado con los mortales enemigos de los Señores del Tiempo, los Daleks, en más de una ocasión, o con los crueles Cybermen para acabar con el Doctor.

El sonido de los tambores de guerra

Aunque fuera temido por su villanía, el Amo fue reclutado por los Señores del Tiempo, quienes se habían vuelto más agresivos y sin escrúpulos tras los eones de la Guerra del Tiempo contra los Daleks. Fue recompensado con un nuevo juego completo de regeneraciones, y durante un tiempo fue un bravo guerrero de Gallifrey. Cuando el Emperador Dalek tomó el Cruciforme, el Amo desertó y huyo, disfrazándose de humano. Pero el Alto Consejo de Señores del Tiempo había introducido en su cabeza un sonido de tambores el último día de la Guerra, una clave para romper el bloqueo temporal en que se encontraban. El Amo y el Doctor impidieron que Gallifrey volviera de su bloqueo colisionando contra la Tierra, quedando muy malherido. Antes de eso, el Amo pudo convertirse en Primer Ministro de Inglaterra y amo del mundo bajo el nombre de Harold Saxon.

Su nueva regeneración en mujer, bajo el nombre de Missy, y la desaparición del constante tambor que le torturaba mentalmente parece que mitigó un poco su locura y sus ansias de conquista. Hasta parecía que volvía a ser amiga del Doctor. Pero Missy fue asesinada por la encarnación anterior del Amo, quien no quería verse a sí mismo como una versión compasiva ayudando al Doctor.

El enemigo mortal del Doctor

Algunos de los más recordados enemigos de *Doctor Who*, uno de los seriales de ciencia ficción más longevos de la BBC creado en 1963 e icono de la cultura pop británica, habían sido concebidos en la etapa del primer Doctor, William Hartnell (1963-1966), como los Daleks (1963) o los Cybermen (1966), pero era necesario un villano de altura para un Señor del Tiempo. Un Moriarty cósmico para un Sherlock Holmes interdimensional. Nada mejor que otro Time Lord. Uno con la inteligencia y los medios del Doctor, pero que se hubiera vuelto loco. Si el Doctor se llamaba el Doctor, su oponente sería The Master, otro título universitario. Su nombre se lo dio el productor Barry Letts (1925-2009) junto al director de guiones Terrance Dicks (1935-2019). Sería la gran sorpresa de la octava temporada del serial, protagonizada por el Tercer Doctor, Jon Pertwee. Dividido en cuatro partes, *El terror de los Autones* (1971) presentaba al Amo, protagonizado por Roger Delgado, un actor británico que ya había hecho de villano en series como *El Santo* (1962) o *Los vengadores* (1969). El personaje caló entre el público, saliendo hasta en siete ocasiones más como villano recurrente del Doctor.

La historia del Amo tendría que haber acabado con la última historia del Tercer Doctor (1974), pero el fallecimiento de Delgado en 1973 impidió esa despedida. Con Tom Baker como Cuarto Doctor, el Amo fue recuperado en la decimocuarta temporada (1976), escrita por Robert Holmes, y protagonizada bajo un demacrado maquillaje por Peter Pratt. Entre 1976 y 1989, con la cancelación de la serie original, El Amo sería interpretado por Geoffrey Beevers (1981) y Anthony Ainley (1981-1989). El primer estadounidense en poner rostro al Señor del Tiempo loco sería Eric Roberts en *Doctor Who: The movie* (1996), con una pequeña participación de Gordon Tipple al principio.

Con el renacer del serial en 2005 por BBC Wales, El Amo tardó dos temporadas en aparecer, aunque se fueron desperdigando varios huevos de Pascua en algunos capítulos de 2006 y 2007 sobre un tal Harold Saxon, un político inglés. El *showrunner* Russell T. Davies despejó todas las dudas en la temporada 3 con *Utopía* (2007), con un Amo convertido en un viejo humano bajo el rostro del clásico actor británico Derek Jacobi. En ese mismo capítulo se convertiría en un joven Amo, protagonizado por John Simm, cuyo enfrentamiento interpretativo contra David Tennant, el Décimo Doctor, nos ha dado algunos de los mejores momentos de las versión moderna de *Doctor Who*. El Amo, The Master, volvería en el capítulo *Agua oscura* (2014) de la temporada 8 con el duodécimo Doctor, Peter Capaldi. En ese capítulo, la actriz Michelle Gomez confirma que Missy es, en realidad, el Amo, regenerada en una Señora del Tiempo. El Amo ha ido evolucionando en libros, cuentos, audiolibros, cómics y juegos del extenso y rico universo cultural del *Doctor Who*.

BRAINIAC
El coleccionista
(del cómic *Superman*)

«EL MAL NUNCA MUERE… EVOLUCIONA.»

Brainiac es temido en todo el Universo como el Coleccionista de Mundos, un ser de gran intelecto fusionado con una inteligencia artificial que se dedica a salvar mundos miniaturizando ciudades y empaquetándolas en botellas cubiertas por un campo de fuerza. Pequeños vestigios de cientos de civilizaciones interplanetarias que Brainiac conserva en éxtasis temporal, catalogadas en su gran colección. Brainiac, todo fría lógica, cree que su misión es de salvamento, pero nunca tiene en cuenta la voluntad de la gente que encoge para vivir con el tamaño de un microbio en un mundo sin sol. Brainiac 1.0 es el nombre que le dieron los kryptonianos cuando encogió su gran capital Kandor y la guardó en su nave principal, pero tiene otros nombres: Pneumenoid en Noma, Mind2 en Bryak… aunque también se le ha llamado Internet en la Tierra.

Brainiac fue un ser vivo anteriormente, un científico llamado Vril Dox, del planeta Yod-Colu. Dox dedicó parte de su vida a desarrollar una inteligencia artificial muy avanzada llamada COMPUTO. Con este supercomputador, Dox miró en la quinta dimensión y descubrió que en el futuro vendría una cruenta guerra provocada por una fuerza desconocida. Esta guerra intergaláctica devoraría varios mundos, incluyendo el suyo. Dox intentó convencer al gobierno de Yod-Colu de que utilizaran COMPUTO para buscar alternativas al desastre, pero fue exiliado. Humillado, Dox enloqueció y se fusionó con su creación, creándose el ser frío y analítico llamado Brainiac. Su primera acción como ser viviente de inteligencia avanzada fue crear

un ejército de robots, encoger su ciudad con una tecnología imposible y continuar con su obra mesiánica de salvar cuantos mundos sean posibles y almacenarlos en sus grandes naves coleccionistas.

Su plan para conseguir estos mundos es bastante complicado. Su primer paso es infiltrarse como un virus informático en los ordenadores de control de ese mundo; crear un ejército de robots ocultos con los medios de ese planeta; aislar y miniaturizar una ciudad; y congelarla en el tiempo en un campo de éxtasis temporal. Cuando una de las naves coleccionistas de Brainiac llegó a la Tierra, se mimetizó con el sistema informático local más avanzado: Internet, en nuestro caso.

Su encuentro con Superman

Brainiac casi estuvo a punto de encoger la ciudad de Metrópolis y robarla, pero no contó con que la Tierra tenía a Superman, un *kryptoniano*, como defensor. Como último ser de este mundo destruido que Brainiac había visitado hacía décadas, el coluniano quiso incorporarlo a su colección de Kandor, enfrentándose directamente a él. Superman logró derrotarle y se quedó con la nave del Coleccionista.

Al haberse fundido el intelecto científico de Vril Dox con la superinteligencia artificial COMPUTO, Brainiac es un peligroso adversario dotado de intelecto mejorado, telepatía, manipulación de la tecnología, creador de ejércitos de robots letales y, sobre todo, con la capacidad de poder invadir ordenadores de otros planetas hasta mimetizarse con ellos. Pero lo que lo hace más peligroso es su fría lógica. Dox ha perdido toda su empatía y su misión está por encima de conceptos más allá del bien y el mal.

El dueño de Kandor

Brainiac nació como villano de Superman en la loca etapa del Hombre de Acero de los años cincuenta, donde todo parecía posible en unas aventuras repletas de elementos fantásticos de ciencia ficción. Su aparición fue en el número 242 de *Action Comics*, en un episodio titulado *El superduelo en el espacio*, obra del guionista Otto Binder (1911-1974) y el dibujante Al Plastino (1921-2013). Binder juntó las palabras Brain (cerebro) y Maniac (maniaco) para crear el nombre del nuevo villano de Superman. Plastino fue quien dotó a Brainiac de su orgulloso porte musculado, su piel verde y esa calva de la que surge una extraña tiara mecánica. En ese capítulo de *Action Comics*, Brainiac reduce varias ciudades para coleccionarlas dentro de botellas de cristal, incluida la ciudad de Superman, Metrópolis. En *Superman* #141 (1960) se anuncia que él fue el causante de haber reducido Kandor, la capital de Krypton y tenerla en su poder. Desde entonces se convirtió en un villano recurrente de Superman, protagonizando uno de los capítulos más ridículos del héroe de DC en el que castiga a Clark Kent con un tercer ojo en la parte de atrás de la cabeza, cosa que hace que Kent tenga que tapárselo con diversos sombreros.

En los Nuevos 52, Brainiac volvería a aparecer como el Coleccionista de Mundos en el *Action Comics Vol 2* número 7, obra del guionista escocés Grant Morrison (Glasgow, 1960) y el dibujante Rags Morales, cuyo origen ya canónico es el que se describe en este libro. Pero una de las revisiones modernas más impactantes del villano mental de piel verde se la debemos al guionista Geoff Johns y el dibujante Gary Frank en la saga serializada en los números 866-870 de *Action Comics* titulada *Brainiac: Primer contacto* (2008).

En la serie de televisión *Smallville* (2001-2011), basada en los primeros años de Clark Kent como Superman, Brainiac era una computadora autoconsciente con el rostro del actor James Masters, pero que fue saltando de ser en ser hasta poseer al mismísimo Jonathan Kent (John Schneider) en la quinta temporada. En la nueva serie de Syfy, *Krypton*, Brainiac es conocido en el planeta de Superman como el Coleccionista de Mundos. Es interpretado por el actor Blake Ritson bajo varias capas de maquillaje, prótesis y CGI.

DARKSEID
El dios de Apokolips
(del Universo DC)

«HUBO UNA GUERRA EN EL CIELO. Y YO GANÉ. TU FUTURO PERTENECE A DARKSEID AHORA.»

El primer gran gobernante de Apokolips, el planeta oscuro de los nuevos dioses, fue el gran Yuga Khan, cuya obsesión con La Fuente, el germen de todo el Universo, donde comenzó la energía hace aproximadamente 19 millones de años, le hizo desentenderse de los asuntos de su planeta hasta que, en un intento de desentrañar sus misterios, quedó atrapado en ella durante milenios. Su hijo mayor Drax tendría que haber heredado el trono de Apokolips, pero su talante pacifista con los otros nuevos dioses que viven en la tranquila y pacífica Nueva Génesis, planeta gemelo de la cruel y oscura Apokolips, no convencía a su hermano pequeño, el malvado Uxas, el ser más maligno de un planeta perverso. Ya de joven disfrutaba pervirtiendo a nuevos dioses de Nueva Génesis, como cuando convirtió al mal al pequeño DeSaad, quien más tarde se convertiría en su más fiel asesor y lugarteniente.

Los científicos apokalienses encontraron una fuerza nueva en el Universo llamada Omega. Drax, el primogénito de Yuga Khan, quería utilizar esa fuerza para demostrar su poder sobre el planeta negro, pero Uxas lo asesinó y se apoderó de la Fuerza Omega. Una crisálida se formó alrededor de él y renacería con un poder ilimitado y el sobrenombre de Darkseid, en honor al más temido y cruel de los nuevos dioses primigenios. Pronto le declaró la guerra a Nueva Génesis con su tío Steppenwolf como mano derecha de su ejército de Parademonios, soldados esclavos de Apokolips que solo cuentan con su ferocidad y su lealtad.

Todavía no había ascendido al trono cuando Darkseid se juntó con la hechicera Suli, una pacifista. En más de una ocasión estuvo a punto de acabar con sus planes malvados por el amor de Suli. Juntos tuvieron a su hijo Kalibak. Heggra, su madre, le prometió con Tigra, a quien Darkseid no tenía ningún afecto, pero obedeció y engendró en ella un digno aspirante al trono de Apokolips, Orion. Pero Heggra y DeSaad estaban conspirando para asesinar a Darkseid y Suli. El nuevo dios maligno se enteró de esta conspiración y convenció a DeSaad de que envenenara a su madre. Tras la muerte de ésta, Darkseid se convirtió en el nuevo rey de Apokolips.

La Ecuación Anti-Vida

Apokolips era un lugar duro, oscuro y ruin, pero lo sería mucho más cuando Darkseid descubrió la Ecuación de la Anti-Vida, una ecuación matemática que anula la voluntad y el libre albedrío de los seres a los que son sometidos con la ayuda de las inteligentísimas IAs llamadas caja madre. Esta ecuación es demoledora y se resume así. Soledad + Alienación + Temor + Desesperación + Autoestima ÷ Burla ÷ Condenación ÷ Malentendido × Culpa × Error × Juicio; N=Y, donde Y=Esperanza y N=Locura; Amor=Mentiras; Vida=Muerte; Uno mismo=Darkseid. Darkseid es todo, es Apokolips, es tu mente, es tu vida, es tu corazón. Darkseid es…

La cruel guerra entre Apokolips y Nueva Génesis continuaba hasta que, finalmente, ambos bandos decidieron firmar un acuerdo porque el poder entre los dos planetas gemelos era similar. El Pacto sentaría las bases de siglos de guerra fría entre Darkseid e Izaya, el Highfather de Nueva Génesis. Izaya criaría al hijo de Darkseid, Orion, y el gobernante de Apokolips criaría al hijo de Izaya. El bebé de Nueva Génesis sería confiado a Abuela Bondad, una de las acólitas de Darkseid más tenaces, encargada del Orfanato, donde cría, tortura y lava el cerebro a los mejores soldados de Apokolips. Allí surgieron las Furias Femeninas, el cuerpo de élite de Darkseid, donde destaca Big Barda, quien escaparía con Scott Free, el nombre que Abuela Bondad dio al hijo de Izaya. Más tarde, en la Tierra, Free sería conocido como el escapista y superhéroe Míster Milagro.

Orion creció en Nueva Génesis, convirtiéndose en un gran líder y soldado para Highfather, pero también destaca por su gran ferocidad y locura homicida, algo que, seguramente, heredó de su temido padre. Cuenta una profecía que cualquier día Orion matará a Darkseid, al que odia, pero el señor de Apokolips no teme a su díscolo retoño. En la paz entre Nueva Génesis y el planeta oscuro salió ganando Darkseid, por supuesto, quien se quitó de encima a un heredero no deseado y al que nunca quiso. Tampoco profesa mucho amor por su hijo Kalibak, al que relega a misiones de fuerza bruta en planetas ignotos.

Darkseid ansía dominar todo el Universo como domina su planeta natal, empezando por Nueva Génesis y siguiendo por la Tierra, pequeño orbe azul al que odia por culpa de su máximo valedor, Superman, y su Liga de la Justicia, superhéroes que se han enfrentado a Darkseid y Apokolips en más de una ocasión. Mientras, en el planeta de esclavos, grandes fraguas y eterna oscuridad, Darkseid espera y urde nuevos planes para acabar con sus enemigos.

El Cuarto Mundo de Jack Kirby

Tras diecinueve años creando gran parte de los superhéroes de Marvel, el rey Jack Kirby abandonó la Casa de las Ideas enfadado con el reparto de *royalties* en la editorial. En 1970 volvería a la Distinguida Competencia, DC Comics, donde le abrieron las puertas dibujando al Hombre de Acero en *Superman Pal,* Jimmy Olsen. Pero el personalísimo estilo del Rey no convencía a los editores de DC, quienes mandaron a Al Plastino y Murphy Anderson redibujar los rostros de Superman y Jimmy Olsen más similares al canon clásico de la editorial. Aunque esto enfadó mucho a Kirby, su contrato de tres años le daba permiso para crear tres nuevas miniseries inspiradas en una cosmogonía personal de nuevos superhéroes que venía desarrollando desde hacía años en las oficinas de Marvel. El *Cuarto Mundo* de Jack Kirby vio la luz con las colecciones *Nuevos Dioses*, *Forever People* y *Mister Miracle*, todas estrenadas en 1971. Creadas como miniseries, Kirby tuvo que alargarlas debido a su principal éxito, pero no durarían mucho más. Once números de *New Gods*, once de *Forever People* y 18 de *Mister Miracle*. Aunque algunas series serían continuadas por otros autores más tarde. Cualquier lector actual de superhéroes sabe que la DC actual está construida sobre la rica mitología que creó Jack Kirby.

El *Cuarto Mundo* narra el enfrentamiento entre el bien y el mal, entre el paraíso y el infierno. Dos planetas gemelos en un sistema solar lejano que una vez formaron parte de Urgrund, donde se crearon los nuevos dioses tras la desaparición de los antiguos de la Tierra en el Ragnarök. Nuevo Genésis es el paraíso, un idílico planeta de bosques vírgenes y montañas. Apokolips es la distopía contaminada, cubierta de maquinaria y grandes fuegos donde todos sus habitantes son esclavos de la voluntad de Darkseid. Aunque Kirby ya comenzó a hablar del Cuarto Mundo en 1970, en el número 133 de *Superman Pal, Jimmy Olsen*, Darkseid, el peligroso antagonista de la gran historia que Kirby estaba montando no aparecería parcialmente hasta el número 134. Su primera aparición completa se daría en *Forever People* número 1 (1971). Kirby se inspiró en la cara rocosa del actor Jack Palance para el malvado rostro de Darkseid. Su origen no se descubriría hasta la colección *Jack Kirby's Fourth World* en 1997, creada por John Byrne.

DARTH VADER

El *sith* oscuro

(de *Star Wars*)

«TAL VEZ PUEDA ENCONTRAR NUEVAS MANERAS DE MOTIVARLOS.»

Anakin Skywalker no nació en Tatooine, un planeta del Borde Exterior de la República Galáctica, pero se trasladó allí cuando era muy joven cuando su madre Shmi Skywalker fue vendida como esclava a la contrabandista Gardulla el Hutt, que perdió a madre y bebé en una apuesta con un comerciante local. El joven Skywalker se crio en la tienda de Watto en Mos Espa, aficionándose a la tecnología. Cuando era joven ya se había construido su propio *podracer* de carreras con material de desguace de la chatarrería. También reconstruyó un *droide* de protocolo llamado C-3PO. Fue descubierto por el maestro *jedi* Qui-Gon Jinn, quien con su alumno Obi-Wan Kenobi y la joven reina Padmé Amidala huían de la invasión de Naboo por parte de los droides de la Federación de Comercio. Qui-Gon sintió el gran potencial del muchacho y su comunión con la fuerza. Su nave espacial real de Naboo necesitaba una pieza especial que Watto solo vendía por una cantidad de créditos que los caballeros de la República no tenían.

Esa noche, Qui-Gon y Padmé comieron con los Skywalker. Allí fue donde el maestro *jedi* descubrió que Anakin no había tenido padre, que fue concebido por la Fuerza en el vientre de Shmi Skywalker. Sabiendo la afición de Anakin por las carreras de *podracer*, Qui-Gon llegó a un acuerdo con Watto: pagaba la entrada del chico en la nueva carrera, apostaba por él y se quedaba las ganancias por el motor de energía que necesitaban. Watto acertó, Anakin compitió y ganó. Qui-Gon convenció a su madre de que lo dejara criar al chico como *jedi* en la Academia *Jedi* de Coruscant. Ya en el planeta-capital de la República, fue el maestro Yoda quien sintió amor y generosidad en el joven muchacho, pero también notó mucho miedo y confusión, elementos que podían alejar a un joven *jedi* al lado oscuro de la Fuerza, el camino de los *sith*.

El elegido que traería el equilibrio a la Fuerza

Tras la liberación de Naboo y el asesinato de Qui-Jon, Anakin Skywalker sería instruido como *jedi* a las órdenes de Obi-Wan Kenobi, su maestro. Joven, valiente e impulsivo, Anakin fue creciendo, convirtiéndose en un excelente piloto y un *jedi* de increíble destreza y poder. Amaba a su maestro, con el que tenía una relación de hermandad, pero también se enamoró de la, ahora, senadora Padmé Amidala, con la que mantuvo una relación amorosa y se casó en secreto, algo prohibido para los *jedis*. En sueños sintió que su madre le pedía ayuda desesperada. Viajó a Tatooine y descubrió que la habían liberado y se había casado con el granjero Cliegg Lars, pero que los Tusken la secuestraron. Skywalker, roto de dolor e ira tras el asesinato de su madre, acabó con todo el pueblo de los Tusken, niños y mujeres incluidos. La perturbación en la fuerza fue

tan grande que la sintió hasta el maestro Yoda a millones de kilómetros de distancia.

Anakin fue un gran guerrero en las Guerras Clon que enfrentaron a la República contra la Confederación de Comercio, pero una oscura figura dentro del Senado tenía cada vez más poder, el senador Palpatine, quien pudo conseguir poderes especiales como Supremo Canciller en una competida votación. Ahora, las decisiones de guerra no se discutirían en el Senado. Los *jedi* sospechaban que un poderoso Lord *Sith* estaba tras esta guerra y mandó a Skywalker para ser el protector y espía de Palpatine. En realidad, Palpatine era el temido Señor Oscuro *sith* Darth Sidious, maestro de los *sith* rebeldes Darth Maul, el Conde Dooku o el General Grievous. Anakin se sintió cada vez más atraído por la mentalidad oscura de Palpatine, pero su paso definitivo al reverso tenebroso sucedió cuando tuvo una visión de su amada Padmé muriendo en medio de grandes dolores. Palpatine, sintiendo el dolor del muchacho, se convirtió en su amigo, mentor y confesor. También le explicó que el uso de la Fuerza de los *sith* podía conseguir cosas increíbles, como revivir a los muertos.

Cuando el maestro *jedi* Mace Windu descubre que Palpatine es en realidad el maquinador de la guerra contra la República, intenta detenerlo. Hubiera triunfado si Anakin no hubiera asesinado por la espalda a su anterior maestro de la Orden *Jedi*. Con un Anakin completamente enloquecido por la pena, el dolor y la ira, Darth Sidious pudo manipularlo para que asesinara a los jóvenes alumnos *jedis* de la Academia, mientras que el ejército clon de la República se ponía a la orden del Canciller, quien acusaba a los *jedis* de alta traición, ordenando su ejecución en todos los planetas donde se estaba desarrollando la contienda. Pocos escaparon, como Obi-Wan Kenobi o el maestro Yoda, ayudados por el senador Bail Orgona de Alderaan.

Anakin, tras pegar a una indefensa Padmé embarazada que no podía creer en qué se había convertido, se enfrentó a su maestro Obi-Wan llevado por su locura e ira. El joven Skywalker perdería sus extremidades y casi moriría quemado, pero Palpatine lo salvó y lo convirtió en el ser medio mecánico llamado Darth Vader. También lo convenció de que había matado en un accidente a su amada Padmé, acabando así con el último vestigio de amor que quedaba en su ya ennegrecido corazón.

La muerte de Anakin, el nacimiento de Vader

Pero Padmé no había muerto. Salvada por Obi-Wan, la joven falleció durante el parto de sus dos gemelos. Realmente, no quería vivir destrozada por la pena que le causaba aquello en que se había convertido su amado Anakin. Los dos gemelos fueron escondidos por Obi-Wan y Yoda para que su padre nunca supiera la verdad y no los pudiera encontrar. El pequeño, Luke, se los llevó Obi-Wan a Tatooine, para que los criara el hijo que tuvieron juntos su abuela Shmi y el granjero Cliegg Lars. Allí fue bautizado como Luke Skywalker y creció sano y feliz custodiado de cerca por un ya viejo Kenobi. El senador Bail Orgona se hizo cargo de la niña, llamándola Leia, que se criaría como una princesa en Alderaan.

Darth Sidious abolió la República y creó el Imperio, con Darth Vader como su mano derecha, acabando con la oposición republicana y todo vestigio de la cultura *jedi*. También mandó construir una máquina increíble, una estación espacial gigante llamada la Estrella de la Muerte, capaz de recorrer grandes distancias y destruir planetas enteros con su poder. Pero unos rebeldes de la República robaron los planos de la Estrella de la Muerte con una ya crecida Leia Organa ayudando a la República. Sidious estimó necesario que Vader se hiciera cargo de la estación espacial junto al cruel comandante Willhuff Tarkin. Vader fue el encargado de perseguir la nave de Leia hasta que la capturó, pero antes, la princesa de Alderaan había escondido en el droide R2-D2 los planos y un mensaje dirigido a Obi-Wan. R2-D2 y C-3PO llegaron a Tatooine, donde acabaron en manos de Luke Skywalker. Juntos, fueron a buscar a Obi-Wan Kenobi, ahora llamado Ben Kenobi, quien contó la verdad a medias al joven Skywalker: que su padre había sido el caballero *jedi* Anakin Skywalker. Aunque omitió la parte en que se convertía en un *sith* oscuro. Solamente le explicó que su padre había sido asesinado por Darth Vader. Algo cierto, pues la oscuridad del ahora mecanizado Vader acabó con la bondad del pobre Anakin. Los planos de la Estrella de la Muerte están escondidos dentro de R2-D2 y los stormtroopers del Imperio lo buscan por todo Tatooine, asesinando a la familia de Luke en su granja. Ahora que nada le ata a su planeta desértico, Skywalker decide aprender todo lo que pueda de Kenobi, oponerse al Imperio y salvar a Leia.

Obi-Wan y el joven Luke, ayudados por los cazarrecompensas Han Solo y Chewbacca, llegan a la Estrella de la Muerte para liberar a la princesa Leia. Lo consiguen gracias a que Obi-Wan se enfrenta, de nuevo, a su alumno Anakin, ahora convertido en Darth Vader. Mientras que Kenobi ha envejecido, Vader se ha hecho más fuerte en el lado oscuro de la Fuerza y la pelea está muy igualada. Pero Obi-Wan se deja matar por Vader, uniendo su espíritu con la Fuerza. Con los planos de la Estrella de la Muerte a salvo, los rebeldes realizan un ataque suicida contra la gran estación espacial. Luke va entre ellos. Para poder acabar con el gigantesco destructor de planetas se necesita lanzar unas bombas por una apertura muy pequeña. Vader y sus soldados de élite del cuerpo aéreo logran reducir a casi todas la naves enemigas hasta que solo queda el joven Luke con su X-Wing. Skywalker se deja llevar por el poder de la fuerza y logra acertar en el difícil blanco haciendo estallar la Estrella de la Muerte.

Pero Darth Vader ha sentido este renacer en la Fuerza y la encuentra muy familiar. Investiga y descubre que el joven que ha destruido la Estrella de la Muerte es un héroe rebelde llamado Skywalker. Ahora que ha descubierto que Padmé dio a luz a su hijo antes de morir, el oscuro Darth Vader se hace ilusiones sobre poder atraer a su hijo al lado oscuro y dominar la galaxia como los nuevos Señores Oscuros de la Orden *Sith*. Dedica todos sus esfuerzos a hostigar a la resistencia rebelde, descubriendo que se esconde en el planeta helado de Hoth. Allí, las tropas del Imperio casi acaban con muchos bravos rebeldes. El emperador Palpatine sabe que el joven Luke es un peligro para sus planes, pues algo parecido al amor comienza a despertarse en el corazón de Vader. Además, padre e hijo, poderosos en la Fuerza, serían una amenaza importante para su dominio. Así que manda a Vader matar al hijo de Anakin Skywalker, su propio hijo. La rabia de Vader por esta orden se hace patente cuando asesina sin miramientos a un capitán del Imperio por haber perdido a los rebeldes.

Padre contra hijo

Mientras Luke se entrena como *jedi* junto a Yoda en el inhóspito planeta Dagobah, sus amigos Han Solo, Leia y Chewbacca son apresados por Vader en Bespin, traicionados por el viejo compañero de Solo, Lando Calrissian. Darth Vader contacta con el antiguo jefe de Solo, Jabba el Hutt, quien envía al cazarrecompensas Boba Fett para llevarle a su señor al dueño del *Halcón Milenario* congelado en carbonita. Lando se da cuenta de su error y ayuda a Leia y Chewbacca a huir de las tropas de Vader. El miedo de Solo y Leia llegan a Luke durante su entrenamiento *jedi* y vuela a Bespin para salvar a sus amigos, desobedeciendo los consejos de Yoda, quien le avisa que no está preparado para enfrentarse al poderoso Lord *Sith*. Todo formaba parte de la trampa de Vader, quien lucha contra su hijo con espadas láser a lo largo de varios niveles de la fortaleza flotante de Bespin. Cuando Luke parece estar acabado, Vader le confiesa la verdad al joven Skywalker. Es su hijo y tiene que unirse a él en el lado oscuro. Luke se niega y se lanza por un túnel. Esta decisión destroza a Anakin, quien ya se había hecho ilusiones de dominar la galaxia junto a su hijo, su único recuerdo de Padmé.

Luke puede ser salvado por Leia, Lando y Chewie en el *Halcón Milenario*. Los rebeldes preparan un nuevo golpe demoledor contra el Imperio, quien está construyendo una segunda Estrella de la Muerte, más grande y mortífera, alrededor de la Luna de Endor, en el Sector Moddell. Pero antes tienen que liberar a Solo de Tatooine. Tras hacerlo, se encaminan a Endor, donde se infiltran entre las líneas enemigas. Luke regresa a Dagobah, donde Yoda le cuenta toda la verdad sobre Anakin, Darth Vader y otra novedosa revelación, que Leia es su hermana gemela y la fuerza también es poderosa en ella. Para destruir la nueva estación se necesitan dos equipos de soldados perfectamente coordinados. Una pequeña milicia rebelde comandada por Leia, Solo y Skywalker, encargada de atacar y apagar el escudo de fuerza de la estación todavía en obras, y un gran ejército de naves que atacarán coordinados, con Lando Calrissian al mando del *Halcón Milenario*. Pero Luke siente la presencia de Vader y decide entregarse para no interferir en el plan rebelde. Por fin se encuentra juntos, cara a cara, Anakin, Luke, el último *Jedi*, y Darth Sidious, el Emperador, a bordo de la Estrella de la Muerte. Palpatine le confiesa a Luke que han tendido una trampa a sus amigos y al ejército rebelde, tanto en la luna de Endor como alrededor de la estación. Luke asiste impotente a la masacre de sus amigos y el Emperador se relame con su rabia. Antes quería acabar con el joven *jedi*, pero ahora encuentra en su poder un digno sustituto de su padre como su nuevo Lord *Sith*. El joven Skywalker no puede más e intenta asesinar al Emperador, pero su padre se lo impide. En la larga lucha entre los dos, Vader nota que su hijo ya es superior a él y que puede perder. La ira de Luke acaba con su padre, al que hiere, pero cuando se da cuenta de que cada vez está más cerca del lado oscuro intenta calmarse y abandona la lucha. Su padre es perdonado y esa acción abre una pequeña brecha de bondad en el interior de la negra armadura de Darth Vader. Palpatine, loco de rabia, intenta matar a Luke electrocutándolo con sus relámpagos de la Fuerza, pero Vader, malherido, impide la muerte de su hijo lanzando al emperador al vacío, no sin antes resultar herido de muerte cuando Darth Sidious se defendía con sus rayos. Skywalker vivió gran parte de su vida como un *sith* oscuro, pero murió como Anakin, como un *jedi*. El ejército rebelde pudo, finalmente, destruir la Estrella de la Muerte y la galaxia se vio libre del yugo de los *siths*. Luke dio un funeral a su padre en una pira funeraria y su espíritu se unió a la fuerza junto a Obi-Wan y Yoda.

De salvador de los jedis a su destructor

Si algo destaca en la película *La guerra de las galaxias (*1977), más tarde llamada *Star Wars: Episodio IV, una nueva esperanza*, no es la historia clásica de bien contra el mal, el camino del héroe del joven Luke Skywalker, el nivel detallista de su producción o los increíbles efectos especiales de la época. No. Es su villano, Darth Vader, considerado uno de los iconos pop más famosos del planeta Tierra. Todo el mundo conoce la frase demoledora que Vader dice al joven Skywalker al final de *El imperio contraataca*, la secuela que se estrenó en 1980 dirigida por Irvin Kershner. Sus padres fueron George Lucas (Modesto, California, 1944), un joven director californiano que había triunfado con *American Graffiti* (1973), su homenaje a los años cincuenta, el artista conceptual Ralph McQuarrie (1929-2012) y el actor James Earl Jones, quien dotó a la voz de Vader de un tono grave digno de los mejores villanos de Shakespeare.

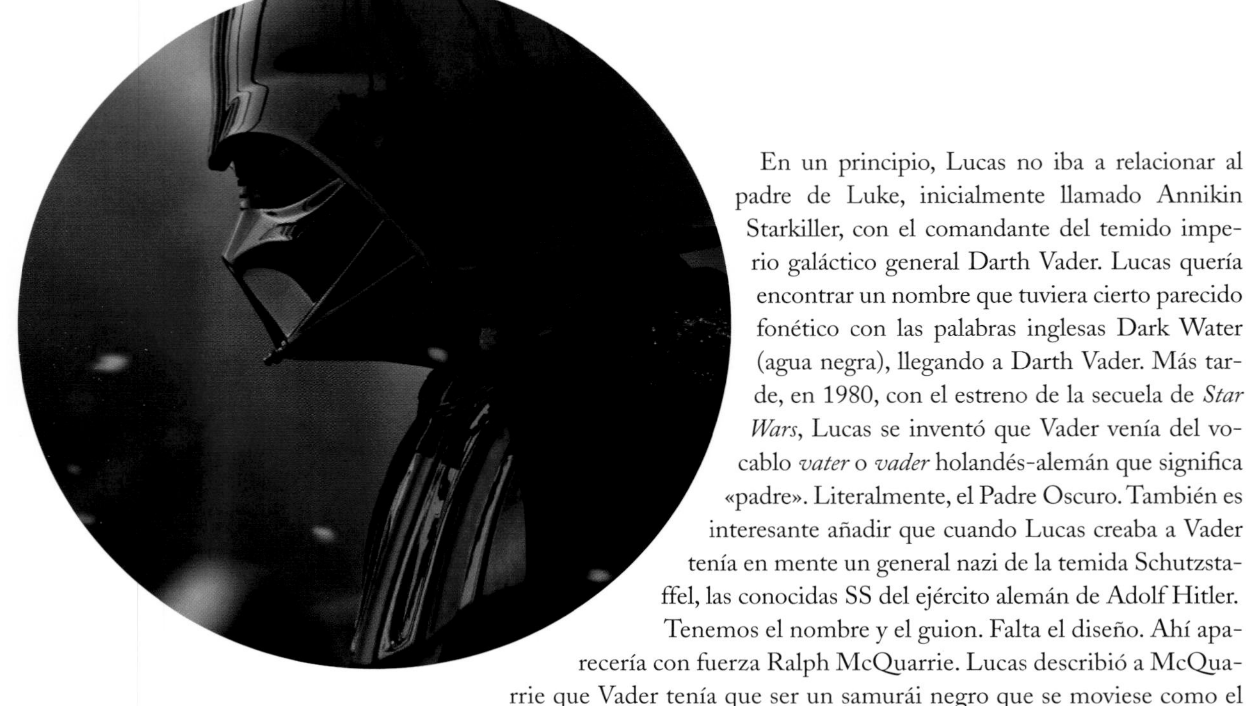

En un principio, Lucas no iba a relacionar al padre de Luke, inicialmente llamado Annikin Starkiller, con el comandante del temido imperio galáctico general Darth Vader. Lucas quería encontrar un nombre que tuviera cierto parecido fonético con las palabras inglesas Dark Water (agua negra), llegando a Darth Vader. Más tarde, en 1980, con el estreno de la secuela de *Star Wars*, Lucas se inventó que Vader venía del vocablo *vater* o *vader* holandés-alemán que significa «padre». Literalmente, el Padre Oscuro. También es interesante añadir que cuando Lucas creaba a Vader tenía en mente un general nazi de la temida Schutzstaffel, las conocidas SS del ejército alemán de Adolf Hitler.

Tenemos el nombre y el guion. Falta el diseño. Ahí aparecería con fuerza Ralph McQuarrie. Lucas describió a McQuarrie que Vader tenía que ser un samurái negro que se moviese como el viento. En los primeros guiones también constaba que Vader podía moverse libremente en el espacio. McQuarrie pensó que para eso necesitaría un traje espacial con oxígeno. Así nació el famoso sonido de respiración que haría tan mítico al personaje. El artista conceptual juntó el casco de un samurái con una máscara de la segunda guerra mundial que le daba un aspecto parecido al cráneo de la Muerte. Así nació el rostro característico de Vader.

Los hombres tras la máscara

Darth Vader sería interpretado por el culturista David Prowse y el especialista Bob Anderson en las escenas de lucha con el sable luz, pero el acento sureño de Prowse no convencía a casi nadie. Se barajó la idea de que la voz de Vader la pusiera el mismísimo Orson Welles, pero al final se recurrió al actor James Earl Jones, quien no quiso constar en los créditos hasta *El retorno del Jedi* (1983), dirigida por Richard Marquand. El tono señorial de Jones terminó de diseñar a un villano único. En España acertaron con la grandiosa voz de Constantino Romero. Para el clímax final de *El retorno del Jedi* sería el actor Sebastian Shaw quien interpretaría a Anakin Skywalker, la primera vez que veíamos el rostro real del infame Darth Vader.

En 1999 se estrenaría la primera parte de la nueva trilogía de *Star Wars* dirigida por George Lucas y dedicada casi exclusivamente a Anakin Skywalker y cómo se convirtió en el *sith* oscuro Darth Vader. La historia de Anakin es la historia de la destrucción de la República intergaláctica y el nacimiento del temido y dictatorial Imperio. En la primera parte secuela de la nueva trilogía, *La amenaza fantasma*, tenemos a un Anakin de nueve años interpretado por Jake Lloyd. Para la segunda y tercera partes, *El ataque de los clones* (2002) y *La venganza de los Sith* (2005), el desconocido actor Hayden Christensen daría voz y rostro a Anakin. Incluso llegó a interpretar a Vader en la escena final con el traje característico. Darth Vader volvería a salir en *Rogue One: una historia de Star Wars* (2016), de Gareth Edwards, con James Earl Jones volviendo a poner su característica voz, y físicamente mejor que nunca, interpretado por Spencer Wilding y Daniel Naprous. El personaje de Darth Vader también ha salido en libros, cómics y videojuegos relacionados con la franquicia de Star Wars. Algunas historias son canónicas y otras no.

FREEZER
El genocida de los Saiyan
(del manga *Dragon Ball*)

«EL DOLOR QUE SENTIRÁN SERÁ PEOR QUE ESTAR EN EL INFIERNO.»

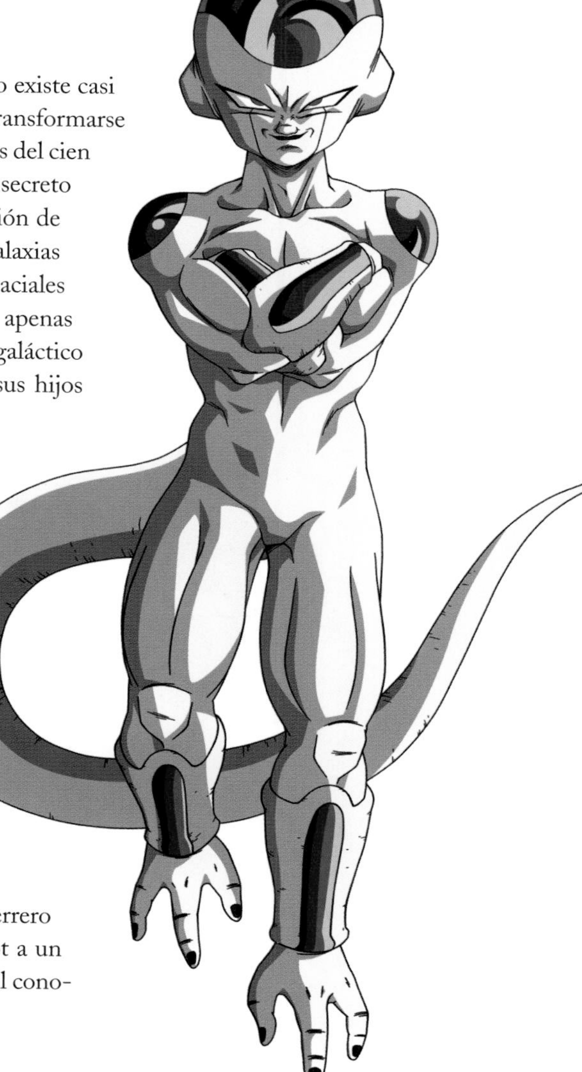

La raza de los *freezer* es una de las más poderosas del Universo. No existe casi ningún enemigo capaz de derrotarla ya que sus miembros pueden transformarse de varias formas, cada una con un poder superior a la anterior en más del cien por cien. Los *freezer* más conocidos son el temible Rey Cold, líder secreto del Imperio Intergaláctico del Universo 7, un imperio y organización de comercio espacial que domina principalmente el cuadrante de las galaxias del norte. Una fuerza imparable de soldados poderosos, naves espaciales y armas de energía capaz de dominar un planeta medio entero en apenas una semana. Aunque el Rey Cold domine este vasto Imperio Intergaláctico de esclavitud y sumisión, él permanece en las sombras mientras sus hijos Freezer y Coola son la cara visible de esta cruel dictadura espacial.

Freezer es también llamado el Emperador del Universo o el Emperador del Mal. Aunque parezca un líder amable y educado, nada más alejado de la realidad. Su negro corazón corresponde a un ser deleznable que disfruta con la muerte y el sufrimiento ajenos, ya sea por parte de sus subalternos o por sus propias manos. Su arrogancia no tiene límite y se considera el ser más poderoso de su era. No tiene reparo en acabar con toda una civilización si considera que podría interponerse en sus objetivos. Acabó con todo el planeta Vegeta, hogar de los *saiyans*, por miedo a la leyenda de los súper *saiyans*, poderosos guerreros que podrían oponerse a su gran poder. Mientras Vegeta, el planeta, estallaba, Freezer se regodeaba comentando lo hermosos que eran los fuegos artificiales. En aquel genocidio, el guerrero *saiyan* de bajo nivel Badrock envió a su hijo recién nacido Kacarrot a un lugar seguro. Su nave acabaría en la Tierra, donde se convertiría en el conocido héroe llamado Son Goku.

El poder de Goku

Tras la derrota de su agente Vegeta en la Tierra a manos de Son Goku, Gohan y sus amigos, Freezer descubrió las mágicas y prodigiosas bolas de dragón originarias del planeta Namek. El Emperador viajó personalmente con sus mejores hombres a Namek para encontrar las siete bolas de dragón y dominar el Universo entero, pero allí encontró la oposición de Vegeta, quien se había rebelado contra su amo, Son Gohan, el hijo de Goku, el humano Krillin y el namekniano criado en la Tierra Piccolo Jr. Enemigo tras enemigo, Freezer fue transformándose en un ser superior acabando con todos los aliados de Son Goku. Cuando el propio Goku llegó a un ya destrozado Namek, Freezer se encontraba transformado en su forma final. Goku se convierte en un súper *saiyan* por primera vez y vence a Freezer, pero éste destruye el núcleo de Namek en un acto de pura desesperación.

Los héroes de la Tierra pudieron huir y el Rey Cold salvó los restos de su hijo Freezer, siendo reconstruido con partes cibernéticas. Freezer no quiere olvidar su derrota a manos de un súper *saiyan* y viaja con su padre a la Tierra para acabar con Goku y sus amigos. Pero justo cuando aterrizan aparece Trunks, un súper *saiyan* del futuro, hijo de Vegeta, quien mata a Freezer y el Rey Cold con suma facilidad. Freezer acabó en el Infierno de la Tierra, siendo torturado por los demonios del Hades mientras su gran ejército se iba destruyendo. Catorce años después, sus seguidores Sorbet y Tagoma usaron las bolas de dragón de la Tierra para revivir a su líder. Su ansia de venganza es tan fuerte que pasa un tiempo entrenando para poder superar a Goku, alcanzando un sexto grado de transformación ultrapoderoso: el estadio dorado, pero ni así fue capaz de derrotar a los poderosos súper *saiyans*, la horma de su zapato.

El gran adversario de *Dragon Ball*

Dragon Ball (1984-1995), la gran saga manga del ilustrador y creador japonés Akira Toriyama (Nagoya, 1955), tiene muchos enemigos principales. Majin Buu, Célula, Broly, el Dr. Gero… o algunos que se convertirían luego en aliados, como Vegeta o Piccolo Jr. Pero pocos son tan determinantes para la trama de toda la saga como Freezer, el tiránico emperador del Imperio Galáctico del Universo 7, causante del genocidio de los *saiyans* del planeta Vegeta y primer villano de la etapa adulta del protagonista de *Dragon Ball:* Son Goku. Su nombre, Furiza, es la alteración *katakana* de la palabra inglesa *freezer*: congelador, algo muy frío. Nombre que se le ocurrió a Toriyama para su nuevo villano. Según el propio Toriyama se inspiró en varios personajes para crear a su imparable villano. Por un lado, la burbuja económica japonesa, en la que proliferaron crueles especuladores inmobiliarios, con buenas maneras pero sin escrúpulos. Freezer no deja de ser un especulador y conquistador de planetas que abusa de la gente, a la que esclaviza con contratos inhumanos. La diferencia entre los villanos de siempre y Freezer es que éste habla amablemente, como si fuera un mafioso de la vieja escuela. En el número de la guía de *Dragon Ball, Daizenshuu 2: Story Guide*, Toriyama también explicaba que se había inspirado en el editor Yu Kondo de la revista *Shonen Jump*. Toriyama quiso ser más minimalista con cada transformación de Freezer en su gran enfrentamiento contra Son Goku. Las dos primeras transformaciones eran más complicadas de dibujar porque Toriyama pensaba utilizarlas muy poco en el cómic. Pero dejó las dos más minimalistas y conocidas para el final de la larga saga en el planeta Namek, así se ahorraba trabajo.

Su primera aparición sería en el capítulo 247 de *Dragon Ball*, bajo el título de *Las nubes oscuras se arremolinan sobre el planeta Namek* (1989). El editor Yu Kondo afirma que ese arco narrativo fue el causante del gran éxito de público de *Dragon Ball*, momento en que su popularidad subió como la espuma en Japón. Freezer haría su aparición en el segundo anime de la serie bajo el título de *Dragon Ball Z* (1989-1996), con licencia de la Toei Animation y dirigido por Daisuke Nishio. En toda la saga principal de Freezer le daría voz el actor japonés Ryusei Nakao. Freezer volvería en el anime *Dragon Ball Super* (2015-2018), producida por Akira Toriyama y la Toei Animation, una secuela situada temporalmente ocho meses después de la derrota de Majin Boo en *Dragon Ball Z*.

MING EL DESPIADADO

El cruel emperador de Mongo

(del cómic *Flash Gordon*)

«CON FLASH GORDON MUERTO NADA PODRÁ PARARME PARA CONQUISTAR EL UNIVERSO.»

La Tierra conoció el poder de Ming el Despiadado cuando el planeta Mongo que dominaba con mano de hierro se acercó a la Tierra. Mongo es un planetoide de la mitad del diámetro de la Tierra con una atmósfera compatible con la humana y está poblado por varias especies humanoides: como los siervos de Ming, los arborianos, que podrían pasar por humanos, los halcones alados, los hombre león o los submarinos coralianos, más un sinfín de animales salvajes y monstruos de diversos tamaños. En la antigüedad, los arborianos dominaban Mongo, pero fueron doblegados por los siervos de Ming, quienes acabaron en poco

tiempo con toda la resistencia de las diversas razas de Mongo. El mote Despiadado se lo ganó a la fuerza mandado ejecutar en masa a muchos rebeldes disidentes de Mongo. Con una peligrosa mezcla de tecnología superior y magia, Ming dominó todo Mongo, perdonando la vida a los dirigentes de las diferentes razas del planeta, los príncipes Barin, Vultan, Thun y la Reina Fría, quienes no se oponen a su mandato a regañadientes para salvar a sus pueblos.

Ming heredó su parte de Mongo de su padre Krang y su madre Auranae, pero el ansia de conquista lo convirtió en un déspota salvaje. Para el trabajo más sucio de conquista tiene a su Gran Vizer, Klytus Ra Djaaran, jefe de su milicia secreta, quien ejerce de inquisidor con gran vileza. Ming y Klytus obtienen carne de cañón para sus ejércitos gracias al esclavismo, el lavado de cerebro y la conversión genética en peligrosos hombres bestia, acciones que se llevan a cabo en las grandes cárceles subterráneas de la capital Mingo City. Cuando Mongo se acercó a la Tierra, Ming utilizó un portal dimensional para enviar sus tropas a nuestro planeta e intentar conquistarlo con la Muerte Púrpura, un gas extremadamente letal que solo deja víctimas de color púrpura tras sí. Ming utiliza unos cristales cuánticos para expandir su vida y obtener sus letales poderes, capaz de lanzar rayos mágicos con su mano. Aunque él prefiere concentrar ese rayo en un gran anillo.

Ming podría haber seguido conquistando el Universo tras invadir su planeta natal si no hubiera tenido problemas con la Tierra. De allí surgió un héroe llamado Flash Gordon, quien se le opuso y juntó a todas las tribus de Mongo para enfrentarse a su emperador. Si Ming no se hubiera enamorado de la compañera de Flash, Dale Arden, y hubiera querido casarse con ella a la fuerza, seguramente el campeón de polo Flash Gordon no se hubiera opuesto con tantas ganas al gobierno déspota de Ming. El cruel emperador encontró una nueva enemiga en su hija, la princesa Aura, quien se enamoró de Gordon y ayudó a éste y el príncipe Barin a la invasión de Mingo City. Ming fue finalmente derrocado, Barin y Aura se erigieron como nuevos gobernantes de Mongo, y Gordon, Arden y el Doctor Zarkov continuaron explorando este fantástico nuevo mundo, el nuevo planeta vecino de la Tierra.

Mucho más que una copia de Buck Rogers

El mítico primer héroe *pulp* espacial se estrenó en 1928 en la revista *Amazing Stories* con el nombre de Anthony *Buck* Rogers, obra del escritor Philip Nowlan para el cuento *Armageddon 2491 AD*. El interés del personaje atrajo a la compañía de tiras de prensa Dille's Syndication Company, que convenció a Nowlan para explotarlo como tira de cómic diaria en varios periódicos. Dick Calkins se encargaría del dibujo con guiones del propio Nowlan, estrenándose en 1929. En 1932, la «buckrogermanía» era total, con seriales de radio, películas, televisión y *merchandising*. Evidentemente, muchas compañías de tiras diarias querían tener a su héroe espacial. El más famoso de todos ellos, que llegó a eclipsar a su propia inspiración, es *Flash Gordon*. En un principio, King Features Syndicate quiso comprar los derechos de *John Carter de Marte* de Burroughs, pero al no llegar a un acuerdo con el escritor tejano le encargaron un héroe del espacio a su mejor historietista, Alex Raymond (1909-1956), quien ya estaba dibujando su tira *Jungle Jim*. Raymond se inspiró en la novela *Cuando los mundos chocan* (1933) de Philip Wylie y Edwin Balmer, una obra que trataba sobre un planeta que se acercaba peligrosamente a la Tierra.

Al contrario que en Buck Rogers, Raymond inventó un villano principal para *Flash Gordon*, alguien tan poderoso como un viejo emperador oriental con el porte imperial de Napoleón. Raymond estuvo ilustrando las aventuras de *Flash Gordon* en las tiras dominicales entre 1934 y 1943 con la ayuda del escritor no acreditado Don Moore, mientras Austin Briggs se encargó de las diarias entre 1940 y 1944. *Flash Gordon* estuvo serializándose en tiras diarias y dominicales hasta 2003. Su autor más longevo y conocido tras su creador fue Dan Barry (1951-1990).

La inspiración en Fu Manchú fue cosa del actor Charles B. Middleton, quien se asemeja físicamente al mítico villano oriental en el serial cinematográfico de 1936, de trece capítulos de duración. Middleton volvería a ser la cara de Ming en *Flash Gordon's Trip to Mars* (1938) y *Flash Gordon Conquers the Universe* (1940). En 1980, el productor italiano Dino De Laurentiis quería producir su propia *Star Wars* y compró los derechos de una película de *Flash Gordon*. Se estrenaría en 1980, dirigida por Mike Hodges y protagonizada por Sam J. Jones, Timothy Dalton, Topol y Ornella Muti. Para interpretar a Ming se llamaría al famoso y experto actor sueco Max von Sydow, quien convirtió a Ming en un sociópata misántropo y cruel.

PENNYWISE
El temible payaso alienígena
(de la novela *Eso*, de Stephen King)

«TODOS SABÉIS MUCHO MEJOR CUANDO TENÉIS MIEDO.»

Cada 27 años algo maligno, oscuro y antiguo despierta en el pintoresco pueblo de Derry, en el estado de Maine. Se alimenta, crea el caos y vuelve a invernar hasta que transcurren veintisiete años. Este ser es el multiforme extraterrestre Pennywise, que cayó a la Tierra en forma de meteorito durante la prehistoria. Eso o *It* es una criatura eterna de la que nadie sabe muy bien qué apariencia real tiene. El intelecto del ser humano no tiene la capacidad de abarcar toda su complejidad corpórea sin volverse loco. Lo más cerca que ha estado un humano de comprender su verdadera forma es identificarse con una gigantesca araña extraterrestre deformada. Se supone que Pennywise no tiene sexo, pero puede ser que se trate de un ente femenino.

Eso puede adaptar muchas formas, como si fuera un dios omnipotente de la locura con un humor tan retorcido como el del mismísimo Loki, pero su forma favorita es la de Pennywise, el payaso bailarín. Un temible payaso victoriano a medio camino entre Bozo y Ronald McDonald con un traje plateado de botones naranja. Con esta forma suele tentar a los niños de Derry, que han acabado en sus garras desde la creación del pueblo.

Eso es telépata y suele jugar con la mente de los seres humanos, sobre todo de los niños, pues sus temores son más claros y definidos que los de los adultos. Muchas veces, Eso no cambia a voluntad, sino que reacciona a los temores del humano sin darse cuenta de ello, estando su forma limitada a los sentimientos humanos cuando se le enfrenta. Pero este ser de locura puede adquirir otras formas, y aparecer como un hombre lobo, murciélagos, sanguijuelas o cualquier miedo mortal para un niño.

Esperando en las profundidades de Derry

Pennywise invernó durante millones de años en el subsuelo de lo que en un futuro se conocería como Derry hasta que comenzó a percibir a los humanos que empezaban a asentarse en esa región. Desde entonces, Eso se despierta cada 27 años, inicia una ola de violencia y desapariciones de niños, se alimenta y vuelve a invernar otros 27 años más. Como ya hemos dicho, Pennywise es inmortal y se creó en el Macrocosmos, un plano dimensional que se encuentra en los confines y el vacío del Universo donde solo existen él y la Tortuga, su enemigo eterno. El Universo conocido es una parte de este gigantesco Macrocosmos. Tan grande, que una mancha en el caparazón de la Tortuga es todo el espacio conocido. Eso también puede aparecer con su forma

del Macrocosmos, unos fuegos fatuos de color naranja cuya visión induce a la locura y la muerte. Se tiene constancia que Pennywise despertó alrededor de 1715, y en 1740 acabó con la vida de trescientos habitantes de Derry. Pero su matanza más recordada sucedió en 1904, cuando hizo explotar la fundición Kitchener, en cuyo interior había más de 200 niños que estaban buscando huevos de Pascua.

En 1958, un grupo de niños amigos llamados los Perdedores pudieron vencer a «Eso» en las alcantarillas de Derry, mentalmente apoyados por la Tortuga cuando estaban a punto de desfallecer. Pennywise no murió y se retiró a invernar, derrotado y humillado hasta su retorno en 1984, ocasión en la que los Perdedores, ya adultos, pudieron matarlo finalmente.

Miedo a los payasos

Para muchos amantes de la literatura de Stephen King, *Eso* (1986) es una de sus mejores novelas, la más completa y absorbente. En ella, una entidad llamada Eso o Pennywise ataca un pueblo del estado de Maine cada 27 años. La novela tiene varios niveles de lectura, y el principal antagonista es el monstruo extraterrestre, pero también la dura realidad familiar que envuelve a los Perdedores. Según el propio autor, la idea de Pennywise y Eso se le ocurrió en Colorado a principios de la década de los ochenta. «Tuve la idea de escribir un libro muy largo que contuviera todos los monstruos conocidos. Aunque yo me consideraba un escritor, mucha gente me considera simplemente un autor de terror. Así que escribiría la novela con más monstruos que se hubiera creado nunca. Reuniré a todos los monstruos posibles. Tendría un vampiro, un hombre lobo y una momia. Aunque la momia no es un monstruo realmente aterrador. Pero me faltaba una criatura horrible, desagradable, que no quieres ver y que te hacer gritar de terror nada más posar tus ojos encima de ella. ¿Qué asusta a los niños más que cualquier cosa en el mundo? La respuesta estaba clara: los payasos.»

Aunque mucha gente piense que King se inspiró en el conocido asesino John Wayne Gacy, quien mató a 33 personas en el estado de Illinois en la década de los setenta vestido como su *alter ego* Pogo el Payaso, esto no es cierto. King se inspiró en el famoso payaso Bozo, creado para un audiolibro ilustrado en 1946 por Alan W. Livingston. Bozo saltó a la televisión en 1948 convirtiéndose en una franquicia para diversos canales de alrededor de Estados Unidos con títulos como *El circo de Bozo* o *Bozo The Capitol Clown*. El rostro más vinculado al eterno payaso de la televisión estadounidense es el del actor Larry Harmon. Su maquillaje era muy parecido al del payaso Charlie Rivel, con las cejas más pegadas al cráneo.

It fue llevada en 1990 a la televisión en una miniserie de dos capítulos protagonizada por Tim Curry, quien convirtió a Pennywise en uno de los mitos del terror moderno. En 2017, el director argentino Andrés Muschietti estrenó la primera parte de *It*, recogiendo las aventuras de los niños con Bill Skarsgard interpretando al temible payaso. La película se convirtió en uno de los éxitos de taquilla del año, siendo bien recibida por la crítica aunque situara la acción en 1989. En 2019 se ha estrenado la segunda parte, *It: Capítulo 2*, protagonizada por James McAvoy, Jessica Chastain y Bill Hader.

THANOS
El titán loco
(del Universo Marvel)

«THANOS SIGUE SIENDO UN CONQUISTADOR. THANOS SIGUE SIENDO UN GUERRERO. THANOS SIGUE SIENDO UN DIOS.»

Thanos es el hijo pequeño de A'Lars y Sui-San, líderes de la segunda colonia de los Eternos en Titán, la luna de Saturno de nuestro sistema solar. También es considerado el último sobreviviente de esta colonia, pues cuando era joven Thanos aniquiló a todo su pueblo con una armada de piratas espaciales. Su maldad ya estaba predestinada en sus propios genes, pues nació grande y con piel morada por culpa de un síndrome desviante, los enemigos de los eternos en la Tierra. Ambas razas fueron creadas por los poderosos Celestiales y habían luchado en la Tierra hacía milenios. La primera vez que su madre Sui-San vio a su hijo se volvió loca y quiso matarlo con sus propias manos. A'Lars, también conocido como Mentor, impidió este filicidio y se encargó de la educación de su vástago, junto a la de su hermano mayor Eros, el conocido superhéroe llamado Starfox.

Pese a su apariencia grotesca entre la comunidad de Titán, Thanos fue un joven intelectual amable y querido por sus compañeros. Aunque su interés en dibujar animales muertos era bastante malsano, Thanos se negaba a dar muerte a cualquier criatura viva en las clases de anatomía del colegio donde estudiaba. Tímido y reservado, solo tenía una amiga misteriosa de mirada negra a la que Thanos

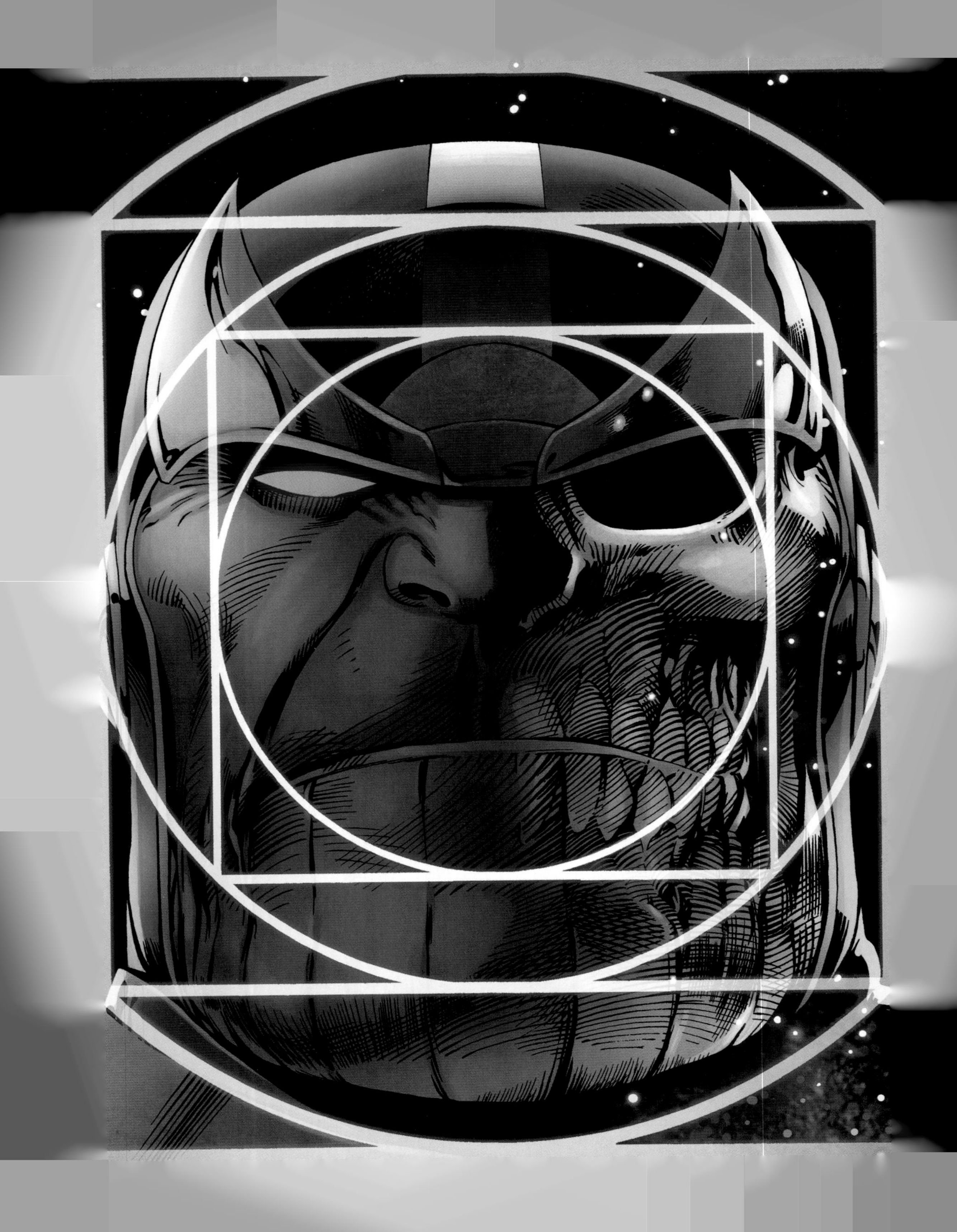

hacía confidencias. Tras un accidente en unas cuevas peligrosas con sus amigos, el hijo de A'Lars comenzó a matar, haciendo pruebas con diversas criaturas buscando una respuesta a su inusual genética. Para encontrar una solución a su aspecto, Thanos mató a varios titanes y se dio cuenta de que lo iba disfrutando cada vez más, empujado por su misteriosa confidente. Tras 17 asesinatos, Thanos buscó en el cuerpo de su propia madre Sui-San la clave de su genética. La última titán que asesinó tras su huida del satélite.

El resurgir de Thanos

En el espacio, Thanos pronto se hizo un nombre como pirata espacial. Frío y cruel, Thanos se convirtió en el capitán de una poderosa armada tras asesinar a su anterior capitán. Su hermosa y fría confidente volvió a él, y Thanos le confesó su amor. Pero ella le pidió que le demostrara que solo le pertenecía a ella. Thanos mató a varias amantes e hijos bastardos desperdigados a lo largo de varias galaxias, experimentó con su cuerpo hasta hacerse invencible, con superfuerza, resistencia, factor de curación regenerativa y la inmortalidad clásica de los eternos. Su confidente le declaró que para ser su amante tendría que convertirse en un dios destructor. Thanos accedió y la bella muchacha se descubrió como la personificación humana de la Muerte de todo el Universo. Thanos se volvió loco por esta revelación y dio su palabra a la Muerte de convertirse en su más fiel amante. Su primera acción importante como temido heraldo de la Muerte fue la destrucción de su propia sociedad de Titán, donde solo sobrevivieron su padre Mentor y los titanes que no estaban en el satélite ese fatídico día, como su hermano mayor Eros.

La carrera por satisfacer a su amada Muerte le llevó hasta la Tierra, donde robó el Cubo Cósmico, un objeto de poder creado por la organización AIM y que tenía el poder de alterar la realidad. Thanos se convirtió en un ser divino y luchó contra los héroes llamados Vengadores y el Capitán Marvel de la raza kree, quien ya había batallado anteriormente contra el titán loco. Thanos no se convirtió en el amo del Universo por un error: pensando que había agotado el poder del Cubo lo abandonó y Mar-Vell restauró la realidad.

Tras ser rescatado y curado por sus hombres, Thanos comenzó su plan más imposible para recuperar el afecto de su dama la Muerte: conseguir las seis gemas del alma, unas piedras de extremo poder que daría poderes ilimitados a la persona que pudiera controlarlas. Tras conseguir cinco, su objetivo era la joya de jade que Adam Warlock portaba en su cabeza. Pero el plan de Thanos comenzó a torcerse cuando se enteró de que Warlock había divergido en un antagonista temporal llamado Magus, líder de un peligroso imperio religioso. El nihilista y Warlock hicieron un trato para acabar con Magus. Tras esta unión y el rescate de Gamora, a la que crio como si fuera su hija asesina guardaespaldas, Thanos consiguió las seis gemas, pero fue parado, otra vez, por el Capitán Marvel, los Vengadores y varios héroes más de la Tierra, como Spider-Man o la Cosa. Warlock convirtió a Thanos en una estatua de piedra, torturado para toda la eternidad a no morir y así no volver a ver a su amada.

El Guantelete del Infinito

Pero la Muerte tuvo compasión de él y lo resucitó en su reino, donde Thanos aprendió más sobre las gemas del alma, llamadas ahora gemas del infinito. Tras recuperar, de nuevo, las seis gemas, creó un arma suprema para rehacer toda la realidad, el Guantelete del Infinito, dándole dominio sobre toda la existencia. Thanos se convirtió en un dios imparable y le dio a la Muerte un regalo para ser su consorte: eliminar a la mitad de la población del Universo con un simple chasquido de dedos de su Guantelete. Pero la Muerte no quería estar con él, pues se consideraba ahora un ser inferior bajo su temible poder. Otra vez, todos los héroes de la Tierra, Adam Warlock, Gamora, Pip el Trol y entidades cósmicas como

Amor, Odio, El extraño, Caos, Orden o el poderoso Galactus se enfrentaron al titán loco y, otra vez, un golpe de fortuna pudo acabar con su cruel reinado.

Desde entonces, Thanos ha intentado doblegar a la Tierra y al Universo una y otra vez. Aunque también ha colaborado con su eterno enemigo Warlock o su hermano Eros para acabar con otras amenazas que se opusieran a sus planes maestros. No existe otro villano en la galaxia con la inteligencia y la fría determinación de Thanos, un ser nihilista que ha rechazado todos los principios religiosos y morales de muchos mundos para servir a una única fuerza destructora: la muerte.

El supervillano nihilista de Marvel

Thanos fue una de las primeras creaciones del escritor y dibujante Jim Starlin (Detroit, 1949) para Marvel. Starlin había ido a la facultad de psicología antes de ser llamado a filas para la Guerra de Vietnam. En las clases se le ocurrió el personaje de Thanos y el de su contrapartida, Drax el Destructor. El nombre de Thanos es una versión del dios griego Thánatos, el dios de la muerte no violenta Tánatos. También se inspiró en los Nuevos Dioses de Jack Kirby para DC. De hecho, mucha gente cree que Thanos es una versión Marvel del Darkseid de Kirby, pero en un principio, Thanos iba a ser un ser más delgado y analítico, al estilo Metron.

Fue el editor Roy Thomas quien le dio una oportunidad a Starlin para hacer un número de *The Invincible Iron Man*, el 55 con fecha de febrero de 1973, con guion de Mike Friedrich inspirada en la historia que había creado el autor de Detroit. Starlin creía que no duraría mucho en el mundo del cómic y se permitió recuperar al personaje creado en las clases de psicología. Así se retiraría habiendo inventado un villano de Marvel. Roy Thomas fue quien le dijo que si quería crear a un Nuevo Dios para Marvel le diera envergadura y lo hiciera parecido a Darkseid, que era realmente temible. Thanos volvería a aparecer, siempre de la mano

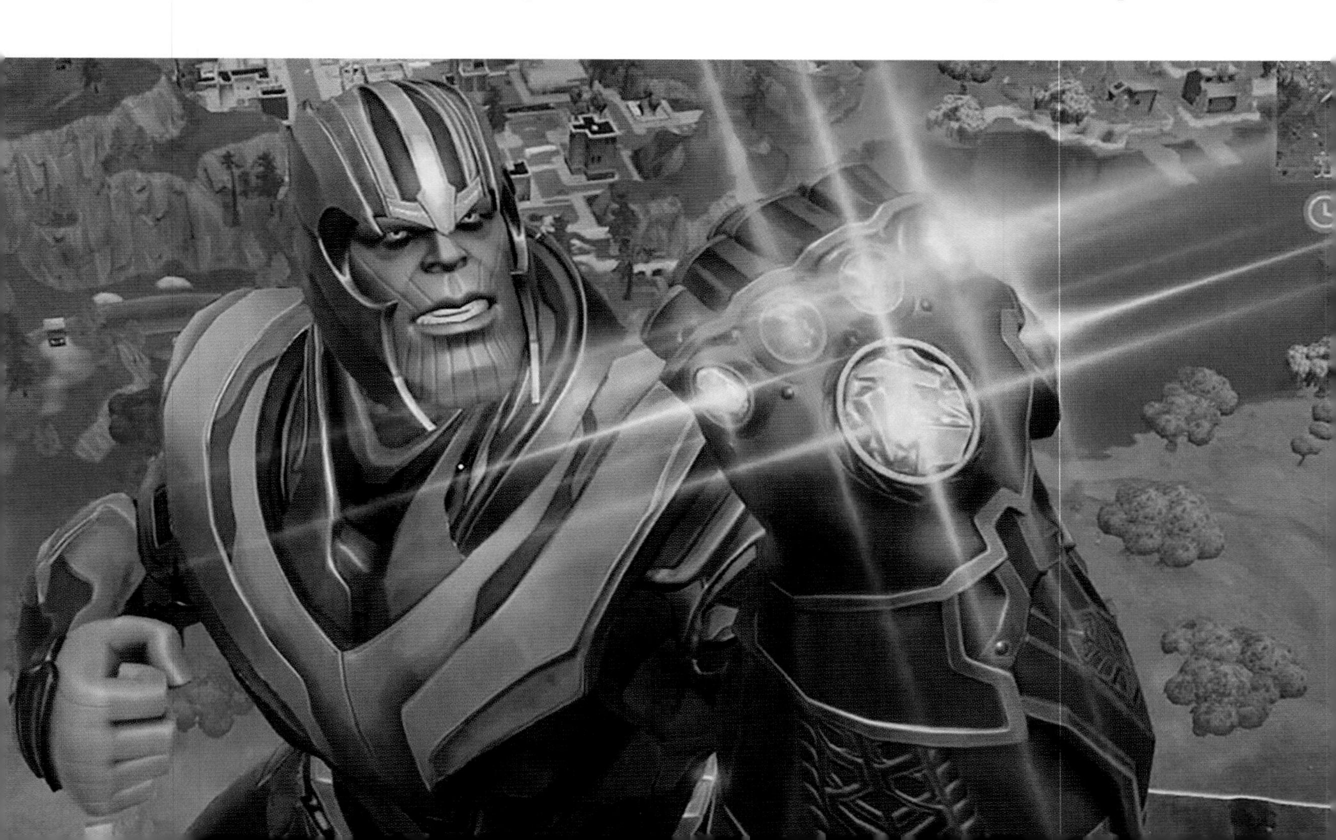

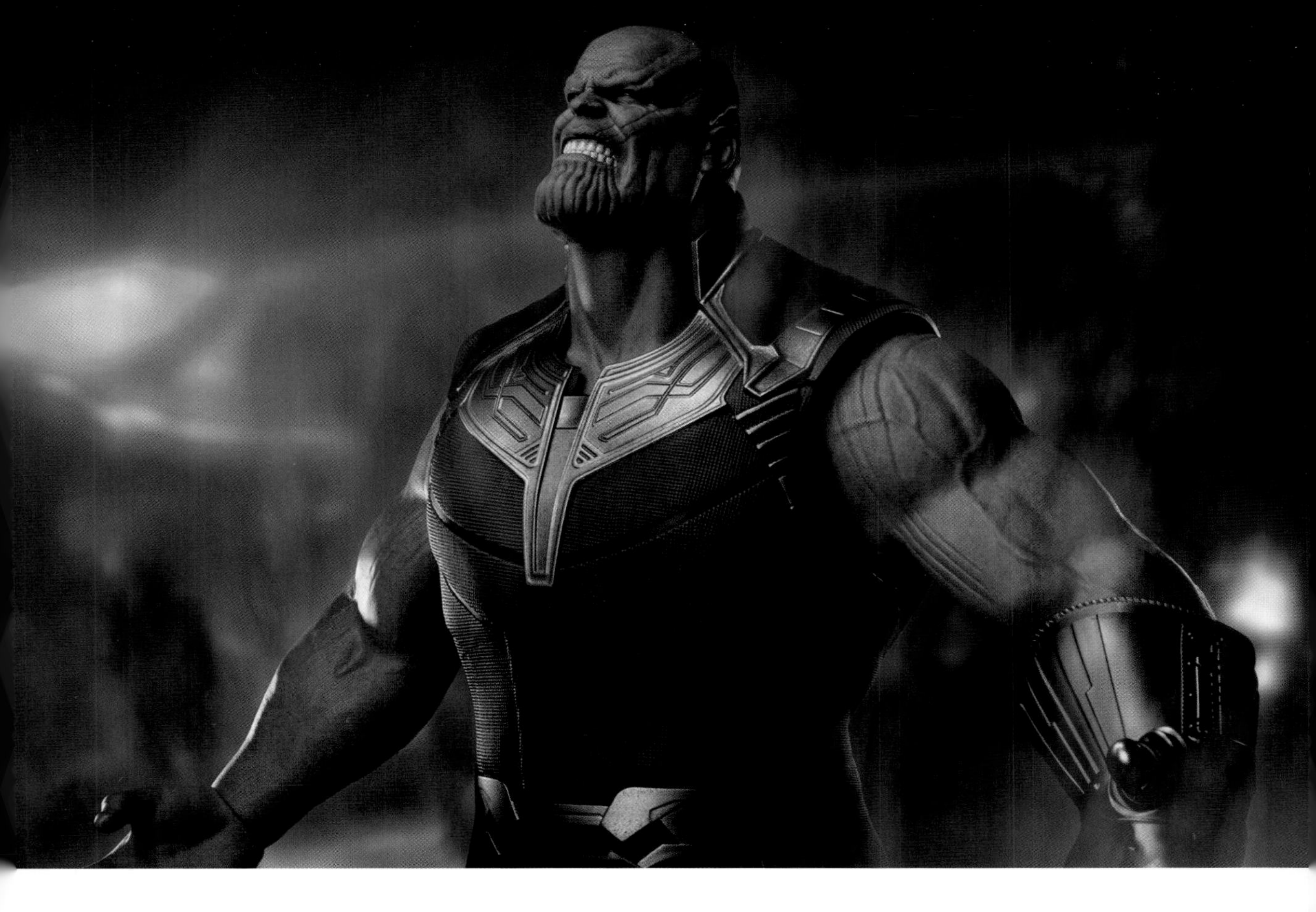

de Starlin, en su etapa para el Capitán Marvel (1973-1974) y en varios especiales donde se contó *La saga del cubo cósmico* (1975-1977). Tras una larga etapa en DC, Starlin volvió a Marvel, donde no tardó en volver a sacar a su villano favorito en los números de *Silver Surfer* (1990), la miniserie *Thanos Quest* (1990) y el *crossover El Guantelete del Infinito* (1991), con dibujos de George Pérez y Ron Lim.

El pasado del mal

Aunque Starlin haya utilizado a Thanos en varias sagas y éste se haya convertido por derecho propio en uno de los grandes villanos del Universo Marvel, sería el escritor Jason Aaron (Jasper, 1973) y el dibujante italiano Simone Bianchi (Lucca, 1972) quienes narrarían la juventud de Thanos en la inquietante *Rising* (2013), titulada en España como *Thanos: Infinito*.

Thanos era importante como villano del Universo Marvel gracias a las sagas de las Gemas del Infinito de los noventa, pero convertirlo en el gran villano de los primeros diez años del Universo Marvel Cinematográfico lo ha catapultado al panteón de los villanos más populares, como un nuevo Darth Vader del siglo XXI. Interpretado brillantemente por el actor Josh Brolin con un complicado traje de captura de movimientos, Thanos haría su primera aparición en *Los vengadores* (2012) de Joss Whedon como benefactor de Loki. Brolin y Sean Gunn interpretaron a Thanos en *Guardianes de la Galaxia* (2014) y, finalmente, vestiría el Guantelete del Infinito en las escenas finales de *Los Vengadores: Era de Ultrón* (2015). Pero donde brillaría como villano con todas las letras serían en *Los vengadores: Infinity* War (2018) y *Los vengadores: Endgame* (2019), ambas dirigida por los Hermanos Russo, película esta última que ha superado a *Avatar* (2009) de James Cameron como el film más taquillero de la historia del cine norteamericano.

VENOM
Mucho más que el traje negro de Spider-Man
(del cómic *Spider-Man*)

«APRENDÍ LAS PRIMERAS PALABRAS CON LAS QUE ME LLAMARON: *MONSTRUO. PARÁSITO. MALO.*»

Antes de convertirse en el traje negro que portó el héroe Spider-Man durante un tiempo, y mucho antes de ser llamado el villano Venom por los habitantes de Nueva York, el simbionte sin nombre fue uno más de la raza de los *klyntar*, creados por el dios oscuro Knull en un planeta desolado. Este ser todopoderoso salvó a un grupo de recién nacidos alienígenas y los transformó en depredadores cambiantes y mutualistas, aunque muchas especies consideran que es un parasito, más que un ser meramente comensalista. Como muchos *klyntar*, Venom necesita un huésped, aunque es capaz de vivir largos periodos de tiempo sin éste, siendo su forma normal la de una biomasa con tentáculos alquitranosos de color negro en la que suele manifestar una boca grande con colmillos con grandes manchas blancas en los ojos. Aunque tenemos que entender que Venom no es exactamente un ser malvado, suele incorporar la ferocidad y la maldad de sus huéspedes a su forma de ser. Unido a su gran crueldad depredadora, Venom puede llegar a convertirse en una de las criaturas más peligrosas de la Tierra. Parte de su fijación cognitiva por la violencia la aprendió de su primer huésped, un guerrero *kree* llamado Tel-Kar, que luchó en la cruenta Guerra Kree-Skrull. También estuvo vinculado durante un tiempo a un extraterrestre que utilizó sus poderes para realizar un genocidio en su mundo natal, convirtiendo al simbionte en un depredador adicto a la rabia y el odio.

Al encuentro del Hombre Araña

Cuando el ser llamado Todopoderoso creó Mundo de Batalla para la guerra entre villanos y héroes de la Tierra, el simbionte y la cárcel en la que estaba confinado acabó en aquel nuevo planeta: una esfera negra escondida en una nave espacial. El héroe de Queens Spider-Man encontró esta esfera y liberó al simbionte cuando lo tocó, convirtiéndose en un traje negro y blanco, parecido al de su socia Spider-Woman. La conexión del simbionte con Peter Parker fue total, y cuando este llegó a la Tierra encontró una manera de alimentarse del deseo de Peter de ser un héroe mientras quería vincularse con él para siempre. A Venom le gustó ser un héroe, para variar, y salía de patrulla cuando Parker estaba dormido. Por consejo de Reed Richards, Spider-Man se deshizo del traje negro y pensó que había acabado con él. El simbionte había sentido la rabia, su fiereza natural, el asesinato, el genocidio de masas y, por un tiempo, el placer de ser un

... I'M HOME!

KIRKHAM

héroe. Pero esta vez conocía el rechazo, y eso lo convirtió en un ser amargado a la búsqueda de un nuevo huésped de moral más laxa que quisiera desatar su poder y su brutalidad.

Encontró ese huésped en el experiodista del *Daily Globe* Eddie Brock, quien había sido despedido de su trabajo por culpa de Spider-Man, que reveló su mala praxis periodística. Cuando Venom encontró a Brock, éste se encontraba deprimido, a punto de suicidarse, trabajando por unos míseros dólares en revistas del corazón y divorciado de su esposa. El simbionte fue la oportunidad de Brock de vengarse de Spider-Man y sentirse más poderoso. Pero, por primera vez, Venom era el dueño de su huésped, y aunque luchó muchas veces contra el héroe de Queens, siempre quiso volver a unirse a él, esta vez para siempre. Cada vez que Brock quería romper con esa extraña relación simbiótica, Venom se las arreglaba para ser necesario, manipulando su mente o su química interior.

Aparte de Brock, Venom ha tenido otros huéspedes en la Tierra como Angelo Fortunato, el hijo del mafioso Don Fortunato, o el villano MacDonald Gargan, conocido como El Escorpión. También ha tenido descendencia, creando al peligroso Carnage, mucho más peligroso y asesino que su «padre». Venom fue utilizado por el ejército para unirse al exmilitar condecorado Flash Thompson en el Proyecto Renacimiento. Venom y Flash hicieron buenas migas y el simbionte pudo calmarse dedicándose a trabajos más heroicos para el ejército. Además, fue purgado de su sed de sangre y pudo volver a conectarse con la mente colmena de sus congéneres *klyntar*.

El peligroso simbionte oscuro

Aunque parezca mentira, la idea de un nuevo traje de color negro y blanco para Spider-Man nació de un lector de Marvel de Illinois llamado Randy Schueller en 1982. El editor Jim Shooter le envió a este fan un cheque por 220 dólares por la idea para el *crossover Secret Wars* cuyo guion estaba escribiendo en 1984. Mike Zeck (Greenville, 1949) sería el diseñador del nuevo traje de Spider-Man, que aparecería en la portada del número 8 de la serie, aunque ya había salido antes en la colección de Peter Parker. En esta colección se sabía que el traje negro no era normal, pero no se dieron demasiadas explicaciones. Ése fue trabajo de los escritores Tom DeFalco (Nueva York, 1950) y Roger Stern (Noblesville, 1950) para el mítico número de *Amazing Spider-Man* #252, donde salía el traje negro por primera vez, dibujado por Ron Frenz (Pittsburgh, 1960). Aunque fueron DeFalco y el dibujante Ron Frenz quienes convirtieron el traje negro en un alienígena sensible en *Amazing Spider-Man* #258 (1984), capítulo titulado *El siniestro secreto del nuevo traje de Spider-Man*. Venom, como villano de Spider-Man aparecería por primera vez en *Amazing Spider-Man* #300 (1988), ya vinculado a Eddie Brock, con guion de David Michelinie (Nueva York, 1948) y el excesivo dibujo del canadiense Todd McFarlane (Calgary, 1961).

En el cine, Veneno haría su aparición en *Spider-Man 3* (2007) de Sam Raimi. Veneno era un ente alienígena que llegaba a la Tierra y se convertía en el nuevo traje de Peter Parker sin que nadie supiera muy bien cómo llegó allí. El ente oscurece el alma de Parker, quien se desinhibe bailando por la calle a lo Tony Manero. Cualquiera que haya visto la película sabe de lo que hablo. Tras arrancárselo, literalmente, del cuerpo, el simbionte se alía con Eddie Brock, interpretado por Topher Grace con bastante poca gracia. Al productor Avi Arad tampoco le convenció demasiado el papel de Venom en la película y quiso explorar al personaje en un posible *spin-off* futuro. El guion se reescribió varias veces hasta que la productora Sony quiso hacer una tercera parte de *The Amazing Spider-Man*. También se estaba estudiando rodar una película llamada *Venom Carnage*. Al final, *Venom* (2018) pudo estrenarse dirigida por Ruben Fleischer con Tom Hardy haciendo de Eddie Brock, un periodista que se convierte en antihéroe.

XENOMORFO

Pura voluntad de supervivencia

(de la película *Alien, el octavo pasajero*)

«ADMIRO SU PUREZA, ES UN SUPERVIVIENTE AL QUE NO AFECTA LA CONCIENCIA, LOS REMORDIMIENTOS NI LAS FANTASÍAS DE MORALIDAD.»

En el año 2122, la nave comercial *USCSS Nostromo* de la corporación Weyland-Yutani fue desviada de su ruta de retorno a la Tierra para acercarse al sistema extrasolar Zeta II Reticuli para asistir a una llamada de auxilio desconocida proveniente del planetoide sin vida LV-426. La tripulación de siete viajeros, entre técnicos y pilotos, aterrizó en el planeta y se encontraron con una nave alienígena estrellada con una forma extraña. Investigando el interior, el piloto Kane fue atacado por una criatura que surgió de un huevo escondida en una zona de la nave que estaba repleta de ellos. De vuelta en la *Nostromo*, descubrieron que este ser parecía un gran cangrejo de color claro con ocho patas huesudas y fuertes agarradas a su cara y una larga cola envolviendo el cuello de la víctima. Cuando intentaron quitársela, el abrazacaras ahogaba al pobre Kane. Tras varios días en coma, Kane despertó sin el bicho envolviendo su rostro, que se encontró muerto en un rincón de la enfermería. Kane parecía normal hasta que un dolor agudo le sobrevino en la barriga. Ésta explotó en un baño de sangre y vísceras surgiendo de su interior un pequeño ser humanoide con cabeza, brazos y una mandíbula llena de peligrosos dientes que huyó a esconderse en el interior de la nave. Este alien creció hasta llegar a los dos metros y acabó con toda la tripulación menos con la Teniente Ripley, que pudo escapar haciendo explotar la nave. La corporación Weyland-Yutani monitoreó todo lo ocurrido en la *Nostromo* y quieren conseguir uno de estos magníficos xenomorfos para su división armamentística.

El arma perfecta

El xenomorfo es una de las criaturas más adaptables y peligrosas de la galaxia. Descocemos al cien por cien su origen, pero todo indica que se trata de una mutación genética de un agente patógeno creado por la raza de los

Ingenieros, seres que llevan millones de años recorriendo la galaxia y manipulando genéticamente varios planetas. Un xenomorfo es un parásito capaz de procrear en cualquier ser vivo, desde un ser humano hasta un perro. El xenomorfo siempre elige víctimas antropoides con las que poder crear nuevos individuos, más adaptables y con mayor facilidad para la supervivencia. El desarrollo natural de uno de estos alienígenas es el siguiente: huevo del que nace un abrazacaras que invade un cuerpo vivo, gestación de un embrión en el interior del ser infectado y nacimiento surgiendo del pecho de la víctima con gran violencia, matándolos. Estos *aliens* se desarrollan muy rápidamente y son de naturaleza carnívora. Estos huevos son puestos por una reina *alien* a la que los xenomorfos obedecen mentalmente, aunque también se sabe de adultos fértiles capaces de poner huevos como las reinas. Estas reinas pueden llegar a tener más de seis metros de altura y se diferencian de sus zánganos por su gran corona huesuda y su forma de dinosaurio antediluviano. Esta raza ha sido catalogada como *Linguafoeda acheronsis* («lengua mortífera de acheron») o *Internecivus raptus* («ladrón mortífero»), aunque los de la raza de los *yautjas*, conocidos como depredadores en la Tierra, los llaman «La muerte negra».

Un xenomorfo criado en el interior de un humano es de aspecto antropomorfo y color oscuro, y cuenta con un exoesqueleto polisacárido externo que lo protege de impactos. Tiene una larga cola parecida a un látigo de espina dorsal acabada en una punta tan afilada como un cuchillo. Su cabeza es alargada, sin ojos visibles, con una boca con labios de la que surgen unos dientes afilados y una segunda mandíbula retráctil que puede extraer a gran velocidad atravesando los huesos humanos de la cabeza fácilmente. El xenomorfo es una criatura salvaje que actúa instintivamente, aunque tiene inteligencia y vive en comunidad. Posee fuerza, agilidad y resistencia, pudiendo subir a cualquier superficie para acechar a sus presas. Como defensa final, los xenomorfos en lugar de sangre tienen ácido, capaz de disolver acero, hueso y piel. También pueden expeler este ácido por la boca desde su estómago, atacando a sus víctimas a distancia. Los xenomorfos tienen memoria genética y están listos para el ataque y la depredación desde que son unos recién nacidos. La única defensa contra estas criaturas temibles son las armas pesadas, que destruyen su cerebro o su tórax, y el fuego o las altas temperaturas, a las que temen. Por eso suelen habitar en lugares fríos y suelen cazar de noche.

El terror alienígena supremo

Tras el fracaso de producción del *Dune* de Alejandro Jodowrosky, el guionista y experto en efectos especiales Dan O'Bannon (1946-2009), que ya había trabajado en la película *Dark Star* (1974), de John Carpenter, y en *Star Wars* (1977), escribió con su amigo Ronald Shushett (Pittsburgh, 1935) una historia de ciencia ficción en la que se mezclaba un monstruo imparable y una nave espacial parecida a una casa embrujada de la que había que huir. Algunas de sus inspiraciones estaban en películas clásicas como *Planeta prohibido* (1951) o *Terror en el espacio* (1965), o en las historietas de terror cósmicas de EC Comics. O'Bannon lo vendía como «*Tiburón en el espacio*» y el conocido productor de terror Roger Corman les dijo que le enviarán el guion a Walter Hill, a quien le encantó y quería hacer una película mucho más cercana a la acción que al horror cósmico retocando parte de la trama

En 1979, el británico Ridley Scott dirigiría *Alien, el octavo pasajero*, que llegó a ser un clásico de la ciencia ficción y del cine del terror gracias a su criatura xenomorfa de origen desconocido. Muchos de los profesionales que estaban trabajando en *Dune* de Jodowrosky acabaron en la nueva producción de la Fox, como el ilustrador Moebius, que se encargó del diseño de trajes espaciales, o el artista plástico suizo Hans Ruedi Giger (1940-2014). Scott se enamoró de su pintura *Necronomicon IV*, donde salía un alienígena inquietantemente sadomasoquista y necrótico con una alargada cabeza que se convertía en un largo pene en su parte de atrás. Este ser se convertiría en la plantilla en la que Giger y el experto en efectos especiales italiano Carlo Rambaldi, creador también de otro extraterrestre mítico del cine, *E.T.*, crearan a la conocida criatura que se convirtió en un mito del terror y la ciencia ficción.

El bichito se convertiría en una gran franquicia para la Fox, que lo explotó en siete películas, cuatro originales –aparte de la original vendrían *Aliens, el regreso* (1986), *Alien 3* (1992), *Alien: Resurrección* (1997)–, dos precuelas dirigidas por Ridley Scott –*Prometheus* (2012) y *Alien: Covenant* (2017)–, y dos encuentros con otra raza alienígena moderna, los *Depredadores* –*Alien Vs. Predator* (2004) y *Alien Vs. Predator 2: Requiem* (2007)–. Los *aliens* tienen mucha vida más allá del cine, apareciendo en varios videojuegos, cómics y novelas.

ZOD

El poder de Krypton

(del cómic *Superman*)

«OS PROMETO UNA COSA: YO SIEMPRE SERÉ VUESTRO MONSTRUO.»

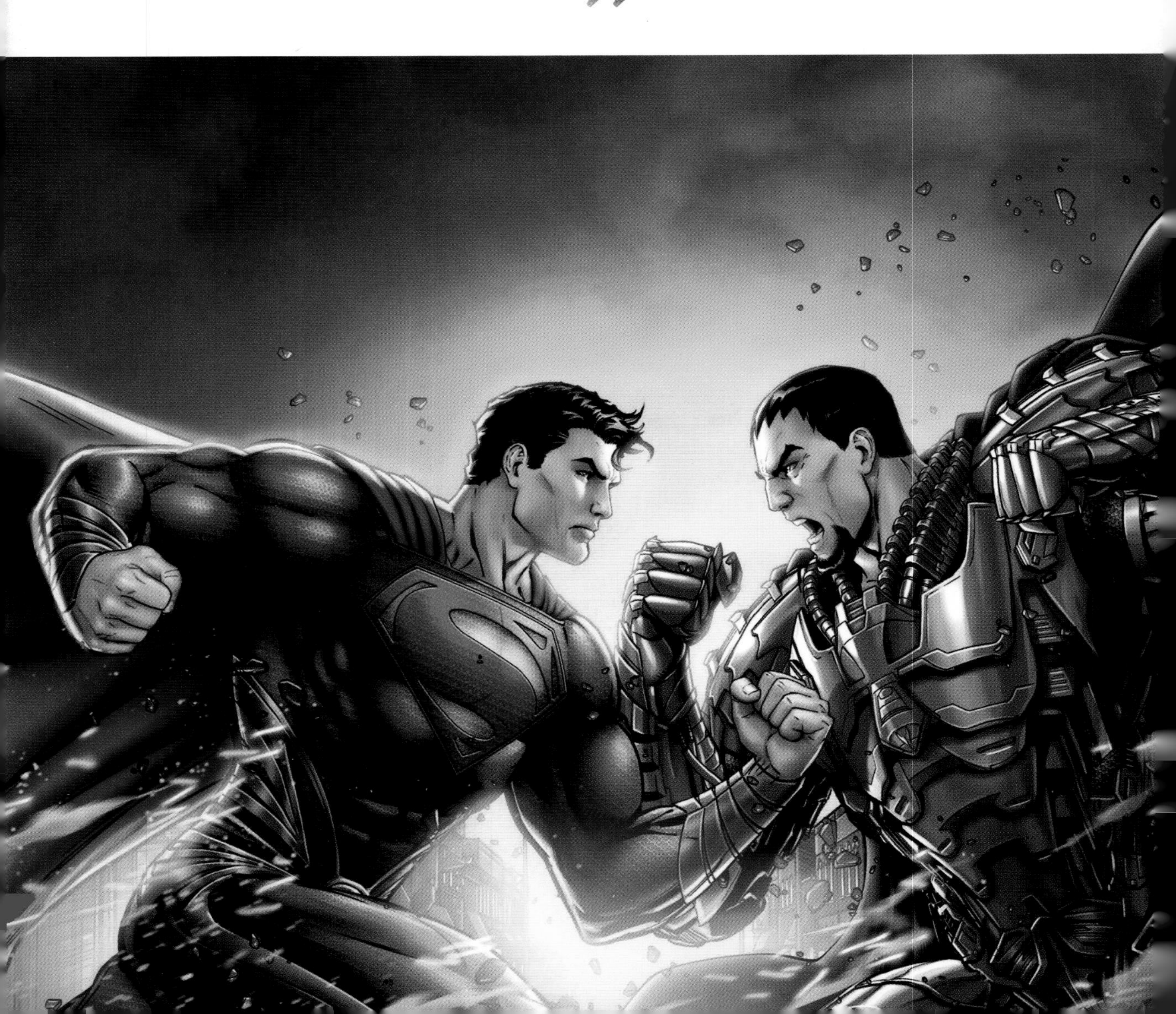

Dru-Zod prometió a su amigo de la infancia Jor-El que se vengaría de él por su traición en su frustrado golpe de estado en el extinto planeta Krypton. Convertirse en un auténtico monstruo para la Casa de El y acabar con toda su descendencia. El joven Zod se crio en las zonas más remotas del planeta Krypton, en una peligrosa selva, ayudando a sus estrictos padres científicos a estudiar la vida salvaje. Zod siempre había amado los monstruos y los animales más salvajes de la fauna kryptoniana, pero un triste suceso lo convirtió en todo un niño salvaje. Su madre y su padre fueron atacados por las criaturas que estudiaban y murieron, y durante un tiempo tuvo que sobrevivir completamente solo en la selva hasta que el científico Zor-El y su hijo Jor-El lo encontraron.

Zod se apuntó al Gremio Militar *Kryptoniano*, donde fue ascendiendo gracias a su voluntad de hierro hasta llegar al grado de comandante. Junto a su amigo Jor-El, quien estaba en el Consejo Científico de Krypton, paró el golpe de estado militar del coronel Ekar, ascendiendo a coronel. También luchó con furia contra la criatura imparable llamada Doomsday, a quien venció con su ejército y mandó a la cárcel eterna llamada Zona Fantasma. Este evento se convirtió en una malvada epifanía para el líder del ejército *kryptoniano*. Aunque éste sufriera, Krypton podría renacer como mejor sociedad cuando sucedía una gran catástrofe: una sociedad más militar al estilo de Zod. Con esta peligrosa idea en la cabeza, liberó un char mutado contra el que luchó junto a sus tenientes Faora y Non. Tras vencerlo, convenció al pueblo de Krypton de que la militarización era la única opción y atacaron al pueblo de los *char*, acabando con casi todos. Pero su amigo Jor-El descubrió la verdad y lo denunció al Consejo Científico. Dru-Zod, Faora y Non fueron castigados con el exilio en la Zona Fantasma, cosa que terminó por amargar más al coronel, que prometió convertirse en el monstruo de Krypton y la Casa de El.

Zod y Faora consiguieron escapar de la Zona Fantasma años después y el malvado *kryptoniano* se concentró en su venganza. Como Krypton y Jor-El habían sido destruidos poco tiempo después de su encierro, Zod fijó su venganza en Kal-El, convertido en el héroe de la Tierra Superman. Con los mismos poderes alimentados por el Sol amarillo de la Tierra, Zod es un temible adversario, potenciado con su entrenamiento militar y su ferocidad adquirida durante los años que vivió solo en la selva kryptoniana. Superman no hubiera podido hacer nada contra él y Faora si no hubiera sido ayudado por la guerrera amazona Wonder Woman. Juntos pudieron acabar con el peligro de Zod exiliándolo, otra vez, a la Zona Fantasma.

¿Y si Superman fuera malo?

¿Se lo imaginan? ¿Qué podría hacer un ser de ese poder si tuviera un corazón podrido como una manzana? Es una cosa que se han preguntado muchos creadores de cómics. Alan Moore en *Miracleman* (1984), Mark Waid y Peter Krause en *Irredeemable* (2009), Mark Millar y Dave Johnson en *Superman: Red Son* (2003) o la reciente película de terror de David Yarovesky *El hijo* (2019) han investigado sobre un ser superpoderoso con poder ilimitado para hacer el mal. Pero Superman ya tenía a su némesis oscura, el general Zod, aunque su origen no es tan emocionante como podríamos sospechar. Creado en 1961 en el *Adventure Comics* #283 por el guionista Robert Bernstein (1919-1988) y el dibujante George Papp (1916-1989), Zod formaba parte de los criminales de Krypton encerrados en la Zona Fantasma, extraña dimensión a la que va a parar un Superboy por culpa de un accidente por culpa de un proyector *kryptoniano*. Zod saldría como *flashback*, como un criminal de guerra encerrado en aquella dimensión, donde las autoridades kryptonianas castigaban a sus reos.

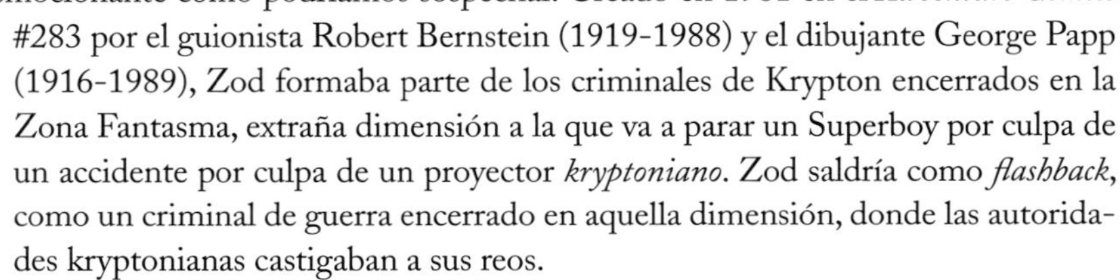

Zod, con su aspecto de general chino, aparecería en varios capítulos más de *Supergirl* y *Superboy*, pero siempre acompañado de varios acólitos más, como Faora, Kru-El o Jax-Ur. El Zod famoso lo conocemos gracias al director Richard Donner (Nueva York, 1930) y los guionistas Mario Puzo y el matrimonio David y Leslie Newman, autores del libreto de las dos películas *Superman* (1978) y *Superman II* (1980). Aunque el director Richard Lester (Filadelfia, 1932) acabaría sustituyendo a Donner en la producción de la segunda película, gran parte del material de ésta lo dirigió Donner. El cruel general fue brillantemente interpretado por Terence Stamp.

Zod desapareció de la continuidad de DC con *Crisis en tierras infinitas* (1985), convirtiendo a Kal-El en el único *kryptoniano*. Pero fue Richard Donner quien volvería al personaje junto al guionista Geoff Johns y el dibujante Adam Kubert en *Action Comics* #845 (2007) trayendo a Zod, Non y Ursa a la continuidad del Universo DC. Con los Nuevos 52, la historia de Zod volvería a ser reseteada. Sucedió en el *Action Comics Vol. 2* #23.2 (2013), número del mes de los villanos, con una nueva historia obra de Greg Pak (Dallas, 1968) y el dibujante canadiense Ken Lashley, biografía que se utiliza en este libro. Aparte de Terence Stamp, ha habido más Dru-Zods cinematográficos y televisivos. Como Michael Shannon, que lo interpretó con ferocidad en *El Hombre de Acero* (2013) de Zack Snyder, o Callum Blue en la serie *Smallville* (2009-2011). Actualmente, tenemos a Zod por partida doble en las plataformas digitales, Mark Gibbon en *Supergirl* (2017) y Colin Salmon en *Krypton* (2018).

VILLANOS Y CRIMINALES

Los reyes del hampa

AURIC GOLDFINGER

Pasión por el oro

(de las novelas de James Bond)

«NO SEÑOR BOND, ESPERO QUE MUERA.»

Poco sabemos de la historia del hombre más rico de Inglaterra de finales de la década de los cincuenta, Auric Goldfinger. Un hombre que muy pocas personas sabían que era más rico que la mismísima reina porque gran parte de su riqueza no constaba en los bancos británicos, sino en reservas de oro ilegales repartidas por todo el mundo. Nació en 1917 en Riga, Letonia. Muy bajito, rechoncho, pelirrojo, cara rosada y ojos azules, se expatrió en 1937, recorriendo el mundo y demostrando su pericia en negocios con metales preciosos: joyas, plata y, sobre todo, oro. Se instaló en Londres y se nacionalizó británico en Nassau. Aunque para los ojos del mundo, Goldfinger sea un expatriado letón y huyera de su país antes de que éste fuera motivo de disputa entre la Alemania nazi y la Unión Soviética, sabemos que se unió a SMERSH, la agencia de contraespionaje rusa, a finales de la década de los cuarenta. Su tapadera era aparentar ser un hombre de negocios respetable, pero en realidad era el tesorero de la agencia más peligrosa del espionaje soviético.

Su riqueza no la consiguió con buenos métodos, sino extorsionando y asesinando a mafias locales de Inglaterra, Sudáfrica, India, Oriente y Estados Unidos. Con constancia y sangre fría, creó un imperio del crimen global. Su puntería con armas de fuego era legendaria y alardeaba entre sus conocidos de haber liquidado a cuatro jefes de la mafia disparándoles en su ojo derecho. Goldfinger tiene una parafilia sexual

extraña, solo se excita con cuerpos femeninos cubiertos de dorado. Lo hace con todas sus conquista sexuales y tiene su mansión de Miami repleta de fotos sexuales de bellas modelos doradas. A Goldfinger le gusta el oro hasta en el sexo. Literalmente, le hace el amor al oro.

Operación *Grand Slam*

El MI6, servicio de inteligencia británico, se interesó por él en 1959, aunque, en un principio, lo perseguían por sus trabajos como contrabandista. Dos veces al año, Auric y su criado coreano Oddjob, un sujeto muy peligroso, cogían su Rolls-Royce Ghost de color dorado, por supuesto, y viajaban desde Londres hasta la sede en Suiza de su empresa Auric A.G, especializada en construir muebles de metal para compañías aéreas de la India. En realidad, la carrocería del coche es oro de verdad, Goldfinger lo transporta ilegalmente a Suiza, allí lo convierten en muebles y lo lleva a la India en los aviones, donde es vendido sin tener que pagar impuestos con ganancias del cien y el doscientos por ciento.

El espía británico James Bond consiguió infiltrarse en su organización y participó en la sonada Operación Grand Slam, organizada por Goldfinger con varias bandas mafiosas de Estados Unidos. Su objetivo era contaminar el suministro de agua de Fort Knox, la gran reserva de oro de Estados Unidos, con gas sarín asesinando a todos los empleados de la base para robar 15 mil millones de dólares en lingotes de oro. Bond frustró la operación avisando a su colega de la CIA Felix Leiter. Goldfinger pudo escapar y comenzó a planear su venganza contra Bond. Secuestró el avión privado en el que Bond volvía a Inglaterra para viajar con todo su oro, 1'5 toneladas, a la Unión Soviética y acabar con el espía allí. Pero Bond pudo liberarse, matar a Goldfinger y hacer aterrizar el avión en el Atlántico, donde su hundió por culpa del peso del oro. El genio del mal acabó con toda su riqueza en las profundidades marinas.

El mejor villano de James Bond

El periodista y escritor Ian Fleming (1908-1964) creó uno de los iconos literarios de la Guerra Fría, el seductor comandante de la Marina Real Británica y espía del servicio secreto británico con licencia para matar James Bond. Uno de los personajes más famosos de la literatura y el cine de espías con catorce libros escritos por el propio Fleming, doce novelas y dos de cuentos, *Solo para tus ojos* (1960) y *Octopussy* (1966), 24 películas oficiales de EON Productions y dos no canónicas: la parodia de *Casino Royale* de 1967 y el retorno del primer y único Bond para muchos, Sean Connery en *Nunca digas nunca jamás* (1983). Aunque Bond se convirtió en el prototipo de espía infalible, seductor, misógino, frío a la hora de ejecutar sus órdenes y dotado de cierta ironía británica, más explotada en las películas que en los libros, tanto las novelas como los films estaban más centrados en la figura del villano. Si a un héroe lo viste un buen villano, Bond ha tenido a los mejores. Desde el camaleónico líder de la organización criminal SPECTRE Ernst Stavro Blofed, pasando por el Doctor Julius No, el dictador caribeño Dr. Kananga, el gran Tiburón, el asesino Francisco Scaramanga, el industrial nazi Max Zorin o el ciberterrorista Raoul Silva, por solo citar unos cuantos. Pero en todas las quinielas de mejores villanos Bond siempre gana el mismo: el magnate del oro Auric Goldfinger.

Goldfinger fue el séptimo libro de la saga Bond de Fleming tras Dr. No (1958). Publicado en 1959, *Goldfinger* es la novela en la que Fleming comenzó a desarrollar más la personalidad de su héroe. El libro se estructuró en tres partes, en los tres encuentros de Bond con el empresario dorado: casualidad, coincidencia y acción enemiga. Como en otros libros de Fleming, éste se inspiró en una persona real y en un nombre real para crear a Auric Goldfinger. Si Bond debe su nombre y apellido a un ornitólogo, Goldfinger está inspirado en el arquitecto británico Ernö Goldfinger, quien estuvo a punto de demandar a la editorial. Pero la personalidad estaba inspirada en la del magnate del oro, plata y platino norteamericano Charles W. Engelhard Jr., uno de los mayores mecenas de las elecciones que ganó John F. Kennedy. Existe la teoría de que Fleming no aguantaba la arquitectura del otro Goldfinger y por eso lo convirtió en villano.

Goldfinger (1964) fue la tercera película de la saga Bond producida por EON Productions, con Sean Connery repitiendo en su icónico papel y Honor Blackman como la chica Bond Pussy Galore, aunque Shirley Eaton le robó la partida pintada de dorado al principio de la película. Dirigida por Guy Halmiton, los productores Albert R. Broccoli y Harry Saltzman contrataron al poco conocido actor alemán Gert Fröbe por su siniestro papel de asesino de niños en la película hispano-alemana-suiza *El cebo* (1958) de Ladislao Vajda. Goldfinger ocupa el puesto 49 entre los villanos más grandes de la historia del cine, según el American Film Institute.

BULLSEYE

Puntería letal

(de la serie *Daredevil* de Marvel Comics)

«MATAR ES UN ARTE. ESO ME CONVIERTE EN PICASSO.»

No sabemos realmente el nombre del mercenario conocido como Bullseye. Sabemos que se llama Lester, pero a lo largo de su vida ha utilizado nombres como Benjamin Poindexter, Lester Jangles o Leonard McClain. Lo que sí sabemos es que Lester es el asesino más letal del mundo, con una puntería sobrehumana capaz de utilizar cualquier objeto punzante como arma homicida. Sobre todo le gusta degollar el cuello de sus víctimas con el naipe del As de Picas, el naipe de la muerte. Bullseye ha estado muchas veces en la cárcel, capturado por héroes como Daredevil o Spider-Man. Gran parte de su historia la sabemos gracias a los informes de la NSA de los agentes especiales Hoskins y Baldry, pero esta información surgió de los interrogatorios que se le hicieron en cautividad, así que, seguramente, casi toda es falsa. Busellye es un asesino de sangre fría narcisista que quiere ser reconocido como el mejor mercenario de la historia. Su extrema vanidad es su único punto débil.

Según el propio Lester, creció en el Bronx con su hermano y su padre, quien pegaba frecuentemente a los dos hermanos. Lester ya tenía una habilidad sobrenatural para hacer diana con rifles a los diez años, edad en la que intentó matar a su progenitor. Entró en un hogar de acogida y se convirtió en un excelente lanzador de béisbol, consiguiendo varias becas y augurándole un futuro brillante. Pero su furia homicida surgió en un partido cuando un rival se burló de él. Lester le lanzó la pelota a la cabeza, matándolo en el acto. Fue condenado por homicidio involuntario y expulsado del béisbol profesional. Pasó poco tiempo en prisión porque fue captado por la NSA por sus dotes.

Sus primeros delitos

Estuvo entrenando a los «contras» para la Agencia en Nicaragua, donde utilizó la guerrilla para convertirse en un capo de la cocaína con ayuda de la mafia colombiana, pero sus planes fueron truncados por el justiciero homicida El Castigador. Después de esto, se convirtió en un mercenario, trabajo en el que podría matar a placer por dinero. También fue un extorsionista en Nueva York, hasta que el héroe Daredevil acabó con sus chanchullos. Desde entonces, Lester tiene odio patológico al protector de la Cocina del Infierno, de quien ha llegado a ser enemigo extremo. Desde este primer encuentro, Bullseye ha atacado a casi todos los seres queridos de Daredevil, acabando con la vida de Elektra Natchios y Karen Page. Daredevil también se vengó del asesino, dejándole paralítico del cuello para abajo.

Pero éste no sería el final para Lester. Un científico japonés lo rescató, operándole en Japón con tecnología superior soldando sus huesos con adamantium, el mineral más fuerte del mundo. Desde entonces, su fuerza es mayor gracias al metal que refuerza sus articulaciones dañadas. Nadie lleva el registro de muertes de Bullseye, pero seguramente esté a punto de superar las cuatro cifras. Ha entrado y salido de la cárcel más de una vez. Se tendría que haber podrido en una celda toda su vida, pero fue reclutado por el proyecto Thunderbolts del gobierno. Este grupo paramilitar utiliza villanos en misiones secretas imposibles a cambio de la reducción de condena. Durante la invasión Skrull, los Thunderbolts y

Bullseye defendieron Washington D. C. Tras el buen papel de estos villanos, el líder de los Thunderbolts, Norman Osbon, lo convirtió en el Ojo de Halcón de sus nuevos Vengadores. Osborn mandó a Bullseye a matar a Daredevil, quien se había convertido en líder de La Mano, una antiquísima orden ninja asesina, pero éste terminó asesinándolo, influido por la maldad de La Mano.

Sus manos son armas

Bullseye, el supervillano más reconocido de la serie *Daredevil* de Marvel Comics, fue creado en 1976 por el guionista Marv Wolfman (Nueva York, 1946) como villano del Demonio Rojo de la Cocina del Infierno. Wolfman definió el concepto y el nombre del personaje mientras John Romita Sr (Nueva York, 1930) diseñaba el traje. Como el nombre era bastante sencillo, Bullseye es la diana de las pruebas de tiro, Romita diseño un sombrío traje negro con una diana blanca alrededor de su cuello y en el centro de su cabeza. El asesino conocido simplemente como Lester hizo su primera aparición en *Daredevil* #131 con fecha de marzo de 1976, con dibujo de Bob Brown (1915-1977) y tintas de Klaus Janson (Coburg, 1952), pero el objetivo de Wolfman era hacer historias divertidas al estilo del primer *Daredevil* de Stan Lee y Steve Ditko y no indagó demasiado en el villano. El guionista Roger Mckenzie lo recuperó para *Daredevil* #160 (1979), secuestrando a la Viuda Negra, novia del Demonio por aquella época. El dibujante de ese número era un jovencísimo Frank Miller (Olney, 1957). Cuando Miller se convirtió en autor total de la serie de Daredevil, convirtió a Bullseye en el enemigo más mortífero de Daredevil, dotándolo de una compleja psicología homicida y un auténtico odio asesino contra Matt Murdock. El mercenario de puntería impecable también se convertiría en villano de Spider-Man y El Castigador, llegando a tener serie propia en 2004: *Bullseye Greatest Hits,* una miniserie de cinco números donde el guionista Daniel Way (West Branch, 1974) y el dibujante Steve Dillon (1962-2016) contaron una biografía ficticia.

Inspirándose en los cómics de Frank Miller, Bullseye se convertiría en el villano de la película *Daredevil* (2003) de Mark Steven Johnson. Colin Farrell, el actor que encarnó al villano de la diana, lo convirtió en irlandés, como él mismo, con un acento muy cerrado. Tampoco llevaba su traje habitual y su diana de la capucha fue cambiado por un tatuaje en la frente. En la tercera temporada de la serie de Netflix *Daredevil* (2019), el actor Wilson Bethel se convertía en Benjamin Dex Poindexter, un psicótico que acababa siendo francotirador SWAT en el FBI. Wilson Fisk acabaría reclutándolo y se cuenta su historia ficticia en uno de los mejores capítulos de la última temporada del Demonio de la Cocina del Infierno para Netflix.

FU MANCHÚ

El peligro oriental

(de las novelas de Sax Rohmer)

«MIS AMIGOS, POR CORTESÍA, ME LLAMAN DOCTOR.»

Imagina una figura alta, delgada y de aspecto felino vestida de mandarín clásico, de miembros recios y peligroso en sus actitudes y movimiento, con el entrecejo como Shakespeare y un rostro con una expresión satánica coronados con unos ojos con el fulgor magnético de los de una pantera. Sus labios son dibujados por un fino bigote que cae a ambos lados de la cara, como si fuera la cola de un caballo. Su cabeza está completamente rapada, menos la parte de atrás, de pelo largo, negro y suave que acaba con la coleta típica de los hijos del Imperio Celeste. Siempre viste de amarillo, prohibido en China como color del emperador, pero Fu Manchú es el mal encarnado y no tiene miedo de la ley ni de las maldiciones. Es el peligro amarillo, dueño de un intelecto gigante, con todos los recursos científicos del pasado, presente y futuro.

Fu Manchú se crio noble, en una familia cercana al emperador de la que no quiso saber nada tras la rebelión de los Bóxers, insurrección que él secretamente financió. Huyó de China con dinero y se educó en algunas de las mejores universidades de Europa: Doctor en Derecho por el Christ's College, Doctor en Medicina por Harvard, Doctor en Filosofía en Edimburgo…, pero también asistió a la Universidad de Heidelberg o a la prestigiosa Sorbona. Fu Manchú consiguió su primer doctorado en 1860 y se infiltró joven en el Si-Fan, una organización criminal próxima a las triadas, la mafia china. Gracias a su gran inteligencia fue prosperando en la organización convirtiéndose en su nuevo líder alrededor de 1875. En sus manos, el Si-Fan se convirtió en una peligrosa orden terrorista mundial que buscaba la dominación de todos los gobiernos y la supremacía del antiguo Imperio chino.

En busca de la China milenaria

Aunque se había educado en Inglaterra, dedicó todos sus esfuerzos a derrocar al gobierno británico y recuperar el brillo y el poder del antiguo Imperio chino. Infiltró a muchos de sus hombres en las comunidades chinas de las ciudades más importantes de Europa y Estados Unidos creando una basta red de espionaje y

640

contraespionaje. Aunque en 1910 tuviera setenta años, no aparentaba tener más de cuarenta porque usaba un elixir de la vida creado por él mismo que rejuvenecía su cuerpo y su mente.

Muchos agentes internacionales, detectives y espías se han enfrentado a Fu Manchú, pero muy pocos han podido saber casi nada de él. El Doctor es hábil en esconderse y todos sus trabajos son ejecutados por lugartenientes, subalternos, esbirros o ninjas que asesinan y torturan sin miramiento. Todas sus misiones, pacientemente planeadas y brillantemente ejecutadas, son financiadas con el dinero obtenido por las prácticas delictivas del Si-Fan, sobre todo tráfico de drogas y de personas. Fu Manchú es un experto torturador, conocedor del dolor y de cómo aplicarlo en sus pobres víctimas. Gran parte de los manuales de tortura de las agencias de inteligencia de muchos países están inspirados en muchas de sus innovaciones en el campo de la tortura. También es un gran experto en venenos de todo tipo (setas, serpientes, arañas o escorpiones), pero además es un magnífico científico químico, capaz de sintetizar las más horripilantes plagas bacteriológicas.

El villano que nació del racismo

Actualmente no se puede hacer una lectura de la serie de libros de Fu Manchú del autor británico Arthur Henry Sarsfield Ward (1883-1959), más conocido como Sax Rohmer, sin encontrar muchas pruebas de racismo entre sus páginas. Fu Manchú nació como arquetipo del peligro amarillo en la novela *pulp El misterio del Dr. Fu Manchu* (1912-1913) y pronto se convertiría en el villano de opereta que se enfrentaba a los detectives creados por Rohmer. Como un Moriarty chino, Rohmer comenzó a escribir su saga de libros sobre este villano oriental sin saber nada de la cultura china ni de las colonias inglesas del Lejano Oriente. Todo era pura invención, sin ninguna base histórica, sobre el temido peligro amarillo que representaba el Imperio chino para el Reino Unido tras las dos Guerras del Opio en el siglo XIX y el levantamiento de los bóxers entre 1900 y 1901. Rohmer escribió una continuación en 1916, *El retorno del Dr. Fu Manchú*, a la que seguiría *La mano del Dr. Fu Manchú* (1917), pero se cansó rápido de su creación y se concentró en otras historias *noir* de detectives o *pulp* de fantasía. Catorce años más tarde, en 1928, Rohmer volvió a su personaje fetiche con *La hija de Fu Manchú*, una obra que no tendría que haber protagonizado el villano.

Entre 1931 y 1959 publicaría diez libros más, cuando el personaje ya era un éxito en cómic, radio, televisión o cine, mientras su popularidad como villano trascendía fronteras. El gobierno chino se quejó en varias ocasiones del tratamiento de Rohmer de su cultura y la comunidad china de Londres realizó varias protestas por cómo era retratada. Varios autores han continuado con la tarea de Rohmer con autorización, como Cay Van Ash o William Patrick Maynard, aunque podemos encontrar varias obras no autorizadas o cómics publicados. En el primer número de la revista *Detective Comics*, donde se creó Batman, aparecía un villano chino llamado Scum que era igual que el buen Doctor.

La primera película del villano oriental fue *The Mistery of Dr. Fu Manchú*, film mudo de 1923 protagonizado por Harry Agar Lyons. Desde entonces, muchos actores han interpretado al temible Doctor: Arthur Hughes, Boris Karloff, Harold Huber, Peter Sellers, Glen Gordon y muchos más. Pero el rostro más recordado de Fu Manchú es el de Christopher Lee, quien dio rostro al cruel villano en cinco ocasiones: tres para la productora Constantin Films y dos para el director español Jess Franco, quien lo dirigió en *Fu Manchú y el beso de la muerte* (1968) y *El castillo de Fu Manchú* (1969), esta última rodada en el Parque Güell de Barcelona como sede del imperio del mal del Doctor.

KINGPIN

El rey de Nueva York

(del Universo de Marvel Comics)

«EL CRIMEN ESTÁ CRECIENDO, TAMBIÉN NUESTRAS GANANCIAS.»

Wilson Fisk es un empresario filántropo conocido por sus obras de caridad y sus fiestas benéficas, pero muy poca gente sabe que en realidad se trata del jefe del crimen de gran parte de la Costa Este norteamericana, que controla exportaciones e importaciones, drogas, delincuencia, extorsión, trata de blancas y otros negocios dudosos. En el mundo del hampa se habla de un gran rey del crimen, el Kingpin, pero pocos periodistas y policías saben que en realidad se trata del poderoso Wilson Grant Fisk, un criminal frío y analítico capaz de controlar gran parte del dinero negro que se mueve desde Maine hasta Florida. Wilson era un niño grande, orondo y llorica que sufría palizas constantes de otros niños del barrio de Nueva York en que se crio. También recibía palizas de su padre, un adicto al *crack*. Un día dijo basta y comenzó a entrenar haciendo culturismo y combate personal, hasta convertirse en un experto en sumo. Mataría a su primera persona a la edad de los doce años gracias a su gran fuerza, pero pronto comprendió que lo importante en el gueto no era la fuerza, sino la inteligencia. Dispuesto a mejorar en la vida, devoró todos los libros que cayeron en sus manos, convirtiéndose con el tiempo en una persona muy inteligente. Tras organizar a varias pandillas juveniles, entró a trabajar como guardaespaldas de Don Rigoletto, jefe de la Maggia, la gran organización criminal italoamericana de Nueva York. Pronto asesinó a su jefe, convirtiéndose en el líder de un gran imperio criminal.

Poderoso mafioso

Fisk se ha enfrentado en persona contra alguno de los mejores superhéroes de Estados Unidos, llegando a doblegar con sus manos a adversarios fuertes y expertos como Spider-Man, Daredevil, Capitán América o el Halcón, pero intenta mancharse las manos lo mínimo posible y prefiere utilizar su poder intelectual para extorsionar y conseguir siempre lo que quiere. Mientras sube como la espuma en el mundo criminal de la Maggia, a la que detesta, Kingpin cultiva su faceta empresarial como Wilson Fisk, un respetable hombre de negocios. Sobre todo lo hace por su mujer, Vanessa Fisk, a quien adora y quien le obliga a tener un negocio legal. Durante un tiempo, Fisk dejó el mundo criminal y se centró en sus negocios y familia, pero la maldad que había en su ser nunca estuvo apaciguada.

Tras varios años de aparente inactividad, Fisk volvió al mundo del crimen cuando se dio por muerta a su esposa Vanessa. En menos de un año recuperó el poder de todas las bandas neoyorquinas del crimen. Solo Daredevil y su *alter ego*, el abogado ciego Matt Murdock, se le enfrentaron. Kingpin le envió a La Mano, una organización criminal japonesa y a su asesina letal Elektra para acabar con el socio de Matt, Foggy Nelson. La asesina no quiso matar al amigo de su antiguo amante, y Bullseye terminó ajusticiándola por fallarle a Kingpin. El momento que Fisk más ha disfrutado en su vida fue cuando averiguó la identidad de Daredevil y destrozó la vida de Murdock con sobornos y pruebas falsas. Aunque también consiguió que lo arrestará el FBI y que pusieran a Daredevil en la misma cárcel que él únicamente para vengarse. Su poder para sobornar y chantajear es ilimitado y ha doblegado a grandes organizaciones terroristas como HYDRA o La Mano, de la que se convirtió en su líder tras una corta temporada en la que intentó llevar una vida normal en un puerto pesquero con su nueva novia Marta. Tras su participación heroica defendiendo Nueva York en la invasión de HYDRA de varias ciudades de Estados Unidos, Fisk se presentó a las elecciones a la alcaldía de la Gran Manzana convirtiéndose en el nuevo alcalde de la ciudad de Nueva York, cargo que ostenta en la actualidad.

La pesadilla de Spider-Man y Daredevil

Kingpin, el poderoso señor del crimen neoyorquino del Universo Marvel fue un villano creado por Stan Lee y John Romita en el icónico *The Amazing Spider-Man* #50 (1967), titulado *Spider-Man no More!*, donde los dos autores jugaron con la idea

de que el joven Peter Parker se despidiese de su carrera superheroica abrumado por tanta responsabilidad. Lee y Romita crearon a un jefe mafioso que se aprovechaba de que el crimen no era combatido por el trepamuros para fortalecer su posición en la ciudad de Nueva York. Con ayuda de varios esbirros, el villano conocido como Kingpin organizaba varias pandillas criminales. Romita se inspiró en el físico del orondo actor británico Sydney Greenstreet (1879-1954), secundario de lujo en películas como *Casablanca* o *El halcón maltés*, aunque su calvicie, su rostro y su pasión por los puros los sacó del actor Robert Middleton de la película de mafiosos *The Big Combo*. Lee y Romita conocían el argot de la mafia de Nueva York cuando bautizaron al nuevo villano de Spider-Man como Kingpin, una palabra específica para un señor del crimen. En 1970, Kingpin volvería a aparecer en la colección de Spider-Man, ya con el nombre del empresario Wilson Fisk y con una familia y motivaciones. En el número 197 de *The Amazing Spider-Man* (1979), obra de Marv Wolfman y el dibujante Keith Pollard, Fisk abandonaría su carrera delictiva para contentar a su mujer Vanessa.

El villano perfecto para Frank Miller

Parecía el final de la carrera de Kingpin en el panteón de la villanía de Marvel cuando Frank Miller lo recuperó para la serie *Daredevil* en su número 179 (1982). Wilson Fisk reaparece a lo grande, como líder supremo del crimen contratando a Elektra o Bullseye como asesinos. Además de La Mano, el gran villano de la larga etapa de Miller en *Daredevil* fue el orondo Wilson Fisk, quien manejaba los hilos de muchos crímenes que afectaban al Demonio de Hell's Kitchen. Pero si existen dos tebeos donde Kingpin brille como un gran villano guionizados por Miller, ésos son *Daredevil* #227-233 (1986), una larga saga titulada *Born Again*, magníficamente ilustrada por David Mazzucchelli, y *Daredevil: Love and War* (1986), una novela gráfica excelente con arte de Bill Sienkiewicz.

Al primer Kingpin de altura real no lo encontramos en el cine, sino en la televisión, en la TV movie de 1989 *El juicio del increíble Hulk*, donde Daredevil y Hulk se enfrentaban a un solvente actor shakesperiano, John Rhys Davies, con barba y bigotón. En 2003 se estrenaba la película *Daredevil*, con Kingpin protagonizado por el actor afroamericano Michael Clarkr Duncan, que interpretó a un villano solvente en lo físico pero demasiado socarrón. Kingpin sería el protagonista supremo de la primera y tercera temporadas de la serie *Daredevil* de Netflix, magníficamente interpretado por Vincent D'Onofrio, lo mejor de la serie. En la reciente producción de Sony Pictures Animation, *Spider-Man: Un nuevo universo* (2018), ganadora del Globo de Oro, BAFTA y Oscar a Mejor película animada, dirigida por Peter Ramsey, Rodney Rothman y Bob Persichetti, el villano principal que se enfrenta a diversos spidermen de mundos alternativos es Wilson Fisk, con el físico creado por Sienkiewicz para *Love and War* y la voz de Liev Schreiber.

MORIARTY

El Napoleón del crimen

(de las novelas de Arthur Conan Doyle)

«QUERÍA ACABAR CON EL MUNDO, PERO ME CONFORMARÉ DESTRUYÉNDOTE A TI.»

El profesor coronel James Moriarty es un británico de buen nacimiento y excelente educación, dotado por la naturaleza con una facultad matemática simpar. Criado en el Stonyhurst College, cuando tenía veintiún años escribió un tratado sobre el teorema binomial que tuvo bastante fama en varias facultades europeas. Con ese estudio se ganó una catedra en la Universidad de Durham y se le auguraba una carrera matemática brillante. Allí escribió *La dinámica de un asteroide*, un libro excelente de astronomía que no tuvo ni una sola crítica negativa en la prensa científica. Se enroló en el ejército de Su Majestad y ascendió rápidamente hasta el rango de coronel, trabajando en las oficinas de inteligencia de la Armada. Tras acabar su servicio, Moriarty regresó a su universidad, pero había algo que le quemaba en el interior de su ser. El hombre tenía tendencias hereditarias del tipo más diabólico, una herencia criminal que corría por su sangre. En vez de intentar calmarla, Moriarty le dio rienda suelta, convirtiéndose en uno de los hombres más peligrosos de Inglaterra por culpa de sus extraordinarios poderes mentales.

THE
DYNAMICS OF AN ASTEROID

Mientras comenzaba a organizar a varias bandas de Durham, Sunderland y Newcastle, oscuros rumores comenzaron a circular por el campus. Moriarty, finalmente, tuvo que renunciar a su cátedra y emigrar a Londres, donde el tejido criminal de la ciudad más importante del mundo de finales del siglo XIX necesitaba su inteligencia para cometer los actos más viles, los robos más espectaculares y los asesinatos adecuados para obtener pingües beneficios. El Profesor Moriarty era el Napoleón del crimen, el titiritero de casi todo lo malvado y subterráneo que se organizaba en la gran metrópolis de Londres.

Su enfrentamiento contra Holmes

Con el tiempo, Moriarty se convirtió en el mayor conspirador de la historia, en el organizador de todos los demonios, el cerebro controlador del inframundo y un cerebro manipulador del destino de las grandes naciones de Europa. Nunca se ensucia las manos, organiza a diversos lugartenientes y esbirros que cumplen a rajatabla sus indicaciones sin plantearse nunca que pueda existir otra forma de actuar. Su educación, su inteligencia analítica y su poder de persuasión podían derrocar gobiernos de pequeños países.

Pero algunos de sus mejores planes comenzaron a fallar por culpa del entrometido detective Sherlock Holmes, cuyo intelecto fascinaba a Moriarty. Con Holmes, el profesor había encontrado un rival de altura, aburrido de tratar con mentes inferiores. Para Moriarty, era un placer intelectual estudiar la forma en que Holmes descubría algunas de sus mejores maquinaciones. Aunque tenga un respeto por el detective, no puede permitir que sus hombres vean que se ablanda e intenta asesinarlo en varias ocasiones mediante su treta favorita: fingir pequeños pero letales accidentes. Pero Holmes y su socio, el Doctor Watson, lograron eludirlos. Tras varios meses siguiendo a los hombres de Moriarty, Holmes ya tenía suficiente pruebas para atrapar al profesor. Pero este escapó al continente, perseguido por el detective y Watson. Llegaron a Meiringen, Suiza, donde Holmes y Moriarty se pelearon en el borde de las famosas cataratas de Reichenbach. Ambos cayeron por un precipicio desde una altura de la que era imposible no morir en la caída. Ése fue el final del Napoleón del crimen, pero Holmes pudo sobrevivir a la caída y se dedicó en secreto a desmantelar la vasta organización criminal de James Moriarty durante todo un año.

El problema final

En 1891, el escritor escocés Arthur Conan Doyle (1859-1930) había sido eclipsado por su criatura Sherlock Holmes y quería deshacerse de él porque sus editores no paraban de pedirle más historias del detective analítico más famoso de la historia. Pero necesitaba escribir una obra importante para su final, que Holmes se encontrara con la horma de su zapato, un villano tan intelectualmente capaz como él. Sherlock no podía morir por culpa de un vulgar ratero. Conan Doyle se inspiró en un personaje real para crear al villano que acabaría con su creación. Adam Worth (1848-1902) era un delincuente estadounidense de origen alemán que dirigía una red criminal en Londres. Era coleccionista de arte especializado en falsificaciones y robos, odiaba la violencia y se mantenía a distancia de sus golpes, de modo que consiguió eludir la justicia durante muchos años. En Scotland Yard lo llamaban el Napoleón del crimen. Mientras maduraba la historia que terminaría titulándose *El problema final* (1893), Conan Doyle y su mujer fueron de vacaciones ese mismo año a Suiza, donde el escritor encontró el lugar perfecto para matar a Holmes, las cataratas de Reichenbach. Pero ese libro no sería el final de Holmes y Conan Doyle tuvo que resucitarlo por demanda popular en *El sabueso de los Baskerville* (1901).

Moriarty solo protagonizó de manera directa dos historias de Holmes, *El problema final* y *El valle del terror* (1915), y de manera indirecta otras cinco historias más del famoso detective, pero su fama como el mejor villano de Holmes y de la literatura de misterio es indeleble. Muchos son los actores que han dado vida al villano en cine, teatro y televisión (Laurence Olivier, Eric Porter, Paul Freeman, Leo McKern, Anthony Higgins, Vincent D'Onofrio o Ralph Fiennes), pero recientemente hemos visto dos de las mejores encarnaciones del inteligente profesor. Jared Harris sería la versión más clásica en la correcta *Sherlock Holmes: Juego de sombras* (2011) dirigida por Guy Ritchie, con Robert Downey Jr como el detective. En la serie de la BBC *Sherlock*, que sitúa al detective en la actualidad, Jim Moriarty es interpretado por Andrew Scott, un psicópata consultor criminal capaz de poner en jaque a Benedict Holmes Cumberbatch con juegos mortales.

PINKIE BROWN

El niño

(de la novela *Brighton Rock*)

«EL HORROR DEL MUNDO YACÍA COMO UNA INFECCIÓN EN SU GARGANTA.»

El joven criminal Pinkie Brown de Brighton presentaba un grave problema de neurosis desde que era niño. No se fiaba de nadie y sentía odio y desprecio por casi todo el mundo. Cuando era muy joven espió a sus padres haciendo el amor y se sintió excitado y disgustado por lo que vio. Al haberse criado en una escuela católica, Pinkie estaba obsesionada con el pecado y se sentía puramente malvado por esa acción. Desde entonces aborreció el sexo y consideraba a las mujeres seres débiles e inferiores. Corría la década de los treinta en la famosa ciudad costera de Inglaterra cuando con tan solo catorce años el niño mató a su primera víctima, otro delincuente menor de su banda al que consideraba inferior. Su fama creció en los arrabales de Brighton y fue

captado por Colleoni, el capo local, quien lo puso al mando de varios locales de apuestas y extorsión a varios comerciantes de su zona.

Sus problemas comenzaron cuando con diecisiete años asesinó a sangre fría a su secuaz Fred Hale por su adicción al juego, algo que podía acarrearle problemas a la larga. Aunque la policía no sospechaba nada y Pinkie tenía una coartada sólida, se enteró de que una camarera llamada Rose lo había visto con Hale antes del asesinato. Pinkie comenzó a acercarse a Rose, saliendo con ella e intimidándola para que no testificara en su contra. Rose también es una ferviente católica pero se enamora del niño. Brown y Rose hablan mucho sobre el pecado y se preguntan si acabarían juntos en el infierno para toda la eternidad. Para que la joven no testifique, Brown la obliga a casarse con él. Mientras ocurre esto, Pinkie mató a otro de sus esbirros, Spicer, porque su alcoholismo era irresponsable para el trabajo que hacían.

Una amiga de Rose, la señora Ida Arnorld, sospecha de Pinkie e intenta convencer a su joven amiga de que lo denuncie a la policía. Brown sospecha de ella y su mujer, y obliga a Rose a suicidarse con él en unos acantilados cercanos. Ella acepta, pero el plan del niño es que Rose se matase antes con ácido sulfúrico y él escondería su cuerpo. Pero la policía, alertada por Ida, llega antes para salvar a la joven. Brown intenta defenderse con el vitriolo del ácido pero accidentalmente se lo echa en la cara. El dolor al deshacerse su carne es tan grande que Pinkie pierde el equilibrio, cae por el acantilado y encuentra su fin.

El pecado católico

Pinkie Brown es uno de los villanos más conocidos de la literatura británica. Creado por el escritor de Berhamsted Graham Greene (1904-1991) en su canónica novela de suspense *Brighton Rock* (1938). La famosa ciudad de vacaciones del sur de Inglaterra sería inmortalizada por Greene y relacionada para siempre con el hampa y su joven protagonista. Parte de la novela está vinculada con los hechos que Greene cuenta en *A Gun For Sale*, publicada en 1936. El protagonista de aquella novela, Raven, asesina a un mafioso local, Kite, cosa que permite a Pinkie ascender en el escalafón criminal. Brighton Rock es el libro más católico de un autor que retrataba la lucha dramática del alma de sus personajes. Los debates sobre el pecado entre Brown, Rose y Arnorld ocupan la parte más filosófica del relato, más allá de la típica historia de misterio. Gran parte del suspense del libro se sustenta sobre si Pinkie matará finalmente o no a Rose, y esa tensión la maneja muy bien Greene a lo largo de toda la historia. Brighton Rock es el nombre de un caramelo largo muy popular en Brighton. Greene quería que su personaje fuera como esa golosina, de sabor dulce pero duro al masticar.

La cara de Pinkie Brown estará siempre vinculada a la del oscarizado director y actor Richard Attenborough, quien supo dotar a su personaje con una mirada psicótica. Aunque *Brighton Rock* fuera llevado al teatro en 1942 con Eric Linder como protagonista, las cien representaciones en el Teatro Garrick del West End en 1943 con Attenborough como el niño le abrieron las puertas a la película de 1947, dirigida por John y Roy Boulting con guion del mismo Graham Greene. En Estados Unidos le cambiaron el título por *Young Scarface*, acabando con toda la sutileza del título original. En 2010, Rowan Joffé realizó una adaptación de la novela de Green situándola en la década de los sesenta con la subcultura de los *mods* y *rockers* que se podía ver en *Quadrophenia*. El actor Sam Riley sería el juvenil rostro del maldito Pinkie Brown.

VILLANOS Y SUPERVILLANOS

El poder de los dioses en sus manos

APOCALIPSIS

La supervivencia de los más fuertes

(de la serie de Marvel *Factor-X*)

«ESTOS HUMANOS SON MÁS BAJOS QUE LOS GUSANOS. LOS HE JUZGADO Y LOS HE ENCONTRADO DEFICIENTES.»

Existe un odio visceral capaz de pervertir el corazón más fuerte convirtiéndote en un villano poderoso. Es el odio que se alimenta del miedo al ser diferente, de ser humillado y temido constantemente por tu apariencia externa. Los mutantes conocen muy bien ese miedo. Lo han sufrido a lo largo de su historia, de su vida, desde que son niños hasta que son adultos. Los mutantes son temidos y odiados. Si eres fuerte de espíritu y de convicciones, puedes ignorar esa tendencia ignota en los seres humanos. Incluso puedes utilizar ese miedo y odio para hacer más fuertes tus convicciones y luchar por la paz. Pero ¿qué ocurre cuando uno de los mutantes más poderosos de la historia es criado por una tribu que cree firmemente en la supremacía de los más fuertes? ¿Que los más aptos, más despiadados, curtidos por las dificultades, sobrevivirán y deben heredar la Tierra? Que seguramente llegará la edad del Apocalipsis.

En Sabah Nur nació hace cinco mil años, en la tribu de los akkaba del Antiguo Egipto, cerca del Valle de los Reyes. Su piel gris, sus grandes labios azules y sus ojos rojos inyectados en sangre hicieron que los suyos abandonaran al bebé en el desierto para que muriera bajo el despiadado sol del Sahara. Pero sus llantos atrajeron a los *Sandstormers*, una banda de asesinos nómadas que acabaron con los akkaba. Su líder, Baal de las Arenas Carmesí, encontró al joven mutante y lo adoptó como su hijo, llamándolo Luz de la Mañana, En Sabah Nur. El joven Nur creció siendo temido por su propia tribu, pero criado con la aspiración de ser el más fuerte y despiadado de los *sandstormers*. Sus poderes mutantes le ayudaron a ello. Egipto estaba gobernado por el faraón Rama-Tut, quien en realidad era un viajero del futuro

que más tarde se convertiría en Kang el Conquistador. En realidad, Tut había retrocedido en el tiempo para encontrar a Apocalipsis de niño, criarlo y convertirse así en el amo de este ser poderoso, sabiendo que sería uno de los mutantes más poderosos de la historia.

Pero Baal murió, y Nur fue capturado por el Gran Visir Logos y el caudillo Ozymandias. Logos lo convirtió en un esclavo para ocultarlo de Tur, pero el rencor y el odio del muchacho fueron creciendo aún más mientras construía las grandes pirámides. Sus poderes mutantes se activaron en el foso de los aspires, donde Ozymandias quería matar a su hermana Nephri, el primer amor del mutante. Su cuerpo se hizo más grande y poderoso, y es allí donde En Sabah Nur resurgió como Apocalipsis.

La venganza inmortal

A lo largo de cinco mil años, Apocalipsis ha intentado convertirse en el dueño del mundo. Su sueño siempre ha sido vivir en una tierra en la que solo los mutantes más perfectos sobrevivan y los humanos hayan sido reducidos en número, convertidos en pobres esclavos. Para este fin se rodea de mutantes genéticamente mejorados por él. En el Antiguo Egipto los llamaba los Jinetes de la Oscuridad, cuando ejerció como emperador tras vencer a Rama-Tut, pero en el siglo XV los bautizó como los Cuatro Jinetes del Apocalipsis: Pestilencia, Hambre, Guerra y Muerte. Muchos creían que se trataba solo de un mito, para asustar a los ejércitos enemigos durante la batalla. Muchos mutantes famosos han sido convertidos, sometiéndose gustosos o siendo esclavizados, en sus Cuatro Jinetes del Apocalipsis. Aparte de ser inmortal, gran parte de su tecnología viene de una Nave Celestial que Nur descubrió en Mongolia en el siglo XI. Pero necesita la tecnología celestial para ser curado, entrando en una especie de hibernación que puede implicar décadas durmiendo. También es muy fuerte, capaz de vencer a la bestia llamada Hulk, y entre sus poderes se encuentra la telequinesis y la telepatía. Gracias a la tecnología celestial de su traje puede manipular energía o teletransportarse a sí mismo y otros pasajeros.

Pero lo tremendamente peligroso de En Sabah Nur es su gran inteligencia y su total determinación de convertir el mundo en el lugar que quiere, dominando a mutantes y humanos. Con su Cuatro Jinetes ha urdido planes que han sido parados por los grupos mutantes conocidos como la Patrulla-X y Factor-X. También se ha enfrentado a los Vengadores, los Inhumanos, los Eternos, el dios Thor o los Cuatro Fantásticos. Fue el creador del villano Mr. Siniestro, el peligroso líder de los Merodeadores, alterando los genes del Doctor Nathaniel Essex, un científico de finales del siglo XIX obsesionado con la teoría evolutiva de Darwin y uno de los investigadores pioneros del gen mutante. Aunque más tarde se convertiría en su eterno enemigo. Essex-Siniestro es quien crearía al mutante Cable, Nathan Summers, hijo del Cíclope y el clon de Jean Grey, Madelyne Pryor, uno de los mutantes que más veces ha luchado contra Apocalipsis.

Un villano a la altura de Factor-X

Aunque el villano de Marvel Apocalipsis fuera una creación de la escritora Louise Simonson (Atlanta, 1946) y el dibujante Jackson Guice (Chattanooga, 1961), hay más personas que participaron en su creación. En los primeros cinco números de la serie *Factor-X* (1986), el guionista Bob Layton había introducido una misteriosa Alianza del Mal que estaba dominada por un villano desconocido. Layton quería que el jefe fuera el conocido Búho, un mafioso de *Daredevil*. En *Factor-X* #6 entró Louise a escribir los guiones del nuevo grupo mutante (bueno, no tan nuevo, pues se trataba de la primera alineación de la Patrulla-X: Cíclope, Jean Grey, Bestia, Ángel y el Hombre de Hielo) continuando la historia creada por Layton, pero el editor Bob Harras quería un villano nuevo para la nueva colección mutante, un villano que estuviera a la altura del temido Magneto en los números de *X-Men*. Louise, ayudado por un boceto de su marido Walter Simonson, creó el personaje de Apocalipsis, un mutante gigante de piel azul y ojos rojos. Walter nunca ha querido quedarse la fama de haber dibujado a Apocalipsis por primera vez y le da todo el mérito de su creación a Jackson Guice, dibujante del *Factor-X* #6 (julio de 1986). Apocalipsis ha sido adversario en varios crossovers mutantes como *Age of Apocalypse* (1995-1996), donde se creaba un futuro ucrónico, o *Los Doce* (2000). Su pasado se narró en la miniserie *The Rise of Apocalypse* (1996), de Terry Kavanagh y Adam Pollina. Aparte de ser el villano en varias series animadas dedicadas a la Patrulla-X, sería el protagonista absoluto de la película de la franquicia mutante de la Fox, *X-Men: Apocalipsis* (2016), dirigida por Bryan Singer. Su pétreo rostro gris sería interpretado por el actor Oscar Isaac.

BLACK ADAM

El poder de los dioses en malas manos

(del Universo DC)

«EL MUNDO NO HA CAMBIADO TANTO COMO CREES. LOS FARAONES TODAVÍA NECESITAN ESCLAVOS.»

Teth-Adam era un esclavo de Kahndaq, país de Oriente Medio situado entre Egipto e Israel, que vio cómo toda su familia era asesinada por el ejército de los déspotas líderes de esa nación hace 1.500 años. Solo sobrevivieron él, muy malherido, y su amable sobrino Aman. Juntos pudieron huir de la prisión subterránea donde estaban encerrados cuando fueron transportados a la mágica Roca de la Eternidad, hogar del Consejo de la Eternidad liderado por el mago Shazam. El gran mago y su consejo habían elegido al joven Aman como el ser bondadoso que adquiriría grandes poderes para convertirse en el campeón del Consejo para liberar a la oprimida Kahndaq. Aman acepta pero con la condición de curar a su tío Adam. El mago le explica que, como Shazam, puede repartir su don con los miembros de su familia. Aman pronuncia la palabra mágica y se convierte en Shazam, cediendo parte de su poder a su tío Adam.

Juntos, Aman y Adam liberan al pueblo de Kahndaq, pero mientras Aman quiere dotar de paz al viejo país, Adam solo quiere destruir a sus adversarios, cosa que su joven sobrino le impide. Adam mata a Aman, quedándose con todo el poder de Shazam, convirtiéndose en Black Adam a partir de entonces. El nuevo villano derrotó a los amos de su país, a los peligrosos Siete Pecados e, incluso, paró una invasión extraterrestre. Más tarde, volviéndose más arrogante y vengativo que nunca, asesinó al Consejo de la Eternidad. Solo el mago Shazam pudo pararlo, encerrándolo para siempre en una tumba profunda y prohibida de Kahndaq.

Permaneció allí encerrado, en letargo, hasta que el Doctor Thaddeus Sivana le despertó un milenio después, a principios del siglo XXI. Sivana y Black Adam se aliaron para encontrar al Mago Shazam. Juntos, vuelan a Nueva York donde Adam se encuentra con una manifestación ante las oficinas de un empresario corrupto. Adam, creyendo que sigue en su Kahndaq natal, ajusticia al empresario tirándolo desde el ático de su edificio. Su sorpresa y su resentimiento contra el mundo moderno comienzan cuando en vez de ser adorado como un héroe, como esperaba, su acción lo convierte en un monstruo y los manifestantes huyen

HERE IT IS.

de él. El oscuro héroe viaja a la Roca de la Eternidad para robarle al Mago sus últimos poderes y convertirse en el ser más poderoso del Universo, pero se da cuenta de que aquél le ha transmitido todo su poder a un nuevo campeón, un adolescente llamado Billy Batson.

El poder del relámpago

Black Adam quiere destruir al mundo moderno y al joven Batson, quien apenas comienza su andadura como el superhéroe llamado Shazam. Para ello manda a Sivana liberar los peligrosos monstruos que forman los Siete Pecados Capitales. Tras varios enfrentamientos entre Shazam, su nueva familia de superhéroes y Black Adam, Batson convenció al malvado Adam de que se convirtiera en humano otra vez, para luchar de igual a igual. El engaño surte efecto y el cuerpo del viejo Teth-Adam no ha aguantado el paso del tiempo tan bien como el mágico Black Adam, convirtiéndose en polvo. Shazam se apiada de él y esparce sus cenizas en su tierra natal, Kahndaq. Pero la muerte no es para siempre y Adam es liberado por el hechizo de un ejército rebelde que quiere derrotar a Ibac, gobernante títere de Estados Unidos que oprime al pueblo de Kahndaq. Black Adam destroza a Ibac y su ejército, convirtiéndose en el líder y protector de su pueblo. Allí conoce el amor de los suyos y se olvida de su sueño de destruir el mundo, por un tiempo.

Tras el fallecimiento del Mago de la Roca de la Eternidad y su propia resurrección, Black Adam obtiene sus poderes de seis deidades egipcias, Shu, Horus, Amun, Zehuti, Aten y Mehen, quienes le dotan de curación acelerada, vuelo, invulnerabilidad, magia, resistencia, fuerza y velocidad sobrehumana o poderosos rayos arcanos. Aunque crea que sus objetivos sean justos, siempre encontrará la manera de conseguirlos de la manera más cruel y efectiva posible, haciendo suya la máxima de conseguir el objetivo a cualquier precio posible, ya sea matando al último familiar vivo de su familia, quien le había regalado el don de la magia de Shazam por pura bondad, o asesinando cruelmente a sus propios creadores mágicos. Furia y determinación ciega lo convierten en uno de los supervillanos más peligrosos de la Tierra.

El enemigo definitivo para el Capitán Marvel

Todo gran superhéroe necesita un gran supervillano, o un reverso negativo, si se quiere ver así. Si los *jedis* tienen a los *sith* como su oscuro reflejo del uso de la Fuerza y sus poderes, existen muchos superhéroes con villanos que son, sencillamente, ellos mismos en una versión más oscura. Superman tiene a Bizarro, su clon defectuoso parecido a la triste Criatura de Frankenstein, y Spider-Man tiene a Venom, un simbionte extraterrestre del que podéis leer más en este mismo libro. Durante la década de los cuarenta hubo un héroe inspirado en Superman al que le hizo sombra en ventas. Ese superhéroe era el Capitán Marvel, publicado por la editorial Fawcett y creado por el guionista Bill Parker (1911-1963) y el excelente dibujante C.C. Beck (1910-1989) en 1939 para la revista *Whiz Comics* #2. El Capitán Marvel era el *alter ego* del niño Billy Batson, quien con solo pronunciar la palabra mágica ¡SHAZAM! se convertía en el superpoderoso héroe de traje rojo, rayo en el pecho y capa blanca.

Durante cinco años, Marvel luchó contra villanos temibles como Dr. Sivana o el extraterrestre Mister Mind, y sus apariciones quincenales en *Whiz Comicz*, *Master Comics* y *Captain Marvel Adventures* eran compradas por millones de niños estadounidenses. En 1945, el guionista Otto Binder (1911-1974) y el dibujante C.C. Beck crearon una nueva revista para su poderoso héroe, *The Marvel Family*. Necesitaban un villano nuevo, fresco y que fuera un duro oponente para Marvel y su familia, un hueso duro de roer. En el capítulo *The Mighty Marvels Join Forces* se contaba que el *alter ego* de Watson no fue el primer campeón del mago Shazam, sino un egipcio llamado Teth-Adam, nacido hace 5.000 años. Un héroe al que el poder corrompió y se reveló contra su creador. Con la creación de Black Adam, Binder y Beck reforzaban la bondad de Watson-Marvel por tratarse de alguien cuyos dones no le han hecho corrupto y loco. Black Adam moriría en su primera aparición, engañado por la familia Marvel.

DC se quedó con los derechos del héroe de Beck y comenzó a publicar Shazam en la década de los setenta con guiones del mismo Otto Binder. En su número 28 crearon una historia donde el Dr. Sivana utilizaba una máquina de reencarnación para volver a traer a Adam a la vida. Marvel-Shazam se integró en el Universo DC en 1987, tras *Crisis en Tierras Infinitas*, pero no fue hasta *El poder de Shazam* (1994) de Jerry Ordway cuando Marvel y Black Adam encontraron su lugar en el universo compartido de Superman, Batman y Wonder Woman. Ordway convirtió a Teth-Adam en Theo Adam, un arqueólogo codicioso que se convierte en Black Adam gracias a un artefacto mágico. Más tarde, el villano llegaría a reformarse y formar parte de Sociedad de la Justicia de América. Con la renovación del Universo DC con The New 52 de 2011, DC quería recuperar al gran gigante rojo. Pero no lo haría en su propia colección, sino en *Justice League Vol 2* #10 (2012), como complemento a la historia principal de la Liga de la Justicia. El guionista Geoff Johns (Detroit, 1973) y el dibujante británico Gary Frank (Bristol, 1969) renovaron a Marvel (ahora Shazam!), Dr. Sivana, la familia Marvel y, por supuesto, Black Adam para las nuevas generaciones de lectores.

DIO BRANDO

La pesadilla de los Joestar

(del manga *JoJo's Bizarre Adventure*)

Seguramente no exista un villano tan ambicioso, arrogante, megalómano y capaz de hacer cualquier cosa para lograr sus macabros fines como el británico Dio Brando. Nacido en un ambiente pobre en 1868, Dio aprendió pronto a defenderse a la fuerza de su padre Dario Brando, alcohólico y ladrón que abusaba de su madre y de él. Aprendió muchas artes de lucha en la calle para defenderse de los abusones. El joven Dio odiaba a su padre y comenzó a envenenarlo poco a poco. Cuando éste estaba moribundo, le contó que, siendo un bebé salvó al noble George Joestar I y que le prometió ayudar a su hijo si fallecía. Dio está decidido a hacer cumplir esa promesa y aprovecharse de la fortuna de los Joestar, robándoles hasta el último penique. En la Mansión Joestar conoce al hijo de George, Jonathan, a quien el taimado Dio llama JoJo, por las iniciales de su nombre y apellido. Jonathan quiere ser amable con Dio, pero este le deja claro desde un buen principio que lo odia y quiere humillarlo hasta su perdición.

Tras varias y desagradables experiencias, Jonathan acaba harto de Dio y se enfrenta a él. En medio de la pelea de adolescentes, unas gotas de sangre manchan un antiguo objeto colgado en la pared que el rico

Joestar trajo de América, proveniente de un antiquísimo culto azteca, la misteriosa Máscara de Piedra. Ésta comienza a moverse como si estuviera viva. Cosa que los intrigó a ambos. Siete años después, el primogénito de los Joestar se ha convertido en arqueólogo y Dio estudia leyes. El rubio y malvado vástago de los Brando envenena a George Joestar como hizo con su padre. Mientras, Dio descubre que la máscara puede convertirte en vampiro asesinando a un par de vagabundos. Cuando regresa a casa se encuentra a Jonathan y la policía esperándolo para detenerlo cuando el joven Joestar descubre que Dio estaba envenenando a su padre. Brando utiliza la máscara para convertirse en un vampiro y acabar con la policía. JoJo y Dio luchan mientras la Mansión Joestar se quema. El joven Jonathan vence al vampiro pero éste no es el final del villano.

La máscara vampira

Dio tomará el pueblo de Windknight's Lot, convirtiendo a sus lugareños en un ejército de zombis. JoJo, quien ha aprendido el arte marcial del sendo/hamon del maestro Will A. Zeppeli se enfrenta a Dio y consigue cortarle la cabeza. Al final, Jonathan y la cabeza de Dio tendrán su enfrentamiento final en un barco, que acabará hundiéndose en el frío Atlántico. Antes de hundirse en las oscuras aguas, la vengativa cabeza de Dio se apoderará del cuerpo de Jonathan. Su ataúd es descubierto en 1983 en la costa de África y vuelve a despertarse. En 1985 descubre el *stand*, un poder sobrenatural que en el caso de Dio es una personificación humanoide poderosa de su energía vital de color dorado vestida de armadura y casco llamada The World.

En 1987, el revivido Dio Brando se hace llamar DIO, y está decidido a crear un mundo perfecto para él y sus sirvientes vampiros y zombis tramando diversos planes para conquistar el mundo mientras que el nieto de Jonathan, Joseph, y sus amigos y familiares –Jotaro Kujo, Avdol, Kakyoin y Polnareff– van tras él. Tras una persecución, DIO mata a Joseph, el nieto de su enemigo, pero el nieto de Joseph, Jotaro Kujo, lo venga acabando con la vida del peligroso villano. Por suerte, los médicos de la Fundación Speedwagon lograron revivir a Joseph. Los restos de DIO fueron depositados en el Sahara, donde se evaporaron con su infernal sol.

Las extrañas aventuras de JoJo

El interminable e inacabado manga *JoJo's Bizarre Adventure* (1987) es uno de los *shonen* de artes marciales más *gore* y más extremo de los ochenta junto con *El puño de la Estrella del Norte* de Buronson y Tetsuo Hara y el *Crying Freeman* de Kazuo Koike y Ryoichi Ikegami. También es uno de los mangas más longevos de la historia con 122 volúmenes publicados. Hirohiko Araki (Sendai, 1960) comenzó su carrera en el manga en 1981 en la revista *Weekly Shonen Jump* y desde entonces ha trabajado en exclusividad para la editorial Shueisha. En 1984 comenzaría a dibujar *Baoh*, un *shonen* científico inspirado en el éxito de *Akira* de Katsuhiro Otomo y en *La Cosa* de John Carpenter (1982) donde había niñas con poderes psíquicos y un parásito creado por una peligrosa organización gubernamental. Araki se dio cuenta de que ese abuso de lo grotesco y el *gore* entusiasmaba a los jóvenes lectores japoneses, así que llevó su arte al siguiente nivel, con la primera saga de su próximo trabajo para *Weekly Shonen*.

JoJo's Bizarre Adventure mezcla varios conceptos que, *a priori*, no deberían pegar ni con cola, pero el propio título ya te avisa de que estás ante una aventura bizarra. La historia comienza con un joven victoriano sufriendo a manos de un villano al más puro estilo folletinesco británico. Más tarde, se convierte en un cómic de terror con máscaras embrujadas, vampiros, muertos vivientes, Jack el Destripador y mucho más. Hasta ahora todo normal para una producción de la Hammer, pero Araki introduce el elemento mágico que convierte a *JoJo's* en un delirio adorable: las artes marciales más extremas al estilo de *El puño de la Estrella del Norte* y el sistema de lucha de *Babel II* (1971) de Mitsuteru Yokoyama, uno de los mangas que más influyeron en el maestro Hirohiko. Gran parte de la inspiración de JoJo y Dio se encuentra en el mundo de la moda, mundo que Araki ama, pero también de la cultura popular. La cultura del Renacimiento italiano es otra de las influencias de Araki, quien estuvo dos meses en Italia antes de comenzar la serie. Una de sus máximas inspiraciones es el arte de Leonardo y Miguel Ángel, mezclado con los colores de Paul Gauguin. Los héroes hipermusculados de los ochenta como Schwarzenegger o Stallone también fueron una influencia para JoJo y Dio. De hecho, podemos ver el cuerpo de Schwarzie con la cabeza de rizos dorado del *David* de Miguel Ángel en el escultural villano. Araki ha puesto nombres de músicos o bandas a sus personajes, cosa que ha sido retocada en algunas traducciones occidentales. Existen personajes como Vanilla Ice, Devo, Foo Fighters, Kenny G, Suzi Q, Telence T. D'Arby o Steely Dan. Dio no es una excepción y su nombre está inspirado en el apellido de Ronnie James Dio, el mítico compositor y vocalista del grupo de heavy metal neoyorquino Dio, quien también estuvo en la seminal banda de rock duro Black Sabbath.

DOCTOR MUERTE

El orgulloso monarca de Latveria

(del Universo Marvel)

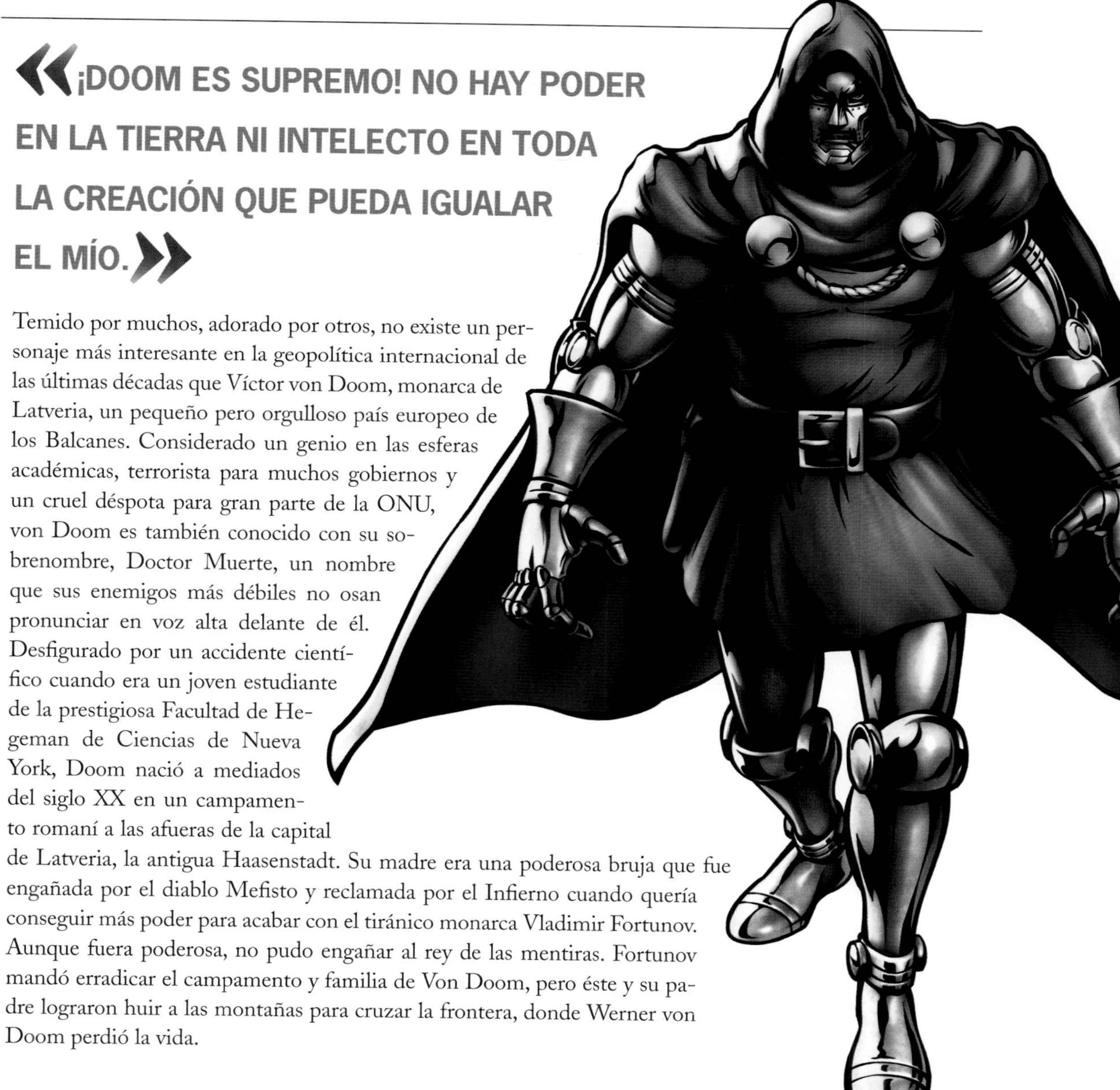

«¡DOOM ES SUPREMO! NO HAY PODER EN LA TIERRA NI INTELECTO EN TODA LA CREACIÓN QUE PUEDA IGUALAR EL MÍO.»

Temido por muchos, adorado por otros, no existe un personaje más interesante en la geopolítica internacional de las últimas décadas que Víctor von Doom, monarca de Latveria, un pequeño pero orgulloso país europeo de los Balcanes. Considerado un genio en las esferas académicas, terrorista para muchos gobiernos y un cruel déspota para gran parte de la ONU, von Doom es también conocido con su sobrenombre, Doctor Muerte, un nombre que sus enemigos más débiles no osan pronunciar en voz alta delante de él. Desfigurado por un accidente científico cuando era un joven estudiante de la prestigiosa Facultad de Hegeman de Ciencias de Nueva York, Doom nació a mediados del siglo XX en un campamento romaní a las afueras de la capital de Latveria, la antigua Haasenstadt. Su madre era una poderosa bruja que fue engañada por el diablo Mefisto y reclamada por el Infierno cuando quería conseguir más poder para acabar con el tiránico monarca Vladimir Fortunov. Aunque fuera poderosa, no pudo engañar al rey de las mentiras. Fortunov mandó erradicar el campamento y familia de Von Doom, pero éste y su padre lograron huir a las montañas para cruzar la frontera, donde Werner von Doom perdió la vida.

DEMONOLOGY
BY BOB LAYTON

Desde entonces, Víctor consagró su vida a aprender toda la ciencia y magia posibles para salvar el alma de su madre de las garras de Mefisto. Su camino le llevó a Nueva York, donde compartió estudios universitarios con Reed Richards, un eminente científico que se convertiría en el futuro en el superhéroe Míster Fantástico, y Ben Grimm, más conocida como La Cosa del grupo de superhéroes Los Cuatro Fantásticos. En su etapa universitaria, Doom se obsesionó en crear una máquina que pudiera proyectar la forma astral en cualquier dimensión, incluida el Infierno, pero un error de cálculo acabó con una gran explosión en su laboratorio que le desfiguró todo el rostro y parte del cuerpo. Humillado, roto y expulsado, Víctor viajó a un pueblo tibetano donde residían unos monjes que le construyeron su famosa armadura de titanio plateada, ocultando su deforme rostro. Proceso en el que el joven Muerte sufrió horribles dolores, inimaginables para cualquier ser humano.

El emperador de Latveria

Tras regresar a su tierra natal y acabar con el reinado de los Fortunov, Víctor von Doom se convirtió en el nuevo rey de Latveria, convirtiendo la capital Haasenstadt en Doomstadt, modernizándola con un ejército de Doombots, autómatas controlados mentalmente por él mismo, y cerrándola a cal y canto al resto de la humanidad, aunque siguió teniendo un lugar en la ONU, donde von Muerte goza de inmunidad diplomática, algo que siempre le ha ido muy bien con sus planes contra los Cuatro Fantásticos o los Vengadores. Muerte no quiso frenar su ansia de dominación únicamente en Latveria y siempre ha querido conquistar todo el mundo. Se considera enemigo de Richards, pero lo respeta como eminente científico. Sus caminos se han cruzado muchas más veces de que los dos hubieran querido, francamente. Doom siempre ha intentado encontrar más poder para hacer realidad sus planes utópicos, ya sea buscando objetos místicos, como las piedras de Merlín, la tabla de Silver Surfer, el místico martillo *Mjolnir* de Thor y las gemas del infinito, o queriendo robar los poderes a seres tan poderosos y peligrosos como Galactus, Onslaught, o el ser llamado Todopoderoso. Sí, el Doctor Muerte puede ser un poderoso aliado contra las fuerzas que amenazan la vida en la Tierra, pero siempre tienes que anticiparte a sus ansias de dominación y búsqueda de poder. Su anhelo de conocimiento no tiene límites, llegando a experimentar con pobres asgardianos para comprender su naturaleza inmortal. Aunque finalmente pudiera liberar a su madre de las garras de Mefisto, su maldad y mezquindad no acabarían en ese acto de puro amor maternal.

Guerra secreta

Cuando el multiverso colapsó y parecía que las tierras 616 y 1610 estaban a punto de desaparecer, Doom se las ingenió junto al Hombre Molécula, y ayudado por el Doctor Extraño, para juntar algunas partes de los mundos del multiverso creando un planeta llamado Mundo de Batalla donde coexistirían diversas realidades alternativas. Reed Richards y un grupo de héroes pudieron restablecer el multiverso de nuevo. Míster Fantástico seguía teniendo esperanza en su antiguo amigo y le alteró los recuerdos y curó sus cicatrices, antes de recomponer la tierra 616. Muerte encontró en Tony Stark un aliado para convertirse en mejor persona, llegando a recoger el manto de hierro de su nuevo amigo como Iron Man cuando este entró en coma tras su pelea con la Capitana Marvel. Pero la nueva vida heroica de Muerte no duró demasiado.

Si su armadura de titanio, mejorada con tecnología superior alienígena, ya es una de las armas más poderosas de la Tierra, la voluntad orgullosa de acero y su intelecto prodigioso son dos bazas importantes para convertirlo en uno de los villanos más temidos de la Tierra. Su voluntad tiene poderes psíquicos, pudiendo controlar autómatas a voluntad, solo con su mente, ser telequinético o resistir los ataques de los telépatas más poderosos. Años de entrenamiento y estudio en las artes místicas le confieren un poder temible, y lo convierten en un villano muy peligroso armado por la ciencia, ungido por la magia y con una fuerza de voluntad imparable. Aunque su mayor defecto siempre ha sido su desmesurado orgullo, algo que Richards o los Vengadores han aprovechado siempre para vencerlo.

El gran supervillano del Universo Marvel

Doctor Doom, o Doctor Muerte, como se tradujo en España, no fue el primer enemigo de Los Cuatro Fantásticos, la cabecera que inventó el moderno Universo Marvel, pero sí que se convirtió por derecho propio en el gran antagonista de la familia de Míster Fantástico y en uno de los villanos más poderosos y poliédricos del Universo Marvel. Su metálico rostro hizo aparición en el *Fantastic Four #5* (julio de 1962), creado, cómo no, por el dúo dinámico formado por Stan Lee y Jack Kirby (1917-1994). Lee quería un villano nuevo que fuera mortífero para el joven cuarteto de superhéroes. Eligió un título poderoso, muy de malo de opereta de serie B: Doctor Doom, «elocuente pese a su simplicidad, magnífico por su amenaza implícita». Como en la Marvel de los primeros sesenta iban con el turbo puesto para cerrar varias publicaciones a la vez, ni Lee ni Kirby le dieron un origen ni crearon una historia detrás de su aparición. No sería hasta *Fantastic Four Annual* #2, de 1964, cuando recuperarían al personaje contando su origen. Si el nombre de Doom ya imponía respeto, el diseño de Kirby fue bastante más explicito. Víctor era la muerte, una armadura que parecía un esqueleto brillante plateado cubierta por una capucha y capa verde, como la parca. Según el propio Kirby: «La muerte está conectada con la armadura y el acero inhumano. La muerte es algo sin misericordia, y la carne humana contiene esa misericordia. Había que ocultarla». Aunque los diálogos eran de Lee, fue Kirby quien dotó a Von Doom de un espíritu dramático, como un paranoico poderoso que se había convertido en villano tras su horrible accidente y desfiguración. Inspirándose, seguramente, en obras góticas como *El fantasma de la ópera* (1910) de Gaston Leroux. Kirby decía que Doom ocultaba su rostro no solo del mundo, sino de sí mismo. Esta desfiguración es su poderoso motivo para la venganza contra el mundo. Aunque sea un ser muy inteligente, es su propia arrogancia la que provoca que todos sus planes de dominación mundial fallen estrepitosamente una y otra vez a lo largo de más de cinco décadas.

En el cine ha habido varios actores que han puesto rostro al infame Doctor Doom. Joseph Culp sería Muerte en la horrible versión de *Los Cuatro Fantásticos* de Oley Sassone de 1994, producida por el rey de la serie B, Roger Corman. En 2004, vendría la mejor película realizada sobre el cuarteto fantástico, dirigida por Tim Story y con el guaperas actor televisivo Julian McMahon convirtiéndose en Víctor von Doom. La película fue un pequeño éxito para la Fox, que repitió con el mismo elenco y director en *Los 4 Fantásticos y Silver Surfer* (2007). Antes de querer perder los derechos de la primera familia del Universo Marvel, Fox se arriesgó con otro reboot de Reed, los hermanos Storm y Ben Grimm, incluyendo, claro, a su archienemigo, con la floja *Cuatro Fantásticos* (2015), dirigida por Josh Trank, con Toby Kebbell convirtiéndose en el Doctor Doom más aterrador de la historia del cine, más cercano a Freddy Krueger que a la metalizada armadura de los cómics.

DUENDE VERDE
El adversario de la araña
(del cómic *Spider-man*)

«POR CADA VIDA QUE SALVES EXISTEN UN MILLÓN DE FORMAS NUEVAS DE MORIR.»

Norman Osborn era un conocido multimillonario de Nueva York, jefe industrial de Oscorp, multinacional dedicada al estudio químico y la ingeniería eléctrica. Oscorp fue fundada por Osborn y su profesor universitario de química, Mendel Stromm, llamándola Osborn Corporation, Oscorp. Norman era un estudiante brillante más en ciencias, y además era el hijo del rico industrial Amberson Osborn, un hombre cruel que se convirtió en un maltratador cuando perdió su fortuna. Cuando era joven, Norman era encerrado con frecuencia en el sótano de su casa. Allí descubrió que la oscuridad era mejor que la luz, renaciendo como un Osborn más duro, intrépido y tan cruel en los negocios como lo había sido su padre. En la universidad conoció a su esposa Emily y tuvieron juntos un nuevo vástago de la saga Osborn, Harry. Pero la tragedia se cernió pronto sobre la familia con la enfermedad de Emily, quien falleció cuando Harry tenía un año de edad.

Como su padre Amberson, Norman se obsesiona con su empresa, descuidando la educación de su hijo, con el que ha sido rudo toda su vida. Aunque lo quiere, no soporta la aparente fragilidad de su hijo, algo indigno para su apellido. Sin darse cuenta, Norman sigue proyectando la maldición Osborn en su hijo Harry, haciendo lo mismo que Anderson hizo con él de joven. Su arrogancia y ambición se vuelven peligrosas cuando acusa a su socio Stromm de malversación de fondos, lo que hace que la policía lo arreste. Cuando está en el laboratorio de Stromm buscando nuevos inventos para patentar como propios, hace explotar una fórmula experimental verde que le confiere mayor inteligencia y fuerza. El problema es que el llamado suero duende también potencia aquellas partes oscuras de su psique. En el caso de Norman, la locura autodestructiva de su padre, la avaricia y la misantropía. Norman enloquece, sí, pero su maldad ya era intrínseca a su persona. El suero duende potenció esa parte negativa que el empresario neoyorquino siempre llevó dentro consigo.

El nacimiento del duende

Tras controlar el mundo empresarial, la ambición de Osborn se centra en el crimen organizado de Nueva York. Para no perder su rango de multimillonario respetable, Norman se construye una personalidad de supervillano inspirándose en los terrores verdes que vivió encerrado en el sótano de niño, una figura espectral inspirada en el folclore, un peligroso duende, juguetón y mortal, de color verde, como el suero que le dio superpoderes, rematado con una máscara verde con grandes ojos amarillos dementes que provocan pavor a todos aquellos que la miran. Gracias a sus estudios de ingeniería, el nuevo Duende Verde se construye un arsenal acorde a su terrorífico nuevo uniforme: un aerodeslizador con forma de murciélago que le permite surcar el cielo de Manhattan y unas bombas muy peligrosas con forma de calabazas de Halloween.

El Duende Verde pronto atacaría a Spider-Man para hacerse conocer en la Gran Manzana, y lo vence en su primer encuentro. Pero la fortuna es caprichosa, y pronto se supo que duende y araña tenían una relación, pues Harry era compañero de colegio de Peter Parker, la identidad secreta del superhéroe. Osborn perdería la memoria en una de las muchas peleas contra su arácnido adversario y parecía que los tiempos del Duende Verde no volverían. Nada más alejado de la realidad. La memoria de Osborn regresó, siendo aún más cruel con Parker y sus amigos. Este salvaje baile de odio entre multimillonario enloquecido y joven héroe tuvo una víctima mortal, Gwen Stacy, hija del capitán de la policía George Stacy y novia de Parker. Spider-Man enloqueció con el asesinato de Gwen y persiguió a Osborn hasta su escondite, donde durante un accidente fue empalado con su propio planeador. Para entonces, la opinión pública ya sabía que Norman Osborn era el infame Duende Verde.

El manto del Duende sería recogido por Harry, perpetuando la maldición y la locura de los Osborn, pero Norman no había dicho su última palabra todavía. Revivido gracias al factor de curación del suero duende, huyó a Europa, donde tramó varias venganzas contra su eterno enemigo, Peter Parker. Años más tarde, cuando Osborn se convirtió en el director de los Thunderbolts por la Ley de Registro Superhumano y, más tarde, en el director de la organización gubernamental HAMMER, tras su heroica participación en la invasión Skrulls, Norman intentó distanciarse de su pasado como Duende Verde gracias a terapia y medicación. Pero su fijación con el héroe Spider-Man y sus ansias de venganza siempre estuvieron por delante de todo, llegando a dedicar a los Thunderbolts o los Vengadores Oscuros represalias absurdas, provocando la ira de su propio hijo, quien se enfrentó con él en más de una ocasión.

El padre de mi mejor amigo, mi enemigo

Aunque el Duende Verde sea considerado por todo el mundo como el principal antagonista del increíble Spider-man, fue uno de los últimos villanos en hacer aparición en la genial primera etapa del guionista Stan Lee (1922-2018) y el dibujante Steve Ditko (1927-2018) a bordo de los primeros números de *The Amazing Spider-Man*. Antes de él ya habían aparecido Electro, El Buitre, El Lagarto, El Hombre de Arena, Mysterio y Doctor Octopus. Su primera aparición sucedería en el número 14 (1964), titulada *La grotesca aventura del Duende Verde*, y su éxito le hizo repetir en la portada del número 17, convirtiéndose en una de las mayores amenazas del trepamuros. Stan Lee quería un villano demonio burlón que se encontraba en un sarcófago egipcio, pero Ditko lo convirtió en un villano humano, en un gánster que intentaba afianzar su posición de poder en Nueva York con sus bombas de calabaza y su escoba mágica moderna, que más tarde se convertiría en un aerodeslizador.

En el fondo, el origen del Duende Verde está inspirado en Halloween y el Joker de *Batman*, un villano que infligía dolor a sus víctimas y se despedía con una risa loca endiablada. Una de las cosas que Ditko quería para el Duende Verde es que se mantuviera el misterio de su identidad durante una larga etapa para luego descubrir que se trataba de un nuevo personaje. Pero Stan estaba en contra, quería que el villano fuera alguien conocido por el público porque pensaba que sacar a un nuevo personaje era engañar a la audiencia. Pero Ditko lo hizo, en el número 37, presentando por partida doble a Norman Osborn, empresario padre del compañero de colegio de Peter Parker/Spider-Man, Harry Osborn, y su exsocio Mendel Stromm. Steve Ditko abandonó Marvel en julio de 1966 y su sucesor, John Romita (Nueva York, 1930) dibujó con guion de Lee los míticos números 39 y 40, donde Osborn descubre que Parker es el amistoso vecino Spider-Man. Desde entonces, Green Goblin-Osborn se ha convertido en el villano más importante de la vida de Spider-Man, convirtiéndose en el asesino de Gwen Stacy en los números 121-122 (1973), la novia de Peter Parker de entonces, o manipulando a su hijo Harry, quien tomaría el manto de la máscara verde de su padre.

En 2002, el director norteamericano Sam Raimi dirigió la primera película moderna de *Spider-Man*, protagonizada por Tobey Maguire como Peter Parker. Estaba claro que el villano de la función sería el Duende Verde. El papel se lo quedó Willem Dafoe, mientras su hijo, Harry, sería interpretado por James Franco. Este actor se convertiría en el nuevo Duende Verde en *Spider-Man 3* (2007). En el reboot de 2012, *The Amazing Spider-Man*, tendríamos que esperar a su segunda parte, *The Amazing Spider-Man 2: El poder de Electro* (2014), dirigida por Marc Webb, para ver a la familia Osborn. Aunque Chris Cooper haga de Norman Osborn, dueño de Oscorp Industries, el Duende Verde será su hijo Harry, protagonizado por Dane DeHaan, quien ingerirá el suero maldito convirtiéndose en un monstruo de rostro deforme. En la animada *Spider-Man: Un nuevo universo* (2018), una de las mejores películas del trepamuros, se inspiraron en el monstruoso Duende Verde del Universo Ultimate, de donde proviene Spider-Man Miles Morales. La voz de este gigantesco monstruo la puso el actor Jorma Taccone.

KANG EL CONQUISTADOR

El viajero temporal

(del Universo Marvel)

«AUNQUE MI PROPIO SIGLO ME TEME COMO EL CONQUISTADOR MÁS DESPIADADO DE TODOS LOS TIEMPOS, MI TRIUNFO ES INANE SI EL SIGLO XX SE ESCAPA DE MI TIRANÍA.»

Es muy difícil seguir la historia del hombre conocido como Kang el Conquistador, más que nada porque es un viajero del tiempo de una Tierra alternativa (la bautizada como Tierra-6311) que ha visitado nuestro tiempo y el de otros humanos en más de una ocasión y bajo diversos nombres y apariencias temporales. Sabemos que nació en el siglo XXX, en la llamada Era de la Ilustración, un futuro en que la Tierra había sido casi destruida por una guerra nuclear y fue salvada en el pasado por un científico llamado Nathaniel Richards, nombre y apellido con el que fue bautizado el joven Nathaniel, en homenaje al salvador de la Tierra. Muchos señalan que Kang podría ser descendiente del científico del siglo XX Reed Richards, miembro de los aventureros conocidos como Los 4 Fantásticos, pero en realidad Kang comparte genes con uno de los villanos más temibles de esa época, Doctor Muerte.

Criado en una era de conocimiento sin emociones, el joven Kang comenzó pronto a interesarse por las aventuras de los héroes del siglo XX, y de sus villanos: Los 4 Fantásticos, Doctor Muerte, Los Vengadores, etc. Seguramente su historia hubiera tenido un trayecto normal si él mismo no hubiera alterado varias veces su propia historia desde el futuro. Sabemos que uno de esos futuros Kang viajó a su pasado y esto hizo que el joven Nathaniel se convirtiera en el héroe tecnológico Iron Lad, en contraposición a su futuro en la villanía, aunque también tuvo una época como el villano Kid Inmortus. Si los griegos describían la vida como una hebra de hilo recta tejido por las Moiras, las personificaciones del destino, el hilo de Kang es como una madeja negra con la que ha jugado el gato, dejándola sucia, repleta de nudos y bifurcaciones.

Demasiados futuros posibles

Sabemos que descubrió los viajes en el tiempo gracias a sus estudios de la vieja tecnología del Doctor Muerte. También sabemos que en uno de sus primeros viajes fue al Antiguo Egipto, donde se convirtió en el faraón Rama-Tut, rey de reyes, que dominó con su poder tecnológico esta cultura antigua hace cinco mil años. También se convirtió pronto en enemigo de Los Vengadores, llegando a dominar a Thor y Capitán América, pero siendo derrotado por la Avispa y la Brigada Juvenil del joven vengador honorario Rick Jones.

Su primer viaje en el tiempo al Antiguo Egipto sucedió cuando tenía veinticinco años, y estuvo gobernando diez años hasta que el mutante En Saba Nur y Los 4 Fantásticos le vencieron en diversas batallas. Cuando tenía treinta y cinco años se produjo la primera división de su línea temporal. En un accidente acabó en dos sitios a la vez. En un siglo XX alternativo (Tierra-689) donde se convirtió en el héroe llamado Centurión Escarlata, fue jefe de Los Vengadores de esa Tierra. Incluso intentó enfrentar a sus Vengadores contra los de la Tierra-616, realidad de los primeros Vengadores que se le habían resistido. Otro Nathaniel viajó al siglo XL, mundo que encontró devastado por la guerra, y donde se convirtió en Kang el Conquistador, el señor del Universo, conquistador de la Tierra y varias galaxias más.

El propio Kang ha luchado contra versiones suyas. Cuando estaba buscando la Madonna Celestial, la hembra que pariría al ser más poderoso de la historia y el Universo, un Kang más viejo apareció para ayudar a Los Vengadores a impedir que el joven Kang se hiciera con el poder. En una nueva encarnación temporal se convertiría en el temible Inmortus, una versión alternativa que reside en el Limbo, desde donde controla y manipula el tiempo y sus ramificaciones. Inmortus es un esclavo de los Guardianes del Tiempo y el joven Kang no desea repetir los errores del viejo Inmortus, su encarnación más caduca.

El deseo de aventuras en un mundo aburrido de Nathaniel Richards se ha convertido en un ansia de conquistar y dominar para Kang. Además, con el viaje en el tiempo puede acceder a tecnologías de futuros lejanos, como su traje o sus armas, que le permiten ser muy poderoso. Su cruel inteligencia y sus conocimientos de toda la historia de la humanidad lo convierten en un adversario temible, que llega a acabar con toda la línea temporal de sus enemigos y hace que ni sus aliados o amigos sepan que haya existido jamás. La demostración de megalomanía más grande de Kang es su colección de trofeos en una sala situada al filo del final del espacio-tiempo, donde guarda souvenirs como varios escudos del Capitán América, modelos de armaduras de Iron Man, el casco de Magneto, el esqueleto de Lobezno, un Ultrón, restos de M.O.D.O.K, la tabla de Silver Surfer o el Ojo de Agamotto.

Tirano en varios presentes y futuros

Aunque la batidora de creaciones no paraba de funcionar en la mente y manos del tándem Stan Lee y Jack Kirby, había que rescatar creaciones anteriores para varias de las series que producían como churros el dúo dinámico de Marvel Cómics. Kirby trajo su Capitán América de los primeros años de Timely. Namor, la creación de Bill Everet de finales de los treinta, también apareció en *Los 4 Fantásticos* y *Los Vengadores*, pero lo que nunca nos imaginaríamos de aquella época de efervescencia creadora del tándem Lee-Kirby en la que surgían nuevos seres icónicos con poderes en cada viñeta es que recuperarían a un villano de otra colección para darle un nuevo aire en otra serie. Eso fue lo que ocurrió con Kang el Conquistador. En el número 8 de *Los Vengadores Vol 1* (1964) veíamos al extraño ser con máscara azul vestido de verde y púrpura amenazando a los héroes más poderosos de la Tierra con un haz de luces amarillas que ni el poderoso martillo de Thor podía atravesar. En la portada se anunciaba al nuevo villano. «Este es Kang, destinado a ser uno de los villanos más singulares de todos los tiempos. ¡Y espera a conocer su identidad!». Sería el último número de Kirby en *Los Vengadores*, que sería sustituido por Don Heck (1929-1995).

Su identidad se había revelado en el número 18 de *Los 4 Fantásticos* (1963), como el faraón Rama-Tut, el villano que esclaviza a los *fab-four* en el Antiguo Egipto. Kang es un viajero del tiempo, un poder ilimitado para un villano que proviene de una Tierra Alternativa y no para de alterar el Universo con sus continuos viajes en el tiempo que desarrolla en diferentes épocas de su vida. Un campo de cultivo muy interesante para cualquier amante de las ucronías, los viajes temporales y sus paradojas, desarrolladas en la ciencia ficción por escritores como Mark Twain o René Barjavel. Stan Lee comprendió pronto el potencial renovador de este villano y la facilidad de hacerlo aparecer en el siglo XX con diferentes interpretaciones. Como Inmortus, quien protagoniza el número 10 de *Los Vengadores* (1964), su tercera reencarnación tras Kang y Rama-Tut; su etapa del Centurión Escarlata, creación de Roy Thomas (Jackson, 1940) y Don Heck; o la más reciente Iron Lad, un adolescente Nathaniel Richards con traje de Iron Man convertido en un joven vengador en la colección *Young Avengers* de 2005, creado por Allan Heinberg (Tulsa, 1967) y Jim Cheung (Ontario, 1972). Las posibilidades y las paradojas de sus viajes en el tiempo son infinitas. Como se ha demostrado en algunas de las mejores historias de *Los Vengadores contra Kang*, sobre todo en manos del guionista Kurt Busiek (Boston, 1960), que lo hizo protagonista absoluto en la maxiserie *Vengadores Forever* (1998-1999), a medias con Roger Stern y el arte del español Carlos Pacheco (San Roque, 1962); o en *La dinastía de Kang* (2001-2002), con arte de Alan Davis (Corby, 1956) e Ivan Reis, entre otros.

LOKI
El dios de las travesuras
(del Universo Marvel)

«SI ES UNA GUERRA LO QUE REALMENTE DESEAS, THOR, ENTONCES LOKI PODRÁ PROPORCIONÁRTELA FELIZMENTE.»

¿Es Loki realmente un malvado o es un personaje trágico a quien las circunstancias han llevado a ser tan pendenciero y traicionero? Eso mismo se ha debido de preguntar en más de una ocasión Odín, el Padre de Todos y su padre adoptivo, o Thor Odinson, dios del Trueno de Asgard y hermanastro. Loki no es asgardiano, como su familia, sino el hijo débil de los Gigantes de Hielo de Jotunheim. Sus verdaderos padres eran el enemigo jurado de Odín, Laufey, rey de Jotunheim, y la reina Farbauti. Loki nació débil y pequeño, cosa que provocó la vergüenza de sus padres y el desprecio de los Gigantes de Hielo, que no veían en el pequeño vástago de su rey un líder nato. Odín acabó con el reinado de Jotunheim y casi mata a Laufey. Detrás del trono se encontró con el pequeño Loki y, tal vez por compasión o por obligación, lo adoptó, criándolo junto a su propio hijo Thor.

Crecer al lado del futuro señor de Asgard, tan bravo, tan fuerte y risueño no fue fácil para Loki. El joven príncipe prefería los libros y el estudio de la magia y la brujería, especialidad que cada vez se le daba mejor. Pero desconfía de toda la corte, sabiendo que no es un asgardiano, sino un vástago de los enemigos de Asgard. El resentimiento y los celos encuentran una salida en las bromas inofensivas que suele realizar a varios miembros de la corte asgardiana. Bromas que hace, sobre todo, a su hermano Thor. También se nombra a sí mismo dios de las Travesuras. Thor suele perdonar a su hermano, pero el resentimiento se convierte en ansia de poder, sabiendo que nunca podrá aspirar al trono de Asgard. Con el tiempo, Loki dejó de ser un mentiroso o un travieso embaucador para convertirse en el dios del Mal. Odín sabía que su ahijado era experto en brujería y que escondía un gran mal en su interior, pero se aprovechaba de las artes oscuras de Loki en misiones, batallas y guerras.

Loki estuvo gran parte de la primera parte del siglo XX manipulando a otros dioses y humanos hasta que Odín, harto de él, envió a Thor a que atrapara a su hermanastro. Su castigo fue encarcelarlo mágicamente en el árbol de Asgard hasta que alguien derramara una lágrima por él. Poco tardó Loki en ejercer su volun-

tad sobre el árbol y hacer caer una hoja sobre el ojo de Heimdall, cosa que lo hizo llorar. Ya liberado, Loki se concentró en vengarse de su hermano Thor, quien estaba castigado en la Tierra a llevar una vida como el mortal Don Blake. Pero todos sus planes solían ser desbaratados por su hermanastro, que siempre conseguía atraparlo y devolverlo a Asgard, donde era encarcelado en una nueva jaula de la que lograba escapar enseguida. Una de sus jugadas maestras fue manipular al monstruo Hulk para destrozar Nueva York. Pero al final su hermano, Iron Man, Ant-Man, La Avispa y el propio Hulk lograron doblegarle. Su derrota fue doble, pues tras ese encuentro se formaron Los Vengadores, quienes han vencido a Loki en más de una ocasión.

El dios loco

Aunque odie a su padre y a su hermano, Loki ha sido convocado para defender Asgard en más de una ocasión, como cuando se enfrentó a Surtur y sus demonios de fuego. Eso sí, con fines egoístas, pues quería gobernar Asgard si Surtur la destruía. El doble juego de traiciones de Loki ha sorprendido siempre a Thor y a sus aliados. Su venganza llegó con el Ragnarok, donde se profetizaba que Loki conduciría a los enemigos de Asgard y provocaría el crepúsculo de los dioses. El dios del Mal cumplió esta profecía y acabó con los asgardianos, excepto con Thor, que desapareció. El propio Loki desapareció también. Pero Thor pudo encontrar a todos sus aliados revividos, incluido Loki, que había renacido como mujer. Con Asgard situada en la Tierra, Loki manipuló al director de HAMMER para atacar a Asgard y hacer que los asgardianos huyeran de la Tierra y recuperasen su lugar predominante entre los Nueve Reinos. Pero su estratagema desató a la temible criatura llamada Vacío, vinculada al héroe llamado El Vigía. Loki ayudó a varias formaciones de Los Vengadores para acabar con Void, pero fue asesinado por esta tremenda fuerza. No obstante, el embaucador tenía un truco final en la manga: había engatusado a Hela, Diosa de la Muerte, para que su nombre fuera borrado del Libro de Hel, el Libro de la Muerte.

Loki se reencarnó en un joven estafador vagabundo de París. Thor, que echaba de menos a su hermano, lo encontró y le devolvió su mente, pero no su vida pasada. Desde entonces, el joven Loki ayudó a su hermano siempre desde las sombras en varios eventos como la guerra contra la Serpiente. Más tarde, uniéndose a los Jóvenes Vengadores, su compañero brujo Wiccan lo convirtió en un joven de dieciocho años. Desde

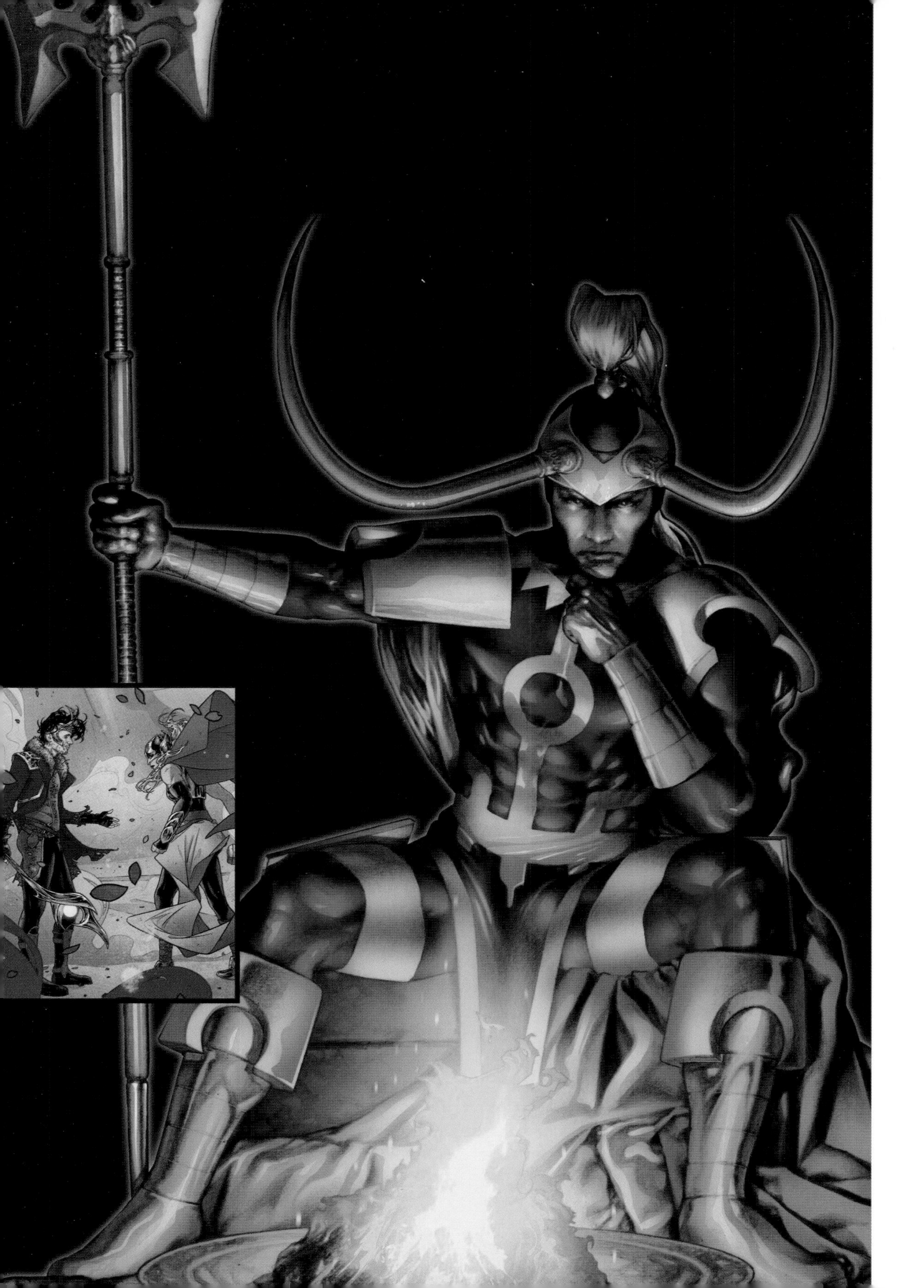

entonces, y ya con su pasado restaurado, el juvenil Loki ha estado jugando con los poderes de Asgard y los de los otros Ocho Reinos. Con él ha vuelto el Loki travieso y juguetón de los primeros tiempos, aunque ahora le tiene más estima a su hermanastro Thor.

La fábrica de mitos

El verdadero Loki de la mitología nórdica difiere en muchos aspectos de la figura creada por Stan Lee, Larry Lieber (Nueva York, 1931) y Jack Kirby para la tercera historia de la revista *Journey into Mistery* protagonizada por Thor, el nuevo superhéroe de Marvel creado en 1962. El Loki nórdico es un dios Jotun, padre de Hela, el lobo Fenrir y la serpiente Jörmungandr. Su final está escrito en el Ragnarok enfrentándose a Heimdall. Loki es un cambiaforma amigo de los dioses, sobre todo de Odín, con el que es hermano de sangre. Pero a ningún otro dios le cae bien. Sus travesuras hicieron enfadar a todos, sobre todo a Thor y su esposa Sif, pero su final en la tierra de los Aesir acabó con su participación en el asesinato del querido dios de la paz y la pureza Balder.

El Loki de *Journey into Mistery* no fue el primer Loki del Universo Marvel. Su primera aparición fue en la revista *Venus* #12 (1951), con guion de Stan Lee y dibujo de Werner Roth, revista de aventuras y romances protagonizada por varios dioses griegos y la diosa Venus. Aunque todo el mundo dé por supuesto que Loki fue otra creación del dúo Lee/Kirby, mucha gente olvida que Lee solo construyó el argumento central de las primeras aventuras de Thor. El arquitecto del guion sería su hermano Larry Lieber, que ya había sido editor y dibujante en Timely/Atlas/Marvel cuando Stan comenzaba a trabajar allí. Lieber se inspiró en la colección *Mitología* (1867) de Thomas Bulfinch para introducir muchos elementos nórdicos en las tramas del Poderoso Thor. En *Journey Into Mistery* #85 se presentaba a Loki, Balder, Asgard y Bifröst o el puente de arco iris que une Midgard con Asgard. Lieber fue quien se inventó que el martillo de Thor era de uru, pero fue el joven editor Roy Thomas quien buscó el nombre original del martillo mitológico: *Mjolnir*. Lieber redactaba a máquina guiones completos, así que muchas de las ideas de esos primeros números de Thor salieron de su cabeza, aunque pronto se convirtió en el personaje favorito de Jack Kirby, quien volcó gran parte de su arrollante creatividad en sus páginas.

Aunque el Thor de Marvel ya había salido como personaje en el telefilme *El regreso del increíble Hulk* (1988), Loki tardaría más en dar el salto al cine. No sucedería hasta la película de Kenneth Branagh del Universo Cinematográfico Marvel *Thor* (2011), en la que se contaría la historia del dios del Trueno, Odín, Asgard y, claro, Loki. El papel recayó en un actor de teatro británico llamado Tom Hiddleston, que llevaba un año trabajando con Branagh en diversos proyectos teatrales y televisivos. Hiddleston clava su Loki, convirtiéndose en el mejor villano del MCU junto a Thanos. Como en su contrapartida del cómic, Loki es el villano de *Los vengadores* (2012), de Joss Whedon, y en las dos películas siguiente de Thor, *El mundo oscuro* (2013), de Alan Taylor, y la divertidísima *Ragnarok* (2017), de Taika Waititi. También sale en las dos megaproducciones de Vengadores: *Infinity War* (2018) y *Vengadores: Endgame* (2019). Es tal su identificación con el dios de las Mentiras que en Marvel aceleraron el crecimiento del infante Loki, creado por el guionista Matt Fraction y el dibujante catalán Pascual Ferry en *Thor* #617 (2011), para parecerse físicamente a Hiddleston y tener su propia serie: *Loki, Agente de Asgard* (2014-2015).

VILLANOS Y PSICÓPATAS

Disfrutan viendo arder el mundo

HANNIBAL LECTER

El gourmet solitario

(de la película *El silencio de los corderos*)

«CASI TODO LO QUE HACEMOS, CASI TODO EN LO QUE CREEMOS, LO MOTIVA LA MUERTE.»

El conocido por todo el mundo como el asesino sociópata Hannibal el Caníbal nació en 1933 en el castillo de Aukštaitija en Lituania. Era hijo del conde Lecter, heredero del señor de la guerra del siglo XIV Hannibal el Severo, y de la noble italiana Simonetta Sforza, descendiente de las familias Visconti y Sforza de Milán. Bien educado en su castillo, los Lecter sufrieron la invasión nazi en 1941 y tuvieron que huir a una cabaña de sus tierras. Sus padres fueron asesinados en un bombardeo, quedando huérfanos él y su hermana. Pronto caerían prisioneros de lituanos traidores que ayudaban a los nazis. Los *hiwis* famélicos mataron a la hermana de Lecter y se la comieron delante de él. El propio Lecter comió de ella sin saberlo, pero pudo escapar. Tras acabar la guerra, los rusos convirtieron el castillo de su familia en un orfanato, donde fue recogido a la edad de trece años por su tío Robert Lecter, quien lo llevó a su casa de París, educándose en los mejores colegios de Francia.

El joven Lecter quería venganza. En 1951, viajó a su Lituania natal, donde persiguió a los asesinos de su hermana hasta matarlos y comerse sus mejillas. Tras obtener un visado en Estados Unidos, Hannibal consiguió en 1975 su doctorado en Psiquiatría en el estado de Maryland, especializándose en peritajes para la justicia. Considerado un prohombre de la sociedad de Baltimore, Hannibal es un amante de las artes que participa en obras culturales como la orquesta sinfónica de la ciudad. Es conocido por sus excelentes banquetes, en los que reúne a la flor y nata de la sociedad de Maryland. Cenas regadas con los mejores vinos y platos con excelentes carnes preparadas de exquisitas maneras. Lo que nadie sabe es que el carnicero particular de Hannibal es él mismo y la mayoría de esos platos son carne humana de individuos groseros que el caníbal consideraba prescindibles. Lecter comenzó a asesorar al agente especial William Graham del FBI en asesinatos en serie, creyendo que sería más listo que uno de los grandes criminalistas de Estados Unidos, aunque le tiene respeto y simpatía. Graham terminó descubriéndole y encerró a Hannibal por el asesinato probado de nueve personas.

Más tarde, Graham acudiría en su ayuda a la cárcel para que le ayudara con el caso del Hada de los dientes, el asesino múltiple Francis Dolarhyde, a quien Lecter había tratado. Tras jugar un poco con su amigo-enemigo, Lecter se comunicó con Francis y lo envió a matar a la familia de Graham, pero el agente pudo

frenarlo. Cinco años más tarde, un nuevo psicópata llamado Buffalo Bill está asesinando y descuartizando a mujeres jóvenes. El FBI envía a la agente Clarice Starling para que pida ayuda psicológica a Hannibal en la institución mental de Maryland donde está recluido. Lecter siente fascinación por la joven Clarice, y el sentimiento es mutuo. La ayuda, pero también ve una oportunidad para escapar. En su fuga acaba con la vida de dos guardias y el director de la cárcel donde estaba encerrado, al que odiaba y despreciaba. Hannibal huye a Florencia, donde se hace llamar Dr. Fell. Allí es descubierto por el comisario Rinaldo Pazzi, quien le vende esta información a Mason Verger, un rico pederasta paciente de Lecter que sobrevivió a su ataque quedando desfigurado y tetrapléjico. La agente Starling avisa a Lecter y se convierte en objetivo de Verger. Lecter acaba secuestrando a Clarice y comienza a lavarle el cerebro con psicoterapia y drogas, incluso le da a probar el cerebro de su jefe Kendler. Clarice seduce a Lecter y los dos huyen para siempre. Quien sabe qué sabrosos platos acabarán en su cena en el futuro.

El caníbal refinado

El periodista Thomas Harris (Jackson, 1940) estaba especializado en noticias de sucesos en el *Waco Tribune-Herald* hasta que se mudó a Nueva York para trabajar con Associated Press. En 1974 publicó su primera novela sobre un ataque terrorista, *Black Sunday*, pero no sería hasta que creó al impactante Hannibal el Caníbal para la novela *El dragón rojo* (1981) cuando comenzaría a tener éxito. Harris se inspiró en el cirujano mejicano Alfredo Ballí Treviño, un médico de buena educación que había asesinado y mutilado a su mujer y al amante de ella. Harris lo había entrevistado en 1963 y le dejó impresionado su cultura y su elegancia. *El dragón rojo* sería llevada al cine en 1986 con el título de *Manhunter*, dirigida por Michael Mann y con Brian Cox haciendo del psiquiatra caníbal.

El interés de la compañía De Laurentiis por la obra de Harris le animó a escribir una continuación: *El silencio de los corderos* (1988), ganando el prestigioso premio Bram Stoker de ese año. Su segundo *thriller* policiaco fue llevado al cine en 1991 por Jonathan Demme, y fue la primera película de terror en ganar cinco premios Oscar, cuatro de los más importantes. Anthony Hopkins se convirtió en el Hannibal Lecter perfecto, quien se inspiró en HAL 9000 de *2001* para su increíble actuación. El actor británico volvería a poner rostro a Lecter en *Hannibal* (2001), de Ridley Scott, basada en el libro de Harris del mismo título publicado en 1999, y en una nueva versión de *El dragón rojo* (2002). El escritor de Jackson contaría la génesis de su caníbal en *Hannibal: el origen del mal* (2006), llevada al cine por Peter Webber en 2007 con Gaspard Ulliel como el joven Lecter. Bryan Fuller llevó la vida de Hannibal a la pequeña pantalla, centrado en su relación con el agente del FBI Will Graham. Las dos primeras temporadas, de tres, de *Hannibal* son escalofriantes, a la altura de los libros, con un impresionante y frío Mads Mikkelsen haciendo de Hannibal Lecter.

JEAN-BAPTISTE GRENOUILLE

El olor de la muerte

(de la novela *El perfume*)

«QUIEN GOBERNABA EL OLOR GOBERNABA LOS CORAZONES DE LOS HOMBRES.»

Jean-Baptiste Grenouille nació en 1738 en el barrio más putrefacto de París, en el mercado del pescado. Su madre lo iba a abandonar pero fue capturada por la policía cuando el niño los alertó llorando. Grenouille nació con un defecto y un don. Su cuerpo no desprendía ningún olor pero poseía un olfato excelente, hasta

el punto de entender el mundo que lo rodeaba únicamente con su nariz. Los olores tenían forma para él y le hablaban. Tras mucho sufrir en la vida, acabó a los quince años trabajando para el maestro perfumista italiano Giuseppe Baldini, quien vio un gran potencial en el muchacho y quiso aprovecharse de su don divino con los olores. Grenouille aprendió todo de su maestro durante tres años, mientras éste explotaba su nariz. Pero un día, en las calles de París, descubrió un olor mágico, el de la piel de una hermosa y joven pelirroja que vendía ciruelas. Jean-Baptiste acabaría matando a la muchacha desconocida, olfateando su cuerpo y aspirando toda su aroma hasta dejarla marchita. En ese momento se decidió a crear un perfume con esa esencia, un poderoso elixir de amor para que todo el mundo lo amara irresistiblemente.

Grenouille viaja a Provenza para aprender todo de los maestros perfumeros. En Grasse descubre otra pelirroja con el mismo aroma, pero espera a que florezca para poder podarla-matarla. Mientras, aprende cómo conservar la fragancia de cualquier cosa, incluidos los cuerpos humanos. Grenouille acabaría con 25 jóvenes, extrayendo la esencia de ellas para completar su preciado perfume de amor. Pero fue detenido cuando acabó su obra y condenado a morir lentamente en la plaza del mercado de Grasse delante de diez mil personas que habían acudido a ver su fin con todos sus miembros descoyuntados por pesadas barras de hierro. Cuando se impregna un par de gotas de su perfume, todos en la plaza piden su indulto y acaban embriagados en una gran orgía de puro amor. Grenouille es amado por primera vez, pero no se siente pleno

porque odia a toda la humanidad. El odio es el sentimiento que ha sentido toda su vida. Vuelve a París, al mercado donde nació, donde se vacía sobre su cuerpo toda la botella de perfume que había fabricado. Los pobres y miserables de la zona pensaban que estaban ante la presencia de un ángel y acabaron devorándole, felices, afortunados y satisfechos.

El *best seller* alemán

Sabemos muy poco de las motivaciones y la inspiración del autor alemán Patrick Süskind (Ambach, 1949) cuando escribió *El perfume* (1985), una obra que ha sido traducida a 46 lenguas y ha vendido más de quince millones de copias. Süskind estudió historia medieval y moderna en la Universidad de Múnich y dedicó gran parte del primer lustro de la década de los ochenta a escribir guiones televisivos y producir el monólogo teatral *El contrabajo* (1981), con gran éxito en Alemania. Tras el éxito de su obra maestra, Süskind ha escrito tres novelas más con diversa acogida, pero ha rechazado varios premios de literatura, no aparece en público y rara vez concede entrevistas. Los dos temas que se pueden apreciar en la novela son el amor y la muerte. Su personaje renuncia al amor para crear el perfume perfecto que se ha elaborado con la muerte de 25 jóvenes. *El perfume* es una novela compleja, a medio camino entre la parodia, el realismo mágico, la picaresca, la Bildungsroman o novela de aprendizaje y el *thriller* de crímenes.

En 2006 se llevó la novela al cine en una producción europea rodada en Croacia y Cataluña. El director sería el alemán Tom Tykwer, con el joven actor británico Ben Whishaw haciendo de Grenouille en uno de sus primeros papeles, arropado por actores de la talla de Dustin Hoffman, John Hurt o Alan Rickman.

JIGSAW

El señor de los puzzles

(de la saga *Saw*)

«QUIERO JUGAR A UN JUEGO.»

John Kramer era un ingeniero civil que tenía una clínica con su mujer Jill Tuck. El lema de la clínica era «aprecia tu vida» y los Kramer vivían felices hasta que Jill perdió al niño que estaban esperando. Sin poder recuperarse de este trauma, a John le encontraron un tumor cerebral inoperable, dándole menos de un año de vida. Agobiado por su condición, intenta suicidarse en un accidente de coche. Sobrevive de milagro y para salir del coche destrozado tiene que sacarse una barra de metal de su abdomen. Entonces tuvo una epifanía. Comenzó a apreciar su propia vida y decidió dedicarse a enseñar a los demás que deben tener voluntad de vivir, aunque fuera amenazándolos con perder su vida. Kramer es un experto en dispositivos mecánicos con engranajes, cuerdas y contrapesos. Elige metódicamente a sus víctimas por diversos perfiles de culpabilidad o pecado y les propone un pequeño juego: intentar huir de las trampas mortales que prepara para ellos. Trampas pacientemente dispuestas con pruebas mortales que normalmente acaban con la vida de la persona que no es capaz de infligirse dolor, confesar sus crímenes o hacer lo que le pide Billy, la marioneta que John utiliza como *alter ego*. Jigsaw no se considera un asesino, no quiere que se muera nadie, sino que se rediman de sus pecados o sus culpas.

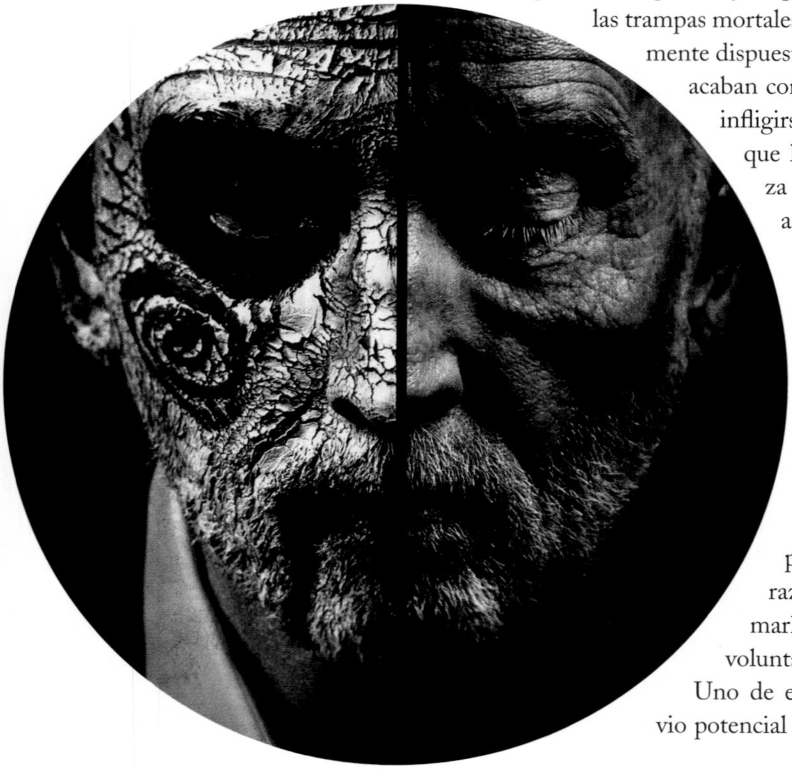

Kramer realiza varios juegos secuestrando a seis u ocho personas atrapadas en trampas muy sofisticadas, algunas de ellas implican que habrá cooperación entre las víctimas. A quien no consigue escapar con vida de sus trampas le quita un trozo de carne con forma de pieza de puzzle, como si a ese cuerpo le faltara una parte esencial: su voluntad de vivir. Por esta razón, la prensa y la policía comienza a llamarle Jigsaw. Pocos son los sujetos que tienen voluntad suficiente para completar sus juegos. Uno de ellos es la joven Amanda Young. Kramer vio potencial en la joven y la convirtió en su pupila, ex-

plicándole sus métodos y motivos. Pero ella no sigue las enseñanzas de Kramer y se convierte en una cruel asesina, considerando a todas sus víctimas culpables y manipulando las trampas. Cuando Kramer no puede continuar por culpa de su cáncer decide realizar un último juego, dándole otra oportunidad a Amanda. En esta ocasión secuestra a Jeff Reinhart y su esposa, la doctora Lynn Denlon. Jeff supera varias pruebas mientras que Lynn tiene que mantener a un Jigsaw moribundo con vida. Reinhart mata a Amanda y a Kramer, aunque lo podría haber dejado con vida. Por esta razón, la jugada final de Jigsaw era que el collarín trampa del cuello de la doctora Lynn se activase cuando su pulso dejara de latir, matándola. En una cinta también le confiesa que su hija está oculta en algún lugar con poco aire y tendrá que jugar otro juego para salvarla. Kramer continuaría con sus macabros juegos después de muerto, gracias a un microcasete que estaba escondido en su estómago.

El nacimiento del torture porn

El cine *gore* o *splatter* comenzó en los sesenta con *Blood Feast* (1963) y *Two Thousand Maniacs!* (1964), pero tuvo su momento de mayor éxito comercial a finales de los setenta y durante la década de los ochenta. En el año 2000, el gore había dejado de tener un impacto en la taquilla y era considerado de serie B o Z. Eso cambió con *Saw* (2004), de James Wan, y *Hostel* (2005), de Eli Roth. La crítica inventó un nuevo título para el *splatter* del nuevo siglo: *torture porn*. El director australiano James Wan (Kuching, 1977) y el guionista Leigh Whannell (Melbourne, 1977) eran dos amigos que habían acabado sus estudios de cine y buscaban un proyecto barato para rodar su primera película inspirándose en films de bajo presupuesto como *The Blair Witch Project* (1999) y *Pi* (1998). Necesitaban una película ambientada en un solo escenario con pocos actores. A Wan le gustaba la idea de dos hombres encadenados en un baño, con un cadáver en el suelo, que tenían que averiguar por qué estaban allí y cómo saldrían. Se les ocurrió el título *Saw* y desde esa escena desarrollaron el guion. La película costó poco más de un millón de dólares y recaudó cien en taquilla de todo el mundo. Se estrenó en Sundance con buenas críticas y la distribuidora Lions Gate la convirtió en su nueva gallina de los huevos de oro del terror.

La principal diferencia entre John Kramer, el juguetón Jigsaw, y el resto de psicópatas del cine es que él no mata, simplemente da una opción de sobrevivir a sus víctimas, buscando en su interior el instinto de supervivencia, normalmente con mucho dolor. El actor Tobin Bell haría de Kramer en las ocho películas que han sido estrenadas de la saga hasta la fecha y la voz en dos videojuegos. Como su personaje murió en *Saw III* (2006), dirigida por Darren Lynn Bousman, Bell ha encarnado al villano de las trampas mortales en diversos *flashbacks* en el resto de la saga. La serie de películas también son recordadas por Billy, la marioneta icono de Jigsaw, o por las famosas y espeluznantes máscaras de cerdo con las que Kramer cubre su cara cuando secuestra a su víctima.

JOKER
Divertida locura
(del cómic *Batman*)

«LA ÚNICA FORMA SENSATA DE VIVIR EN ESTE MUNDO ES SIN REGLAS.»

Nadie sabe muy bien cuál es el origen del Joker ni cuál es su nombre de verdad. El propio Payaso del Crimen ha comentado que si tuviera un pasado preferiría que fuera múltiple. Todos los que podrían reconocerlo están muertos hace décadas y ni el propio Batman ha podido averiguar nunca su identidad. Algunos dicen que se llamaba Jack, otros apuntan a Jack Napier y algunos lo señalan como Arthur Fleck. El mismo Joker ha dado algunas explicaciones sobre su piel blanca, su pelo verde y su malformación en los labios, siempre en un rictus de eterna sonrisa macabra, pero ninguna es cierta. La realidad es que el Joker era un criminal de poca monta que trabajaba para la banda de la Capucha Roja. No sabemos muy bien si era el líder o no, pero una noche, en el robo de una planta química, el justiciero de Gotham City Batman detuvo a muchos miembros de la banda y el Joker acabó cayendo accidentalmente en una cuba de productos químicos que le deformó piel, pelo y rostro.

Esos productos también podrían haberle vuelto loco, pero el mismo Joker afirma que en ese momento vio que la vida era una comedia y que lo único justo era el caos, que afecta a todo el mundo por igual. Decidió convertirse en un agente del caos, vistiendo como un payaso con un traje de color morado y organizando una banda de perturbados mentales para robar y asesinar. Su método favorito para matar es el conocido como Gas del Joker, un gas de color verde que en forma vaporosa mata a quien lo respire riendo sin parar entre grandes espasmos de dolor. También suele llevar una flor de broma que lanza ácido y un ingenio escondido en su mano que lanza descargas eléctricas que podrían carbonizarte. Batman lo ha detenido en más de una ocasión, pero el Joker siempre ha conseguido escapar del Asilo Arkham, atacando a varios miembros de la Batfamilia: dejando paralítica a Barbara *Batgirl* Gordon o matando a golpes a Jason *Robin* Todd. Cuando parecía que el Joker era un ser asocial y solitario, apareció en su vida la doctora en psiquiatría Harleen Quinzel, a la que convirtió en su novia y aliada Harley Quinn, en una relación demasiado tóxica donde era continuamente humillada, insultada y golpeada. Quinn acabaría abandonando al Joker, que quedó más psicótico que nunca. Batman y el Joker acabarían matándose mutuamente en las profundidades de Gotham, pero revivieron gracias a una fosa de Lázaro que dejó sin memoria al héroe y al villano.

El agente del caos

El villano más importante del Caballero Oscuro del Universo DC no fue creado únicamente por el que muchos consideran el único autor de Batman, el dibujante que siempre firmó su obra en solitario, Bob Kane (1915-1998), sino que tuvo tres padres. Aparte de Kane, quien vendió la idea de Batman a DC en 1939, el Joker, Comodín o Guasón, como se le conoce en América Latina, fue más idea de Bill Finger (1914-1974), que escribió los guiones del Hombre Murciélago, al que ayudó a crear, y Jerry Robinson (1922-2011), joven ayudante de Kane en el dibujo de las aventuras de Batman en la revista *Detective Comics*. Los dos siempre difirieron acerca de quién inspiró a quién. Finger mantiene que pensó en un villano para Batman cuando vio el deformado rostro del actor Conrad Veidt en *El hombre que ríe* (1928) y luego Robinson dibujó el naipe del Joker de la baraja francesa. Robinson mantiene que fue al revés. El Joker nacería como la némesis de Batman, un ser visualmente emocionante que se contrapusiera a la oscuridad del *alter ego* de Bruce Wayne. Alguien diabólico y siniestro como un payaso. Con el Joker, Batman tendría su propio Moriarty, estrenándose en el número 1 de la nueva serie *Batman* (1940). Pero la regulación del Comic Code de los cincuenta lo convirtió en un bromista gracioso que no cometía crímenes violentos.

En los setenta, el guionista Dennis O'Neil y el artista Neal Adams devolverían al Joker a su esplendor terrorífico en *Batman* 251 (1973), convirtiéndolo en un psicópata asesino de masas. Frank Miller y Klaus Janson, en *El regreso del Caballero Oscuro (*1986), y Alan Moore y Brian Bolland, en *La broma asesina* (1988), investigarían la extraña relación entre el Joker y Batman, pero serían Jim Starlin y Jim Aparo quienes convertirían al Joker en el villano más cruel matando a Jason Todd, el segundo Robin, en *Una muerte en la familia* (1988), serializada en la colección *Batman* #426-429.

El Joker se convertiría en un bufón gracioso en la serie de *Batman* (1966-1968), interpretado por un Cesar Romero que no quería afeitarse el bigote. Jack Nicholson sería el Joker del primer *Batman* (1989) de Tim Burton; el fallecido Heath Ledger dio su brillante versión psicótica en *El Caballero Oscuro* (2008) de Christopher Nolan; y el guapo Jared Leto sería un Joker *millennial* en *Escuadrón Suicida (*2016) de David Ayer. En 2019 se ha presentado una película más seria centrada únicamente en el Joker, dirigida por Todd Philips y magníficamente interpretada por un Joaquin Phoenix en estado de gracia. También merece destacar que el actor Mark Hamill le ha dado voz en diversas series de animación durante treinta años y Zach Galifianakis se la puso en *Batman: la LEGO película* (2017).

LEATHERFACE

La familia carnívora

(de la película *La matanza de Texas*)

«LA SIERRA ES LA FAMILIA.»

A finales de la década de los cuarenta, un bebé con malformaciones físicas y retraso mental fue abandonado en el basurero del Condado de Travis, Texas. Luda Mae Hewitt lo encontró y se lo llevó a su casa donde el bebé se crio con sus hermanastros, los Sawyer (Drayton, Nubbins y Chop-Top), sus dos abuelos y su tío Charles Hewitt, quien había matado al *sheriff* del condado y se hacía pasar por él como el Sheriff Hoyt. El bebé crece con el nombre de Thomas Hewitt, pero el gobierno cerró el matadero de la familia por falta de higiene en 1969. Como ningún mayorista de carne les servía, los Sawyer-Hewitt decidieron matar a los residentes del condado para hacer carne de barbacoa y sabroso chili que venden en condados vecinos, cocinados con esmero por Drayton, un gran chef que ha ganado dos premios del estado con sus deliciosos platos. Los huesos y la piel de sus víctimas las utilizan para hacer muebles y fundas. Cuando Thomas tenía diez años lo usaban como cebo para atraer a viajeros incautos. El niño creció y decidió tapar su malformación con una máscara creada por piel curtida de diversas víctimas. Siempre va cubierto con esa máscara y por esa razón se le conoce como Leatherface, cara de cuero.

En el fondo, Thomas es como un niño pequeño que actúa por orden de su familia, sus crueles hermanos y su estropeado abuelo. Es grande y fuerte y su arma favorita es una motosierra que esgrime con habilidad, capaz de destriparte en pocos segundos. Ha trabajado durante muchos años en el matadero humano de su familia y es capaz de desollar a un ser vivo en pocos minutos. Thomas es tratado con desprecio por su familia, que siempre le ha utilizado como un cebo o como un arma. Su deficiente cerebro no es capaz de encontrar amor en ninguna etapa de su vida y el resto del mundo no es más que ganado para alimentar a la familia, aunque también mata en defensa propia cuando se siente amenazado.

El psicópata de la motosierra

El director tejano Tobe Hooper (1943-2017) admitió en una entrevista que se le ocurrió la idea de un asesino con motosierra un día que estaba haciendo una enorme cola en un supermercado que no avanzaba y se imaginó a un maniático abriéndose paso con una motosierra. Junto a su amigo, el guionista Kim Henkel (Virginia, 1946), Hooper acabó el guion de *La matanza de Texas* en tres semanas. Henkel se inspiró en el asesino en serie Ed Gein, como muchos autores de ficciones sobre psicópatas, pero también le llamó la atención la moralidad de Elmer Wayne Henley, un adolescente que le conseguía víctimas al pederasta y asesino Dean Corll por 200 dólares el niño. Esa parte de cebo de caza del *psycho-killer* le fascinó y la introdujo en el principio del guion con el autoestopista. La película se estrenaría en 1974, siendo un gran éxito.

Gran parte del perfil de Leatherface se lo debemos al actor Gunnar Hansen. Fue él quien decidió que el asesino de la motosierra tenía que tener una especie de retraso mental y que tenía que ser como un niño muy grande asustado por su familia. El rodaje para Hansen fue un infierno, con sesiones maratonianas de doce horas a 38 grados cubierto por la mítica máscara de piel humana. Hooper se hizo cargo de la secuela más divertida de 1986 con Dennis Hopper como protagonista y Bill Johnson como Leatherface. La saga tuvo dos partes más y varios *reboots* y precuelas. La última se estrenó en 2017 y se titulaba simplemente *Leatherface*. Aparte de Hansen y Johnson, han hecho de Thomas Sawyer varios actores, como R. A. Mihailoff, Andrew Bryniarski, Dan Yeager o Sam Strike. Su historia original y su nombre también han sido modificadas en *reboots*, precuelas, libros y cómics.

MICHAEL MYERS

El alma de Halloween

(de la película *Halloween*)

«LO QUE HABÍA TRAS SUS NEGROS OJOS ERA PURA Y SIMPLE MALDAD.»

Michael Myers nació en una familia normal en el pueblo de Haddonfield, Illinois, pero algo no debía de funcionar muy bien dentro del cerebro del niño. Antes del asesinato de la noche de Halloween de 1963, Michael comenzó a escuchar voces que le incitaban a matar. Esa noche de vigilia de todos los santos, el joven Myers de seis años de edad vio como su hermana mayor Judith y su novio fornicaban en el sofá de casa mientras sus padres estaban fuera. Cuando el novio de su hermana se fue, cogió un cuchillo grande de la cocina, subió a la habitación de Judith y la acuchilló salvajemente 17 veces. Intentó huir de casa pero fue apresado por sus padres. Al ser tan joven, el juez decidió internarlo en el Smith's Grove Sanatorium, un hospital psiquiátrico. Allí estuvo quince años encerrado a cargo del psiquiatra Samuel Loomis.

En 1978 huyó del hospital y volvió a su casa en Haddonfield. En su camino se encuentra con el dueño de una gasolinera, lo mata y le roba su mono azul de trabajo. En el pueblo acecha a las jóvenes Annie, Linda y Laurie Strode, adolescentes de 17 años como su hermana muerta que se preparan para la fiesta de Halloween. Myers tiene veintiún años cuando comienza a matar otra vez en el pueblo de Haddonfield. Mide dos metros de altura y esconde su rostro con una máscara blanca inexpresiva. Tras varios asesinatos, la joven Laurie y el doctor Loomis pudieron frenar al psicópata Myers. Aunque Loomis le disparó seis veces a quemarropa, la voluntad homicida de Michael sobrevivió y huyó. Strode fue ingresada en el Haddonfield Memorial Hospital y Myers la persiguió. Al final Laurie descubre que en realidad fue adoptada por los Strode y era la hermana pequeña de Myers. Por eso el asesino la busca para completar lo que empezó con seis años. Tras jugar al gato y el ratón por todo el hospital con

una serie de macabras muertes, el doctor Loomis hizo explotar a Michael Myers. Aunque nunca se llegó a encontrar el cuerpo. Laurie Strode sospecha que sigue vivo y volverá a por ella un día de estos ataviado con su inquietante máscara blanca.

El mal sin rostro

El productor Irwin Yablans vio *Asalto a la comisaría 13* (1976) del joven director neoyorquino John Carpenter (Carthage, 1948) y le propuso dirigir una película sobre un asesino en serie de niñeras. Carpenter y su mujer Debra Hill (1950-2005) escribieron un guion donde el mal no tuviera rostro, solo una máscara

inquietante sin sentimientos. Fue Debra quien propuso que la película sucediera en la noche de Halloween para justificar la máscara. El diseñador de producción Tommy Lee Wallace sería el encargado de realizar la máscara que definiría toda una generación de psicópatas de terror, siendo imitado por Sean S. Cunningham con la máscara de hockey de Jason Voorhees en *Viernes 13* (1980), la película que mejor supo aprovechar el éxito de Halloween. Para hacerla, compró en una tienda una máscara del Capitán Kirk de la serie *Star Trek*

por dos dólares que cubría totalmente la cabeza. Le quitó las patillas, le puso cejas más finas y la pintó de blanco. Un caso real influyó en la historia de Michael Myers. Carpenter visitó un centro psiquiátrico cuando estudiaba Psicología y se encontró con un niño de doce años con una mirada inquietantemente terrorífica. Parte de la impresión que le dio esa mirada sería verbalizada por Donald Pleasence en la película. Carpenter le pidió al actor Nick Castle que actuara como el androide de la película de ciencia ficción *Westworld* (1973), interpretado por Yul Brynner, un ser frío imparable.

Halloween (1978) costó trescientos mil dólares y recaudó setenta millones. En 1981, Hill y Carpenter hicieron un nuevo guion para una continuación, rodada por Rick Rosenthal, que empezaba justo donde acababa la primera, con los mismos actores, pero con Dick Warlock haciendo de Myers. A partir de la cuarta entrega de la serie, *Halloween 4: el retorno* de Michael Myers (1988), se introdujo un origen sobrenatural al villano no muy del agrado de los fans. En 1998 se estrenó *Hallloween H20*, de Chris Durand, como si fuera una continuación de *Halloween II*, sin tener en cuenta las cuatro secuelas anteriores. Rob Zombie hizo un *remake* de *Halloween* y *Halloween II* en 2007 y 2009. En 2018, en su cuarenta aniversario, se volvió a hacer un *reboot* de Myers con una continuación de la primera película cuarenta años después con guion y dirección de David Gordon Green. Jamie Lee Curtis firmó para hacer, otra vez, de Laurie Strode y Nick Castle volvería a su papel icónico de la historia del terror.

NORMAN BATES

Niño de mamá

(de la película *Psicosis*)

«EL MEJOR AMIGO DE UN MUCHACHO ES SU MADRE.»

Sam Bates falleció aplastado debajo de un estante de su garaje dejando viuda a su mujer Norma y huérfano al joven Norman. Esto es lo que dice el informe policial, pero la verdad es que fue asesinado por su hijo Norman cuando Sam atacó a su mujer por celos. Norma preparó el accidente pero su hijo no recordaba nada de lo que había hecho. Con el dinero del seguro de vida de su marido, Norma compró un motel de carretera en White Pine Bay, donde madre e hijo vivieron felices durante un tiempo. El joven Bates estaba perturbado mentalmente pero en vez de ser tratado, su madre le inculcó que las mujeres y el sexo eran cosas del demonio, y lo castigaba físicamente con dureza cuando le veía interesado en el sexo contrario. Todo cambió cuando su madre tuvo un amante, Joe Consedine. El joven Bates estaba muy celoso y envenenó a los dos con estricnina. Tras deshacerse del cuerpo de Joe, Bates embalsamó el cadáver de su madre. Allí nació la tercera personalidad de Norman, la

Madre, que se unió a la personalidad asustadiza del Norman crío y al joven Norman serio que llevaba el motel que había heredado de su madre. Nadie en el pueblo sabía que Norma estaba muerta porque Norman se disfrazaba de ella y la imitaba a la perfección.

Sus problemas comenzaron cuando se enamoró de una joven llamada Marion Crane, que había robado miles de dólares de su trabajo y se hospedó en el Bates Motel mientras huía. En aquella ocasión, la Madre hizo aparición y asesinó cruelmente a Marion en la ducha. La personalidad de Bates descubrió el cuerpo y, asustado, lo escondió en un pantano junto a su coche. La Madre volvió a aparecer para asesinar al investigador Milton Arbogast, que se había acercado demasiado a la verdad. Al final, Norman fue atrapado por la policía y condenado a cadena perpetua en un hospital psiquiátrico. Muchos doctores lucharon para que sanara y, finalmente, consiguió curarse. Tras veinte años recluido, le dieron el alta, pero se vio involucrado en varios asesinatos provocados por Lila Loomis, hermana de Marion, y Emma Spool, tía de Norman. Al final, Emma le confesó que ella en realidad era su madre. Bates terminó matándola y embalsamándola, mientras la personalidad psicótica de la Madre volvía a dominarlo para siempre.

Psicosis y Hitchcock

Aunque todos tengamos en mente la famosa película de 1960 dirigida por el gran cineasta del suspense Alfred Hitchcock y el rostro juvenil de un delgado Anthony Perkins, Norman Bates fue bautizado en la literatura antes que en el cine. El escritor y guionista de Chicago Robert Bloch (1917-1994) publicó en 1959 la novela *Psycho*, inspirándose en los asesinatos reales de Ed Gein, el Caníbal de Wisconsin, quien se estaba fabricando un traje de mujer de piel humana inspirado en una madre puritana

que siempre había dominado a su hijo. Bloch describió a Bates como un esquizofrénico con tres personalidades distintas, una de ellas cruel y asesina. El director británico Alfred Hitchcock (1899-1980) buscaba un libro para su última película con la Paramount y le encantó el toque malsano de la novela de Bloch. Tras *Con la muerte en los talones*, buscaba una historia truculenta tras haber visto películas de terror de serie B de William Castle y Roger Corman. Se decidió a grabar *Psicosis* en blanco y negro para que la sangre de la famosa escena de la ducha rodada con 78 tomas y 52 cortes no fuera tan desagradable. Pero Paramount no quería producir una película tan horrorosa, así que fue financiada por Shamley Productions, la productora de su programa de televisión *Alfred Hitchcock Presenta*.

Psicosis (1960) fue un éxito inmediato y volvió a colocar a Hitchcock en el trono de mejor director de suspense. Extrañamente, tuvieron que pasar 23 años para que tuviera una continuación, con Anthony Perkins haciendo de Bates en *Psycho II* (1983) de Richard Franklin. Perkins repetiría su papel dos veces más. En 1982, Robert Bloch publicó *Psycho II*, sin relación con la película, y acabaría entregando una tercera parte en 1990, *Psycho House*. En 1998, el director Gus Van Sant realizaría un experimento cinematográfico posmoderno arriesgado, volver a rodar *Psicosis* imantándola plano a plano a todo color. Norman Bates sería interpretado por Vince Vaughn. El experimento fue un fracaso de taquilla. En 2013 se estrenaría la serie *Bates Motel*, donde trata la juventud de Norman junto a su madre. Freddie Highmore hace de Norman Bates mientras que Vera Farmiga interpreta a su madre Norma. La serie tuvo cinco temporadas y cincuenta capítulos.

PATRICK BATEMAN

El capitalismo asesino

(de la novela *American Psycho*)

«CREO QUE MI MÁSCARA DE CORDURA ESTÁ A PUNTO DE CAER.»

Patrick Bateman es otro espécimen criado entre Long Island y el Upper West Side de Manhattan, con casa de verano en Newport y doctorado de la Harvard Business School. Un producto del capitalismo norteamericano de la década de los ochenta que fabricaba *yuppies* en masa con los mismos trajes, peinados y cuerpos cuidados en gimnasios y untados con las cremas faciales y corporales más caras del mercado. Sus padres se divorciaron cuando todavía estudiaba en la universidad y su madre cayó en una depresión de la que se recupera en un caro sanatorio. Su padre falleció y tiene un hermano, Sean, que estudia en el Camden College. Su vida parece perfecta: trabaja en adquisiciones en la prestigiosa financiera Pierce & Pierce, es rico, tiene novia y amante. Pero ni su vida, ni las drogas, ni el sexo, ni tener el mejor coche, el mejor peinado, un gran apartamento en el edificio donde vive Tom Cruise, los mejores equipos de audio y vídeo, o una colección de discos de new wave con todas las últimas novedades le alegra. De hecho, Bateman no siente nada, solo desdén y odio a sus amigos de facultad, sus compañeros de trabajo, la gente pobre o las prostitutas a las que contrata algunas noches. Bateman solo sabe odiar y quiere asesinar a todo el mundo. Su sentimiento de inseguridad y odio a sí mismo es tan grande que se suele frustrar fácilmente, cuando alguno de sus compañeros de trabajo tiene un coche mejor o una tarjeta de presentación con mejor diseño.

Bateman comienza a asesinar cruelmente a mendigos, prostitutas y hasta a algún compañero de trabajo del que tiene envidia, torturándolos y obteniendo placer sexual en la mutilación a mujeres. Hasta asesina a un niño en el zoológico. Algunas veces narra sus asesinatos en las comidas con sus amigos, pero estos creen que es una broma perversa y lo encuentran muy divertido. Solo Jean, la secretaria de Bateman, parece sentir algo real por él. Su inocencia le deja vulnerable y un día confiesa todos sus crímenes a su abogado Harold Carnes, sobre todo la muerte de su compañero de trabajo Paul Allen. Carnes lo considera una broma delirante, más que nada porque no considera a Bateman valiente para realizar esos actos y porque cenó con Allen en Londres un par de veces la semana anterior. Bateman no sabe si ha estado delirando el último año o si realmente es un *serial killer* impecable y peligroso.

El vacío consumista

En 2010, Bret Easton Ellis (Los Ángeles, 1964) admitió que Patrick Bateman no era una crítica destructiva de la cultura *yuppie* de los años ochenta y noventa. «Se inició con mi propio aislamiento y alienación en ese momento de mi vida. Yo vivía como Patrick Bateman. Había caído en un vació consumista que se suponía que me daba con-

THE
HEARSAL
CTORY
AEBZ 516

fianza y me hacía sentir mejor y bien conmigo mismo. Pero en realidad me sentía peor con el mundo y con mi vida. Así nació el personaje, no como un asesino en serie de Wall Street, sino como algo más personal y cercano a mi vida. Esto lo he estado admitiendo hace relativamente hace poco tiempo. Por eso siempre estaba tan a la defensiva cuando se publicó el libro.» Lo cierto es que *American Psycho* (1991) es una de las críticas más demoledoras que se han hecho al capitalismo y a la sociedad de consumo de los *yuppies* los ochenta y los noventa. Se ve que el primer borrador no tenía ninguna escena truculenta, pero Ellis quiso acentuar la psicosis de Bates hasta tal punto que al final del libro no sabemos si alguno de los horrorosos asesinatos que describe los hizo de verdad o no. Patrick Bateman nació en la anterior novela de Ellis, *The Rules of Attraction* (1987), como el hermano triunfador del protagonista Sean Bateman. También aparecería como personaje fantasmagórico de metaficción en la novela *Luna Park* (2005). Pero parte de la personalidad *yuppie* del personaje se formó en una cena con unos amigos de la facultad, todos trabajadores de Wall Street, con sus trajes iguales y su pasión por Donald Trump, un empresario de éxito en aquella época.

American Psycho tendría una película en el año 2000 dirigida por Mary Harron. Christian Bale hizo el papel de su vida interpretando excelentemente al pijo asesino. Casper van Dien haría de Bateman en la versión cinematográfica de *The Rules of Atraction* (2002) de Roger Avary, pero sus escenas no entraron en el montaje final. En 2013 se estrenó en Londres un musical basado en la novela de Bret Easton Ellis con Matt *Doctor Who* Smith como protagonista.

SWEENEY TODD

Venganza servida en un plato de pastel de carne

(del cuento *The String of Pearls*)

«TODOS MERECEMOS MORIR. INCLUSO USTED, SEÑORA LOVETT. INCLUSO YO.»

Benjamin Barker era un reconocido barbero del East End de Londres de mediados del siglo XIX que tuvo un desagradable encuentro con la justicia. El cruel y corrupto juez Turpin deseaba a la mujer de Barker y lo condenó injustamente a cadena perpetua en una colonia penal australiana para quitárselo de encima. Tras quince años de penurias, Barker consigue escapar y se embarca a Londres para cobrar venganza. En el barco encuentra consuelo en el joven Anthony, a quien rescató del mar y se hizo amigo suyo. Barker le cuenta muchas de sus penas al joven Anthony. Como fugado de la justicia de Su Majestad, Benjamin no puede utilizar su nombre y afirma llamarse Sweeney Todd. Vuelve a su antiguo barrio en Fleet Street y se

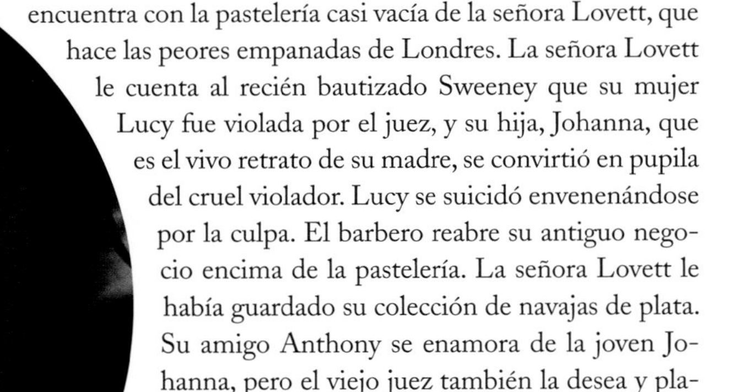

encuentra con la pastelería casi vacía de la señora Lovett, que hace las peores empanadas de Londres. La señora Lovett le cuenta al recién bautizado Sweeney que su mujer Lucy fue violada por el juez, y su hija, Johanna, que es el vivo retrato de su madre, se convirtió en pupila del cruel violador. Lucy se suicidó envenenándose por la culpa. El barbero reabre su antiguo negocio encima de la pastelería. La señora Lovett le había guardado su colección de navajas de plata. Su amigo Anthony se enamora de la joven Johanna, pero el viejo juez también la desea y planea casarse con ella.

Mientras planea su venganza, Todd mata a su exempleado Daniel O'Higgins, convertido ahora en el excéntrico barbero italiano Adolfo Pirelli, para que no le delate a las autoridades. Esconde el cuerpo y el juez entra para hacerse un afeitado. Todd está a punto de matarlo cuando es interrumpido por Anthony, que le pide al juez la mano de su ahijada Johanna. Tras fallar en su objetivo, Sweeney se vuelve loco y tiene una epifanía donde siente que todo el mundo es cruel y tiene que morir en sus manos con el cuello cortado en la silla del barbero. El cuerpo se utilizará como carne para los pasteles de la señora Lovett. Incluso crea un complicado juego de engranajes para que el cuerpo acabe en la olla del sótano de la pastelería tras pasar por una picadora gigante. Los pasteles de carne se convierten en un gran manjar para toda la gente del East End, sin saber que se están comiendo a sus vecinos. Al final, Todd acabó con la vida del juez, pero también, por error, de su esposa Lucy, que no se había suicidado y se había convertido en una mendiga loca por el veneno. Benjamin Barker acabó con la vida de la señora Lovett, quien le mintió sobre la muerte de su mujer porque le amaba. Al final, el propio Todd acabó con el cuello rebanado y su cuerpo en la picadora.

El barbero diabólico

Aunque hay mucha gente que quiera creer que la leyenda de Sweeny Todd, el diabólico barbero de Fleet Street, se basa en un personaje real que vivió en Londres entre finales del siglo XVIII y principios del XIX, la verdad es que el cuento de terror *The String of Pearls: A Domestic Romance* (1846) está más inspirado en la carne de rata o de algún animal doméstico que podías llegar a encontrar en los pasteles de carne de algunos establecimientos londinenses de aquella época. El cuento publicado en los conocidos *penny dreadful*, seriales de un centavo, era anónimo, pero se le atribuye tanto al autor James Malcolm Rymer (1814-1884) como a Thomas Peckett Prest (1810-1859), dos escritores que producían cuentos espeluznantes para la famosa editorial de Edward Lloyd. *The String of Pearls* se convirtió en una obra de teatro en 1847, siendo un gran éxito en Londres. Se hicieron diversas adaptaciones para teatro en 1865, 1924 y 1962, pero fue la versión de 1973 del dramaturgo británico Christopher Bond la que unió parte de la historia cruenta de un barbero asesino que utilizaba la carne de sus víctimas como relleno de los pasteles de la señora Lovett del cuento original con parte del argumento de *El conde de Montecristo* (1844) de Alejandro Dumas.

Esta dramatización serviría de base al conocido musical *Sweeney Todd: El diabólico barbero de la calle Fleet* (1979) de Hugh Wheeler y Stephen Sondheim. Musical que ganó tres Tony en 1980 y un Olivier al mejor nuevo musical. El actor Len Cariou haría de Sweeney Todd, mientras Angela Lansbury interpretaría a la señora Lovett. En 1995 se estrenó una versión catalana en Barcelona con Constantino Romero haciendo de Sweeney Todd. Por una vez, el barbero y Darth Vader tuvieron la misma voz. El musical ha tenido diversos renacimientos: 2004 en Broadway y 2012 en el West End de Londres, con bastante éxito de público. Aunque en el cine el barbero ha aparecido en las películas mudas de 1926 y 1928, más la conocida versión de 1936 dirigida por George King con Tod Slaughter como Sweeney Todd, el público más joven suele recordar la versión cinematográfica del musical rodada en 2007 por Tim Burton con un solvente Johnny Depp como el barbero diabólico, con otro de sus extravagantes peinados, y Helena Bonham Carter como la señora Lovett. Depp fue nominado al Oscar por este trabajo.

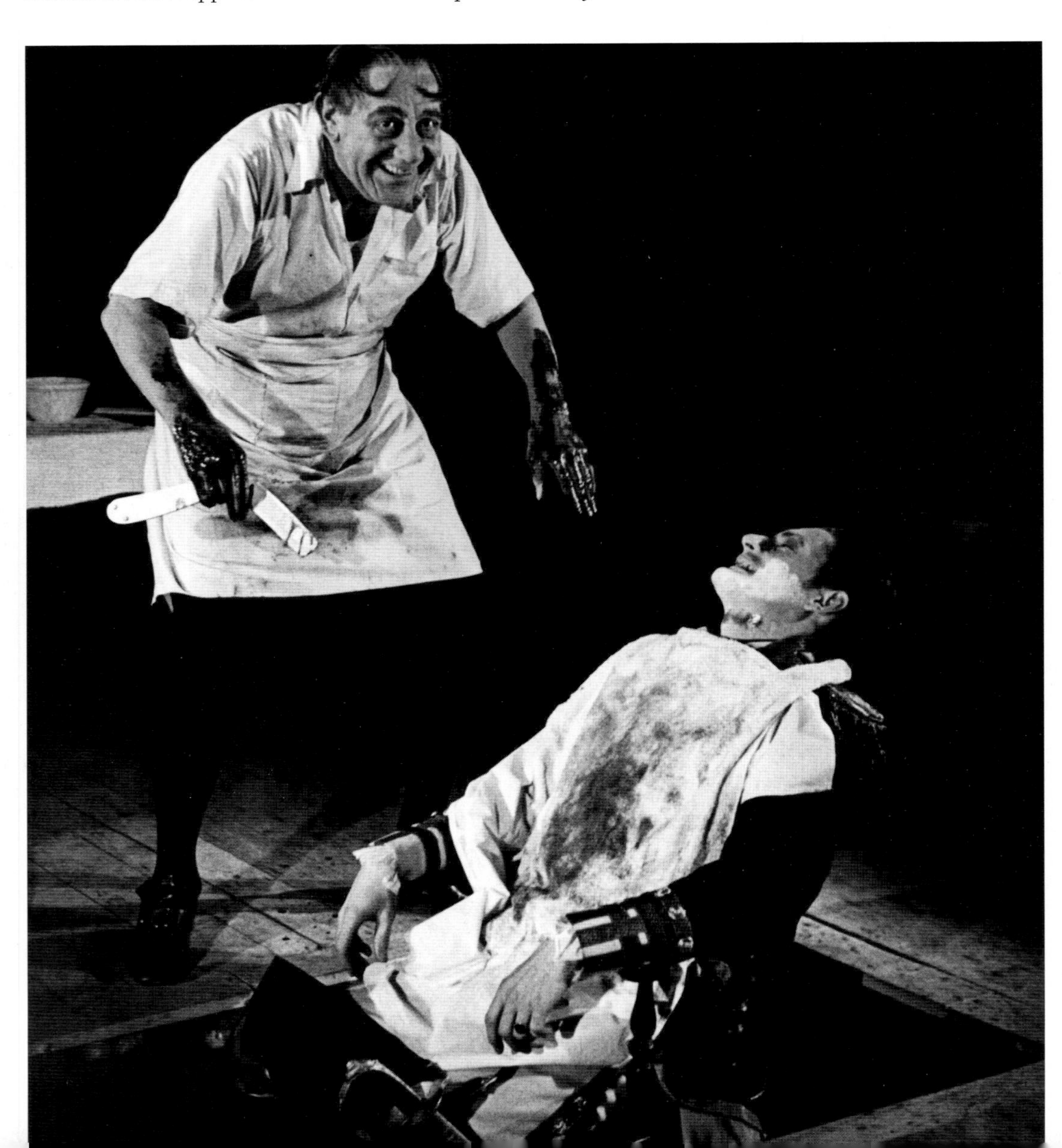

VILLANOS Y MENTES PRODIGIOSAS

El mal más peligroso

BANE

Doblegar al murciélago

(del cómic *Batman*)

«¡YO NO SOY UN NIÑO RICO DISFRAZADO! ¡YO SOY BANE!»

Bane es uno de los terroristas internacionales más peligrosos del mundo, no solo por su inteligencia propia de un genio, su memoria fotográfica y el dominio de varios idiomas, que lo convierten en un experto en análisis táctico e infiltración, sino también por su fiereza y fuerza, que aumentada con los superesteroides que le proporciona la droga Venom lo sitúan a niveles sobrehumanos, con gran resistencia y velocidad. Cuando Bane se inyecta una dosis saludable de Venom es capaz de levantar unas dos toneladas y destrozar paredes de hormigón con sus puños desnudos. Bane tiene cierta predilección por el cruzado de la capa Batman y su ciudad Gotham City, a la que ha atacado en más de una ocasión.

El joven Bane se crio encerrado en las jaulas más oscuras y profundas de la prisión Peña Dura de la república caribeña de Santa Prisca. Fue aprisionado allí por culpa de su padre, sir Edmund Dorrance, un revolucionario de origen británico que huyó de la isla abandonando a su hijo. Más tarde se convertiría en el Rey Serpiente de la organización terrorista mundial Kobra. La justicia dictatorial de Santa Prisca consideró que el muchacho tenía que cumplir la condena de su padre y fue confinado en las mazmorras más profundas que se solían inundar con las mareas, lo que lo obligaba a nadar por su vida cada noche de su infancia. Bane cometió su primer asesinato a los ocho años, lo que le ganó el respeto de toda la comunidad criminal de la isla prisión. También se educó leyendo todos los libros que encontraba y tomando clases de un anciano sacerdote jesuita. Cuando era adolescente, el alcaide de Peña Dura le ofreció reducir su pena si se presentaba voluntario a una prueba para una droga llamada Venom. Casi muere con el experimento, pero se convirtió en un ser mucho más fuerte y adicto a la droga que, para evitar el dolor de la abstinencia, necesita suministrarse diariamente bombeándola directamente en su cerebro.

Knightfall

Bane escapó pronto de Peña Dura, convirtiendo la cárcel en su isla particular y centró su objetivo en Gotham City, un lugar que tenía fama de ser el más peligroso del mundo y ni siquiera su «rey», Batman, podía dominar. Bane pretende demostrar que él es más fuerte e inteligente que el murciélago y dominar la ciudad en pocas semanas. En un principio no se enfrenta directamente al Caballero Oscuro, sino que derriba los muros del Asilo Arkham, dejando escapar a algunos de los dementes y criminales más peligrosos de Gotham. Tras varios días persiguiéndolos noche y día, Bruce Wayne, el hombre tras la máscara de Batman, está

exhausto, oportunidad que aprovecha Bane para luchar contra él, rompiéndole la espalda. Hasta la fecha, Bane es el único oponente que ha podido doblegar al murciélago tanto mental como físicamente.

No tardaría Batman en vengarse de su nuevo oponente. Pero Bane volvió con todo un ejército con la intención de robar una bomba nuclear para poner en jaque a la ciudad de Gotham. Esta vez no fue el Caballero Oscuro quien se interpuso en su camino, sino la sociedad secreta conocida como Tribunal de los Búhos, compuesta por la flor y nata de la ciudad que viene manipulando el destino de sus habitantes desde hace trescientos años. Bane pudo curarse de su adicción a Venom en la prisión de Blackgate, convirtiéndose en un hábil aliado de villanos como el Pingüino, el profesor Pyg o Ra's al Ghul. Ahora no dispone de la fuerza increíble que le proporcionaba los superesteroides, pero está más centrado que nunca y sus objetivos siguen siendo bastante claros: acabar con Batman y convertirse en el rey de Gotham City.

El villano que acabaría con el Caballero Oscuro

A principios de los noventa dos villanos acabarían con Superman y Batman. Pero no se trataba de viejos villanos conocidos, sino dos creaciones nuevas: Doomsday, en el caso de Superman, y Bane, para Batman. En esos días, en las oficinas de DC los equipos creativos y editores de los dos grandes superhéroes de la casa echaban humo. Aunque los padres de Bane, el villano que rompería la espalda a Batman en *Knightfall* (1993-1994) eran los guionistas Chuck Dixon (Filadelfia, 1954) y Doug Moench (Chicago, 1948), con diseño del dibujante Graham Nolan (Long Beach, 1962), el creador del concepto de toda la saga y sus motivaciones fue obra del prestigioso guionista y editor Dennis O'Neil (St. Louis, 1939), quien ya había creado la república de Santa Prisca y la droga Venom en la serie *The Question*. El objetivo de *Knightfall*, y sus continuaciones *Knightquest* y *KnightsEnd*, era crear a un nuevo Batman, uno más duro y noventero, al estilo de los héroes mutantes de la Marvel de Jim Lee o Rob Liefeld. Surgía un nuevo villano, Bane, que rompía al viejo héroe, Batman. Éste daba su testigo al joven Jean-Paul Valley, que se convertía en un Batman con armadura mucho más violento. Al final, el viejo Bruce Wayne volvería curado para recoger el manto del Caballero Oscuro, demostrando que el antiguo héroe era mucho mejor que los jóvenes cachorros de los noventa.

Como en *La muerte de Superman*, los números de *Batman, Detective Comics* y varias series más del Hombre Murciélago fueron un éxito de ventas, convirtiendo a Bane en uno de los villanos más importante de la moderna mitología de Batman. Lástima que su primera aparición en el cine fuera en la desastrosa *Batman*

y Robin (1997) de Joel Schumacher, interpretado por el luchador Jeep Swenson poco antes de morir. En la película obviaron la inteligencia de Bane, convirtiéndolo en un secuaz descerebrado. El auténtico Bane, el de los cómics, volvería al cine con fuerza protagonizando *El Caballero Oscuro: la leyenda renace* (2012) de Christopher Nolan, brillantemente interpretado por Tom Hardy y vinculado con la Liga de las Sombras de Ra's al Ghul. Bane volvería a aparecer con un nuevo pasado muy parecido al de 1993 en *Batman: The Dark Knight Vol 2* #6 en 2012, obra de los escritores Paul Jenkins y Joe Harris con arte de David Finch. Actualmente, Bane es el villano central de los 85 números del Batman Vol 3 del guionista Tom King, uno de los cómics más vendidos de DC.

MONTGOMERY BURNS

Miseria multimillonaria

(de la serie *Los Simpson*)

«¡SMITHERS, LIBERE A LOS PERROS!»

Charles Montgomery Plantagenet Schicklgruber Burns, más conocido como Monty Burns, es uno de los hombres más ricos de Estados Unidos y del mundo. Su fortuna está valorada por la revista *Forbes* en más de mil ochocientos millones de dólares. Pero durante un periodo largo de crisis económica se redujo a unos míseros 996 millones de dólares, cosa que hizo que fuera expulsado del prestigioso Camping de los Multimillonarios durante un año, algo que no le sentó demasiado bien. Monty Burns es el dueño de casi todos los grandes negocios de la ciudad norteamericana de Springfield, gracias a los jugosos beneficios que obtiene con su central nuclear, que suministra energía a dos estados. Entre sus posesiones se encuentran todos los grandes estadios de deportes de la ciudad, el monorraíl, casinos, óperas, la escuela elemental o la prisión. También destaca por comprar cualquier negocio boyante que pueda suministrar energía limpia a la ciudad de Sprinfield para desmontarlo rápidamente y que no le haga la competencia.

Burns nació en 1886 en el norte de Estados Unidos, de padres inmigrantes escoceses e infancia feliz junto a sus once hermanos. Pronto sintió el gusanillo del dinero y huyó de casa para vivir con su abuelo, el coronel Wainwright Montgomery Burns, quien modeló al chico a su cruel manera, convirtiéndolo en un ser insensible a las precarias condiciones de vida de los demás. Heredó el molino de átomos de su abuelo, un precedente de principios de siglo de la energía nuclear, después de que sus hermanos murieran en circunstancias sospechosas. Muchos creen que fueron los lacayos de Burns quienes acabaron con la vida de sus parientes. En 1914, se graduó en la Universidad de Yale, donde había ingresado en la prestigiosa hermandad Skull and Bones. También escribió su famoso libro *Los peldaños de la crueldad*, una guía para convertirse en millonario aplastando a tus competidores y maltratando a tus trabajadores.

Flirteos con el nazismo

En 1939, Burns se unió a las SS cuando Hitler invadió Polonia, pero desertó rápidamente huyendo de Alemania. En 1941, se alistó en el ejército de los Estados Unidos, luchando en las Ardenas a las órdenes del sargento Abraham Simpson II. En 1968, abrió la planta de energía nuclear de Springfield, negocio que, milagrosamente, ha pasado todas las inspecciones de seguridad hasta la fecha gracias a las cuantiosas multas que paga. Burns es increíblemente codicioso y tacaño. Su deporte favorito es soltar sus perros asesinos a los integrantes de diversos proyectos de caridad que tienen la desgracia de picar al timbre de su casa. Al ser extremadamente rico, también es extremadamente caprichoso y extravagante: en su grandiosa mansión de Middle Hampton hay una sala con un ajedrez de tamaño real donde están encerradas día y noche figuras humanas esperando a que él juegue con ellas. Trabajadores muy mal pagados, por cierto, como todos los operarios de su central nuclear. Pese a tener tanto dinero, Burns es increíblemente tacaño y no es capaz de recompensar las buenas acciones de la gente que trabaja para él. La vez que más se deprimió fue cuando tuvo que pagar 56 millones de dólares por 342 infracciones de seguridad de su central nuclear. Una de sus ideas más brillantes fue construir un gigante bloqueador solar para sumir a Springfield en la oscuridad, condenándolo a una noche eterna y asegurándose un consumo de energía constante. Actualmente, Burns ha sobrepasado los cien años de edad, pero los grandes avances médicos y transfusiones de sangre diaria lo mantienen en marcha, atesorando cada dólar que gana con avaricia.

El dueño de Springfield

Montgomery Burns es uno de los primeros personajes creados por Matt Groening (Portland, 1954) para su serie de televisión *Los Simpson* en el episodio piloto de la primera temporada de la serie, el *Especial de Navidad de los Simpson: Rostiéndose a fuego lento*, emitido en diciembre de 1989. Groening definió a Burns como «la encarnación de la codicia corporativa de Norteamérica» y tiene diversos padres. Groening se inspiró en el magnate petrolero John D. Rockefeller y el magnate naviero noruego Fredrick Olsen. El animador David Silverman (Nueva York, 1957) se inspiró en el dueño de la Fox, Barry Diller, con su cuerpo de mantis religiosa. Aunque a lo largo de la serie se han establecido paralelismo con otros magnates, como Howard Hughes o el ficticio Charles Foster Kane de *Ciudadano Kane* (1941) de Orson Welles. Burns, como Springfield, es hijo de Portland, la ciudad de Groening. Su nombre viene de la tienda Montgomery Ward y la calle Burnside, una de las calles principales de Portland. El primer nombre de Charles se lo dieron por, evidentemente, Charles Foster Kane. Aunque hay quien señala que su nombre y apellido aluden al autor de cómics Charles Burns, autor de *Agujero negro* y amigo de Matt Groening.

Aunque en un principio se contase con la voz del actor Christopher Collins en los cuatro primeros capítulos de *Los Simpson* donde Burns salía, fue reemplazado por Harry Shearer, quien lleva treinta años poniendo voz al malvado multimillonario de Springfield. Shearer se inspiró en el actor Lionel Barrymore y el presidente Ronald Reagan para el tono áspero y autoritario de Burns. El actor de doblaje afirma que «Burns es pura maldad».

DON CRISTAL

La mente maestra creadora de héroes y villanos

(de las películas de M. Night Shyamalan)

«¿SABES CÓMO PUEDES SABER QUIÉN ES EL VILLANO EN LOS CÓMICS? ÉL ES EXACTAMENTE LO CONTRARIO DEL HÉROE, Y MUCHAS VECES SON AMIGOS, COMO TÚ Y YO.»

El joven Elijah Price nació en la trastienda de una tienda de moda de Filadelfia en la década de los setenta. El médico que atendió su parto de urgencia no podía creer lo que sostenía entre los brazos. El bebé no paraba de llorar y el joven doctor comunicó a su madre que había nacido con las piernas y brazos rotos. Price nació con osteogénesis imperfecta tipo I, un raro trastorno genético que convierte sus huesos en extremadamente frágiles. Cualquier golpe o caída puede romperlos como si fueran de cristal.

Sufrió abusos durante toda su infancia por culpa de su extraña enfermedad y nunca pudo adaptarse a una vida normal. Los niños de su clase se burlaban de él llamándole Don Cristal, mote que luciría con orgullo más adelante. Su madre quería que su hijo se olvidase de su triste existencia y le regaló un cómic de superhé-

MG

MG

roes. Un rico mundo de cuatricromía, fantasía, ciencia ficción y poderes increíbles se convirtió en religión para el joven Price, quien comenzó a estudiar la influencia de la mitología y el inconsciente colectivo en la creación de los mitos modernos protagonizados por los superhéroes.

Parte de este racionamiento más propio del estudio de la literatura arraigó fuertemente en su cabeza adolescente. Si había alguien tan frágil en el mundo como él, a la fuerza tenía que haber alguien más fuerte, con unos huesos irrompibles y que no enfermara nunca. Mientras regentaba su galería de originales de cómics llamada Edición Limitada, su obsesión le llevó a investigar accidentes en todo el mundo, para ver si alguien había sobrevivido milagrosamente a increíbles desastres. Cuando no encuentra pruebas sólidas, su frustración le incita a causar él mismo esos accidentes a lo largo de Estados Unidos. Tras provocar un incendio en un gran edificio y un accidente de avión con cientos de muertos, Price encuentra lo que busca en su siguiente matanza. Un único superviviente de un choque de trenes en el que mueren ciento treinta personas entre pasajeros y tripulantes.

David Dunn, el superviviente, considera a Elijah un pobre loco friqui de los cómics cuando éste contacta con él, pero poco a poco se irá convenciendo de que en realidad se trata de un hombre que tiene un cuerpo casi invulnerable. Cuando Dunn abraza su condición de héroe local, descubre que Elijah ha sido el causante de tantas muertes y desgracias, y termina denunciándolo a la policía. Price, quien ya ha asumido su papel de gran villano en esta historia revelándose a Dunn y el mundo, es internado en el hospital psiquiátrico Raven Hill Memorial, del que intentaría escapar unas cuantas veces gracias a su gran inteligencia, fracasando en todas. Debido a sus muchos intentos de fuga, los doctores lo tienen fuertemente sedado.

Su encuentro con la Bestia

Tras pasar casi veinte años internado, su oportunidad de revelar su plan de descubrir a gente poderosa en un mundo que no cree en ellos llega cuando ingresan en su mismo hospital a Kevin Wendell Crumb, un paciente con 24 personalidades distintas, y a su antiguo amigo David Dunn. Los tres son tratados por la Dr. Ellie Staple, que intenta convencerlos de que tienen un trastorno mental en el que se creen superhéroes. Pero Don Cristal está interesado en una de las personalidades de Kevin, La Bestia, un ser monstruoso que adquiere fuerza y ferocidad inhumanas. Un lúcido e impecable Elijah liberará a La Bestia y solo el pobre Dunn, a quien la prensa llama El Protector, puede pararlos.

La obsesión de Elijah por su cruzada por la búsqueda de superhéroes es impecable y obsesiva. No solo su loca campaña exige ciertos accidentes mortales multitudinarios cada cierto tiempo, sino que es capaz de quedarse en silla de ruedas durante toda su vida en un aparatoso accidente para demostrar que los poderes de David son de verdad. Aparte de su gran inteligencia para poner bombas o manipular aparatos electrónicos o informáticos, Don Cristal es un maestro de la manipulación, con un carisma capaz de convencer a la misma Bestia. Para conseguir sus fines puede asesinar a sangre fría con sus propias manos. Elijah no se disculpa por sus acciones, ni cree que sus crímenes sean injustificados.

La trilogía irrompible

Tras triunfar en todo el mundo con su película de terror psicológico *El sexto sentido* (1999), el director norteamericano de origen indio Manoj Nelliyattu Shyamalan (Mahé, 1970), más conocido como M. Night Shyamalan, se puso rápido a planificar su nuevo film, inspirado en los cómics de superhéroes. *El protegido* (2000), traducción de *Unbreakable*, nació como la típica película de supers con su origen, su descubrimiento y su lucha final contra el villano, pero a Shyamalan le interesaba mucho más contar el origen y se centró en ello. De hecho, tras las dos horas largas de la película, ésta acaba donde empezarían otras. Protagonizada por Bruce Willis, como el poderoso David Dunn, y Samuel L. Jackson, como el inefable Elijah Price/Don Cristal, *El protegido* fue otro gran éxito cinematográfico del director indio que partía de una sinopsis muy sencilla: «¿Y si lo cómics de superhéroes tuviera una premisa real?». Inspirándose en las teorías del monomito del antropólogo Joseph Campbell, que define un modelo para todos los relatos épicos y mitológicos del mundo, el personaje de Jackson buscaba una explicación a su dolor basada en descubrir y convertirse en el antagonista del héroe. El villano descubre al héroe y se hace amigo suyo. Una idea diferente en el cine de superhéroes que convirtió a la cuarta película de Shyamalan en uno de sus mejores exponentes.

El retorno de David Dunn

Tras una carrera con altibajos, el director de *El bosque* volvió a convencer a la crítica con *La visita* (2015), una notable película barata de terror psicológico. Pero su fama volvería a subir enteros gracias a *Múltiple/Split* (2016), un film sobre un psicópata con diversas personalidades protagonizado por un James McAvoy insuperable. Una de esas personalidades, La Bestia, parecía tener poderes sobrenaturales. La sorpresa saltaría al final, como casi siempre en las películas de Shyamalan, cuando en los planos finales suena la banda sonora característica de *El protegido* y sale Bruce Willis haciendo de David Dunn. Si la primera era el origen de un superhéroe, *Split* es el origen de un supervillano.

Los tres personajes creados por Shyamalan (Don Cristal, El Protector y La Horda/La Bestia) volverían a coincidir en la tercera y última parte de la trilogía: *Glass* (2019), una película que debía estar dirigida a mayor gloria de Samuel L. Jackson, que le da nombre, pero en realidad se reparte coralmente entre los tres héroes/villanos y sus familiares/amigos. Aunque el villano, magníficamente interpretado por un Jackson magnético en cada aparición, termina siendo el gran cerebro que manipula a todos a su antojo desde su silla de ruedas en su anhelo de descubrir al resto del mundo a esos seres poderosos que viven entre nosotros.

DORIAN GRAY
La fuente de la eterna juventud
(de la novela *El retrato de Dorian Gray*)

«DETRÁS DE TODA BELLEZA HAY ALGO TRÁGICO.»

El pecado del joven lord británico Dorian Gray no comenzaría con él, sino con su madre. Hija de lord Kelso, una familia de buena fortuna de Londres de finales del siglo XIX, la madre de Dorian, Margaret Gray, se enamoró de un soldado de ascendencia griega, muy guapo pero sin fortuna. Pese al consejo de su padre, que quería casarla con un lord, se escapó de casa con su joven amante. Lord Kelso no estaba de acuerdo con esta boda y mandó a un sicario a retar a duelo a su yerno Devereux. El criminal acabó con la vida del padre de Dorian, y Margaret, con más pena que vida, murió el mismo día del nacimiento de su hijo.

Lord Kelso no quería al joven Dorian, pero lo mantuvo como su único heredero por el recuerdo de su hija. Cuando este noble inglés falleció, Dorian Gray adquirió la fortuna de su abuelo, convirtiéndose en uno de los caballeros más guapos de Londres, admirado por muchas jóvenes casaderas de la alta burguesía y la nobleza de la capital del Imperio. Dorian se dedica a causas filantrópicas y tiene un corazón noble. Uno de sus mejores amigos es el famoso pintor Basil Hokan Hallward,

cautivado por su bello rostro. Hallward quiere plasmar en un lienzo la juventud, la belleza y la bondad de Gray. El cuadro acaba convirtiéndose en una de sus mejores obras.

Los problemas de Dorian comenzaron cuando en su vida entró otro amigo de Basil, lord Henry Wotton, un dandi noble de mala reputación en los círculos altos de Londres debido a su poco saludable modo de vida hedonista donde solo importa el placer de uno y la búsqueda de la belleza. Wotton, como Hallward, queda prendado del muchacho y lo lleva a fiestas y obras de teatro. El joven Gray se empapa de la alegre filosofía de lord Henry, y se convence de que la belleza es lo más importante de la vida. Una noche pide un deseo, ojalá el retrato pintado por Hallward envejezca antes que él. En una visita a un viejo teatro, Dorian se enamora de una joven actriz llamada Sibyl Vane, a quien corteja y propone matrimonio. La joven Vane se enamora de Dorian y le cuenta a su hermano y madre que está a punto de casarse con un príncipe encantador. Dorian invita a sus amigos a una representación de su amada de *Romeo y Julieta*, pero la joven se descentra interpretando muy mal a la bella Capuleto. Dorian, envanecido por la superficialidad del arte de lord Henry, rompe el compromiso con la pobre Sibyl por su imperfecta interpretación.

El retrato maldito

Cuando llega a casa, se da cuenta de que su retrato, de bella y serena sonrisa, presenta ahora una mueca de desprecio. Al día siguiente se da cuenta de su error y quiere hacer las paces con Vane, pero lord Henry le cuenta que la pobre actriz se ha suicidado con ácido. Desde aquel día, su retrato permanecerá oculto de la vista de todo el mundo, mientras se abandona a todos los vicios y perversiones ocultas, inspirado en una ponzoñosa novela francesa. Su amigo Basil está preocupado por él y le visita para convencerlo de que vuelva a ser el antiguo y adorable Dorian Gray de antaño, pero el joven noble entra en ira y apuñala a su amigo hasta matarlo.

Tras este cruel asesinato su cuadro seguirá mostrando los estragos del tiempo y sus pecados mientras él permanece tan lozano, bello y sereno como cuando tenía veinte años.

Pasan dieciocho años, y tras haberse encontrado con el hermano de la fallecida Sibyl Vane, Dorian decide renunciar a su vida de vicio y perversión para casarse con la joven y bella Hetty Merton, una campesina de las afueras de Londres. Cual será su sorpresa cuando descubre, viendo el retrato que tantas noches ha contemplado horrorizado que, en realidad, su gesto de ser mejor persona es una burda mentira, alimentado por la pura vanidad y la búsqueda de nuevas sensaciones intentando pervertir a otra joven. En un arranque de locura, Dorian apuñala su retrato. En la mansión de Gray un helado grito rompe la plácida noche, alarmando al servicio. En la habitación de su señor encuentran a un ser deforme, feo y maligno con un cuchillo en el corazón. A su lado se encuentra el retrato desgarrado del joven y bello Dorian Gray.

El moderno Fausto

Oscar Fingal O'Flahertie Wills Wilde (1954-1900) es uno de los grandes escritores en lengua inglesa del siglo XIX. Nacido en Dublín, Irlanda, Wilde destacó en poemas, ensayos, cuentos cortos y obras de teatro como *La importancia de llamarse Ernesto* (1895), *Salomé* (1891) o *Un marido Ideal* (1895). Aunque se considere un gran literato, Wilde solo publicó una novela en vida, *El retrato de Dorian Gray* (1890), una obra «vieja en la historia de la literatura a la que he dotado de nueva forma». El cuento moralista de Wilde trata de un joven noble narcisista en cuyo bello rostro ni la edad ni los estragos de su pasado hacen mella, manteniéndose siempre joven.

Inspirado en el *Fausto* de Goethe y con una estructura de cuento gótico moralista, como su *El príncipe feliz* o *El ruiseñor y la rosa* (ambos de 1888), Wilde armó una novela que era una fina sátira a la sociedad británica de finales del siglo XIX: una sociedad de pura fachada que ocultaba más de un fantasma en su armario, o un cuadro que se traga los pecados de su sociedad. Aunque lord Henry sea un dandi clásico de finales de siglo, su influencia es malinterpretada por el joven Gray, uno de los villanos más narcisistas de la historia de la literatura. Si el bello Narciso murió enamorado de su propio reflejo en el agua de una fuente, Wilde convirtió el frío y cruel narcisismo de su personaje en un cuadro maldito que iba envejeciendo y envileciendo con cada pecado de su dueño. Aunque Wilde moderó muchos pasajes homoeróticos de la relación entre lord Henry y Dorian, el libro tuvo bastante controversia en la época y sirvió como prueba de la acusación que llevó a Oscar Wilde a los tribunales de Londres acusado de homosexualidad e indecencia (delito en la sociedad inglesa de finales del siglo XIX). Juicio ejemplarizante que retuvo a Wilde dos largos y penosos años en la cárcel, de 1895 a 1897.

El retrato de Dorian Gray se convirtió en un clásico de la literatura británica tras la muerte de su autor, del cual comenzó pronto a haber versiones teatrales y películas, como la alemana *Das Bildnis des Dorian Gray* (1917) de Richard Oswald. La versión cinematográfica más famosa fue la dirigida en 1945 por Albert Lewin con el actor Hurd Hatfield poniendo sus bellas facciones al personaje de Wilde. La coproducción británica italiana de 1970 dirigida por Massimo Dallamano y protagonizada por Helmut Berger situó a Dorian en la actualidad. En el siglo XXI se ha rodado la moderna *Dorian Gray* (2009), protagonizada por Ben Barnes, con Colin Firth haciendo de lord Henry, dirigida por Oliver Parker. Aunque no saliera en el cómic original de Alan Moore y Kevin O'Neill, la versión cinematográfica de *La liga de los hombres extraordinarios* (2003) tenía a su propio y enfermizo Dorian Gray, interpretado por Stuart Townsend, quien venía de ser el rostro del vampiro Lestat en *La reina de los condenados*.

GORDON GEKKO
La perversión del dinero
(de la película *Wall Street*)

«LA CODICIA ES BUENA.»

Gordon Gekko comenzó a hacerse un nombre en el mundo de las finanzas de Nueva York cuando sus inversiones en bienes raíces comenzaron a darle pingües beneficios. Cuando entró con furia en el mercado financiero de Wall Street se convirtió en uno de los hombres más temidos de la economía norteamericana, un auténtico tiburón de las finanzas que se especializó en consolidar compañías financieras, exprimiendo las ganancias de grandes empresas casi desahuciadas y vendiéndolas en partes cuando ya no podía exprimirlas más. En los circuitos financieros de todo el mundo se le comenzó a llamar Gekko il Magnifico, todo lo que tocaba lo convertía en oro. Parte del ansia financiera de Gordon se debía a que se había criado en una familia pobre de Nueva York y había visto a su padre matarse en un trabajo en el que apenas cobraba nada. No fue a la universidad pero se educó consolidando diversos negocios hasta que pudo comprar un edificio de viviendas en el East End. Pasados dos años, lo vendió ganando cuatrocientos mil dólares. En menos de un año ya había duplicado esa cantidad. En 1985 se calculaba que Gordon Gekko tenía más de 600 millones de dólares en activos, pero su fortuna real se calculaba en billones solo en empresas y propiedades.

El secreto del éxito

Gran parte del éxito de Gekko se debía a su desmesurada ambición, su gran poder de persuasión y negociación y su inteligencia para retirarse o apostar a tiempo, pero también sabía encontrar vías adecuadas para obtener información privilegiada antes que sus competidores, algo prohibido en el mercado de valores de Estados Unidos. El Tesoro hacía tiempo que le perseguía, pero fue gracias a las pruebas de extrabajadores como Bud Fox o exsocios como Bretton James que pudieron echarle el guante. Gekko estuvo cinco años licitando y terminó cumpliendo ocho años de cárcel. El fiscal de Nueva York se tomó su caso como un ejemplo de castigo para todos los tiburones de Wall Street de finales de los ochenta. Gekko salió de la cárcel en el 2001 y escribió un libro llamado *¿Es buena la codicia?* que fue todo un éxito. El antiguo magnate era un fiero defensor del darwinismo social, como bien podemos apreciar en uno de sus discursos: «La codicia, a falta de una palabra mejor, es buena; es necesaria y funciona. La codicia clarifica y capta la esencia del espíritu evolutivo. La codicia en todas sus formas: la codicia de vivir, de saber, de amor, de dinero; es lo que

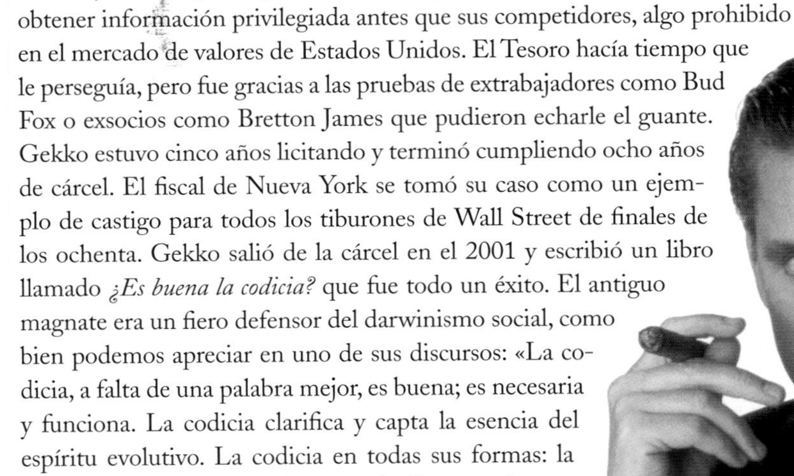

ha marcado la vida de la humanidad». Gekko supo ganarse al novio de su hija Winnie, Jacob Moore, quien quiere vengarse de Bretton James porque había difundido rumores falsos sobre la deuda tóxica de KZI, la empresa de su mentor Keller Zabel. Gekko aprovecha esta debilidad de Jacob para acercarse a su hija, pero también quiere los cien millones de dólares que están a nombre de Winnie en una cuenta de Suiza. Tras robar a Winnie y Jacob, Gordon aprovechó el crack financiero de 2008 apostando en empresas energéticas, metales preciosos y otros productos financieros alejados de las deudas tóxicas de las *subprimes* multimillonarias. En menos de seis meses, Gekko ganó más de 1.200 millones de dólares desde su oficina de Londres.

El dinero nunca duerme

Existe un papel en la vida de todo actor, un papel que le lanza a la fama y lo marca en el limbo de las estrellas de Hollywood para siempre. Para Michael Douglas (New Brunswick, 1944), ese papel es el de Gordon Gekko, protagonista y villano de la película *Wall Street* (1987) de Oliver Stone (Nueva York, 1946). Stone venía de ganar el Oscar al mejor director por *Platoon* (1986) cuando se le ocurrió una película sobre la bolsa de Nueva York a medio camino entre la novela alegórica de *El progreso del peregrino* (1678), de John Bunyan, y *Crimen y castigo* (1866), de Fiódor Dostoyevski. Llamó a su amigo Stanley Weiser para redactar el guion. Weiser se inspiró en la forma de hablar de Stone para modelar al tiburón de las finanzas Gordon Gekko: alguien que da mucha información muy rápido en poco tiempo. Stone se inspiró en la vida de su padre, Lou Stone, corredor de bolsa durante la Gran Depresión. Para Gekko, Stone y Weiser se inspiraron en varios magnates involucrados en escándalos de información privilegiada como Dennis Levine, Ivan Boesky y Owen Morrisey, amigo de Stone.

Aunque el papel de Bud Fox ya estaba apalabrado para ser protagonizado por Charlie Sheen, quien ya había actuado en *Platoon*, Gordon Gekko no tuvo un rostro claro durante la preproducción de la película, que cambió su título de *Avaricia*, de los primeros guiones de Stanley Weiser, a *Wall Street*. El estudio quería a Warren Beatty y Stone quería a Richard Gere, pero ninguno de los dos aceptó. Finalmente, Gekko sería interpretado por Michael Douglas, cuando nadie creía que podría hacerlo. Douglas ganó el Oscar, el globo de oro y el National Board al mejor actor y el David di Donatello de la Academia Italiana al mejor actor extranjero por este papel. En 2010, Stone y Douglas volvieron a las calles de Nueva York y a su codicioso protagonista con *Wall Street: El dinero nunca duerme*. Aunque sea una secuela menor, es interesante ver en qué se ha convertido Gekko durante la burbuja de las *subprimes* tóxicas de 2008.

HERBERT WEST

Vida más allá de la muerte

(de los cuentos de H. P. Lovecraft)

«¡MALDITA SEA, NO ESTABA BASTANTE FRESCO!»

Poco sabemos de la vida del doctor Herbert West antes de llegar a la Universidad de Miskatonic de Arkham a principios del siglo XX. Provenía de una familia de alta cuna de médicos de Rhode Island y llevaba la investigación y la medicina en su sangre como una herencia maldita. West destacó pronto en la universidad. Inspirado en los experimentos galvánicos con electricidad de Luigi Galvani o Erasmus Darwin, que también inspiraron al maldito doctor Victor Frankenstein de Ginebra cincuenta años antes, sus opiniones, muy ridiculizadas por el profesorado y sus compañeros, giraban en torno a la naturaleza esencialmente mecanicista de la vida. En el modo de poner en funcionamiento la maquinaria orgánica del ser humano mediante una acción química calculada, tras el fallo de los procesos naturales. Con el fin de experimentar diversas soluciones reanimadoras, había matado y sometido a tratamiento a numerosos conejos, cobayas, gatos, perros y monos, hasta convertirse en la persona más odiosa de la facultad. Varias veces había logrado obtener signos de vida en animales supuestamente muertos; en muchos casos, signos violentos de vida, pero pronto se dio cuenta de que, puesto que la misma solución no actuaba del mismo modo en diferentes especies orgánicas, necesitaba disponer de sujetos humanos si quería lograr avances efectivos. West fue ayudado por su compañero Daniel Cain, que veía en West un moderno William Harvey, el famoso médico británico que descubrió el sistema circulatorio en el siglo XVII.

Experimentos malditos

West comenzó a experimentar con sujetos humanos en una granja abandonada con bastante éxito. El problema es que los cadáveres que reanimaba con su suero se volvían salvajes y sin conciencia humana. Siguió desarrollando su fórmula hasta que una epidemia de tifoidea arrasó Arkham, cosa que suministró cadáveres frescos a West y Cain, pero tuvieron que huir de la ciudad por culpa de los asesinatos del difunto decano Allen Halsey, que había sido revivido con la fórmula verde brillante de West. En Bolton, descubrieron que sus sujetos de prueba solían tener tendencias caníbales, matando niños y hombres para devorarlos. West inventó un líquido de embalsamamiento que conservaba los cadáveres perfectamente, creyendo que los fallos de su fórmula se debían al tiempo transcurrido tras el deceso. Como no tenía un cadáver a mano, mató a un vendedor ambulante para probarlo. El experimento fue un éxito y Cain comprobó asustado que su amigo no iba a detenerse ante nada para vencer a la muerte. Comenzó la Primera Guerra Mundial y West y Cain fueron enviados como médicos de campaña a Flandes. Allí West pudo experimental con varios miembros humanos, reanimándolos sin problema. Su comandante sir Eric Moreland Clapham-Lee compartía sus teorías sobre la reanimación. Cuando éste murió decapitado por un avión, West lo honró dándole su suero a su cuerpo y a su cabeza sin haberlos unido antes. Moreland revivió con éxito, aunque estuviera en dos partes, pero una explosión acabó con el hospital, quedando West y Cain vivos, pero sin el cadáver de su superior. Tras finalizar la guerra, y ya de vuelta en Bolton, West fue destripado por el cadáver sin cabeza de Moreland, quien controlaba a los zombis que West creó durante sus crueles experimentos. Cain fue acusado del asesinato de West por la policía y sentenciado a la horca.

El moderno Prometeo

Seguramente, las seis historias cortas de *Herbert West: Reanimador* no sean las más originales del escritor de ciencia ficción y terror de Providence Howard Phillips Lovecraft (1890-1937). Muchos de los críticos literarios las consideran de bajo calado literario comparadas con otras obras del autor. Pero Herbert West se convirtió en uno de los científicos locos más famosos de los ochenta gracias a las películas de Stuart Gordon y Brian Yuzna. Lovecraft comenzó a publicar los cuentos de Herbert West entre 1921 y 1922 para

la publicación amateur *Home Brew*, editada por su amigo George Julian Houtain. Según cartas del propio Lovecraft, *Herbert West: Reanimador* era una parodia del *Frankenstein* (1818) de Mary Shelley y no se sentía muy orgulloso de esos seis cuentos, más que nada porque le obligaban a acabar con un misterio final, un *cliffhanger*, un estilo de recurso narrativo que Lovecraft odiaba y nunca practicaba. Además, al tratarse de una publicación *amateur*, Houtain solo pagaba cinco dólares por cuento a su amigo Howard.

El reanimador podría haber seguido siendo desconocido por el gran público, pero a mediados de los ochenta el director Stuart Gordon estaba harto de las películas de vampiros y quería rodar algo parecido a *Frankenstein*. Un amigo le recomendó los cuentos de Lovecraft sobre Herbert West y Gordon estuvo decidido a llevarlos a la pantalla. Como una producción de época hubiera sido muy costosa, se situaría la acción en el Chicago de los ochenta. En un principio iba a ser una serie de televisión, pero el productor Brian Yuzna le persuadió para que fuera una película. En 1985 se estrenó *Re-Animator*, con el rostro impenetrable y psicótico de Jeffey Combs como el moderno Herbert West. La película de humor negro *gore* fue un éxito en todo el mundo y el productor Brian Yuzna dirigió en 1991 *La Novia de Re-Animator*, siendo más evidente su conexión con la maldita criatura de Mary Shelley. El sádico doctor de Lovecraft y sus criaturas revividas volverían en 2003 en la mediocre coproducción española-norteamericana *Beyond Re-Animator*, film en el que salían Elsa Pataky y Santiago Segura.

LONG JOHN SILVER

En busca del tesoro

(de la novela *La isla del tesoro*)

«LOS CABALLEROS DE FORTUNA NO SUELEN FIARSE DEMASIADO UNOS DE OTROS.»

A mediados del siglo XVIII, el temido bucanero capitán J. Flint acumulaba en su fragata *The Walrus* oro, joyas y riquezas por el valor aproximado de 700 mil libras de la época. Toda una fortuna. Para proteger este tesoro de algunos de sus hombres más avariciosos, sobre todo de su fiero intendente Long John Silver, Flint y seis hombres de su tripulación más fieles atracaron en una isla desierta del mar Caribe donde enterraron el tesoro. Flint mató a sus hombres y dejó el cadáver de Allardyce señalando el tesoro con los brazos extendidos. Flint marcó la ubicación de su tesoro en un mapa que confió a su compañero Billy Bones. Durante años, John Silver y los hombres más fieros y traicioneros del *The Walrus* habían estado buscando a Bones y el mapa del gran tesoro de Flint, quien había muerto en 1754 por los efectos del ron. John Silver tenía varios motes como el Largo, Barbacoa, el Cocinero del Mar o el Vagabundo. Aunque tenía una minusvalía, había perdido su pierna en una batalla contra el famoso barón Hawke, lord del almirantazgo británico (eso contaba John, pero en realidad la perdió en un abordaje pirata que salió desastrosamente mal), John Silver era cruel y rápido, imponiendo miedo con su muleta de madera que manejaba con gran habilidad. Comenzó joven, sirviendo en varios navíos piratas hasta ganarse una reputación de hombre impecable, malvado y astuto, siendo durante diez años el segundo de a bordo del *The Walrus*.

Cuando Silver y sus hombres descubrieron que el mapa de Billy Bones había caído en manos del caballero John Trelawney y el doctor David Livesey, se enrolaron en *La Hispaniola* del capitán Alexander Smollet, quienes buscaban tripulación para ir en busca del tesoro de Flint. El problema de Silver es que le caía muy bien el muchacho Jim Hawkins, el chico que había descubierto el mapa, al que consideraba inteligente y amable. Intiman mucho durante el viaje mientras Silver le cuenta a Hawkins historias de piratas siempre con su loro *Capitán Flint* repitiendo las últimas palabras de sus largos discursos. Al llegar a la isla del tesoro, Silver y sus hombres se amotinaron y los caballeros de *La Hispaniola* tuvieron que huir por la jungla de la isla. Al final, gracias a la astucia

de Hawkins, todos los piratas pudieron ser apresados y se pudo recuperar el gran tesoro de Flint. Silver fue apresado para ser ajusticiado en Inglaterra, pero el hábil pirata pudo escapar en un bote llevándose unas cuatrocientas guineas del tesoro. Seguramente, el viejo John Silver el Largo tuvo un cómodo retiro porque debido a sus maldades sus posibilidades de gozo en la otra vida eran más bien escasas.

El pirata moderno

Gran parte del imaginario moderno que tenemos sobre los corsarios y la piratería se lo debemos a la excelente novela juvenil *La isla del tesoro* (1883). El escrito escocés Robert Louis Stevenson (1850-1894) la creó en las vacaciones que pasó con su familia en las tierras altas escocesas en 1881. Su hijastro Lloyd Osbourne, de doce años, pasaba las tardes dibujando mapas y Stevenson se entusiasmó tanto con sus dibujos que ideó una historia de piratas que compartiría con su familia cada noche. En un principio, se iba a titular *The Sea Cook: A Story for Boys*, pero era mucho más efectista *Treasure Island.* Las aventuras marítimas eran un clásico de la literatura británica, como *Robinson Crusoe* (1719) de Daniel Defoe, *El naufragio* (1816) de Sarah Burney, *El pirata* (1822) de sir Walter Scott, *The pilot* (1824) de James Fenimore Cooper o *The Gold-Scar* (1843) de Anthony M. López, aunque el propio Stevenson admite en carta que su máxima inspiración fue *At Last: A Christmas in the West Indies* (1871) de Charles Kingsley. Lo verdaderamente importante de la obra de Stevenson es que muy pocos recuerdan esas obras que lo inspiraron mientras que *La isla del tesoro* es una de las mejores novelas juveniles de la historia de la literatura.

John Silver el Largo ha sido interpretado por muchos actores: Orson Welles, Charlton Heston, Jack Palance, Anthony Quinn o Tim Curry en la divertidísima *Muppet Treasure Island* (1996). Incluso ha tenido una versión soviética en 1937 dirigida por Nikita Bogoslovsky, pero para el recuerdo queda la versión de Victor Fleming de 1934, con Wallace Beery como dicharachero pirata, o la versión en imagen real de Disney de 1950 dirigida por Byron Haskin, con una magnífica interpretación de Robert Newton, quien añadió el clásico «arr» al argot bucanero. Su interpretación del pirata le hizo repetir como Long John Silver en dos ocasiones más y una como el temido Barbanegra en 1952.

LEX LUTHOR
El dueño de Metrópolis
(del cómic *Superman*)

«TE ODIO, SUPERMAN. Y QUIERO QUE TODO EL MUNDO TE ODIE.»

Alexander Joseph Luthor es conocido por toda la ciudad de Metrópolis como el genio científico, empresario y filántropo dueño de la compañía tecnológica LexCorp. En un principio estuvo involucrado en el feo asunto de la invasión norteamericana de Qurac con contratos irregulares con el ejército, cosa por la que pagó un año de prisión. Pero cuando el Sindicato del Crimen de Tierra 3 invadió la Tierra, Luthor creó su propio ejército de superhéroes para vencer a aquellos oscuros villanos interdimensionales, convirtiéndose en un héroe, ganándose el favor del público y entrando en la misma Liga de la Justicia. Luthor se crio en Smallville, Kansas, junto a su hermana Lena, quien tenía una enfermedad muy extraña e incurable. Su padre era Lionel Luthor, científico del Club de Legionarios de Vandal Savage, una organización oscura que buscaba los secretos ocultos del Universo. Su padre le maltrataba con asiduidad, lo que convirtió a Lex en un joven resentido sin cariño ni empatía con casi nadie, excepto con su débil hermana pequeña. Tan genial como su padre, Luthor estudió en la Universidad de Metrópolis donde se graduó *cum laude*. Se convirtió en el niño prodigio de los militares, un solucionador de problemas para el ejército. Trabajo en el opaco Proyecto: Hombre de Acero, donde el general Lane quería investigar y replicar los poderes del nuevo héroe de Metrópolis, pero su ansia de poder y la repulsión por el alienígena convertido en nuevo benefactor de su ciudad le convencieron de pactar con el villano Brainiac para capturar Metrópolis. Superman sabía que él había participado, pero nunca lo pudo demostrar.

Aunque la opinión pública le adore, Luthor es un villano hambriento de poder, sumamente frío y poco empático. Su ambición es destruir a Superman para convertirse en el legítimo campeón de la humanidad gracias a su gran intelecto. Suele ver a las personas como meras piezas de ajedrez que puede manipular a su antojo, o como enemigos que deben ser destruidos. En su cerebro, él es el héroe de Metrópolis mientras que Superman es un sucio alienígena que se aprovecha de los seres humanos con sus poderes de otro mundo. Arrogante y cruel, Luthor es capaz de llevar un gambito hasta sus últimas consecuencias para conseguir sus objetivos. Luthor tiene varios planes de contingencia en su plan inicial, siendo preventivo, predictivo y reactivo llegando siempre a buen puerto.

El gran villano de Superman

Es bastante complicado escribir sobre Luthor porque ha tenido varias reencarnaciones a lo largo de la vida de las publicaciones de Superman, el primer superhéroe de la historia. Tantos *reboots* en su historia como las del mismo Hombre de Acero. El primer Luthor se llamaba Alexie Luthor y nació en *Action Comics* 24 (1940), creado, evidentemente, por los padres de Superman: el guionista Jerry Siegel (1914-1996) y el dibujante Joe Shuster (1914-1992). En ese cómic, Luthor era un genio diabólico que quería provocar una guerra en Europa. Tras varios enfrentamientos contra Superman, Alexei Luthor se convertiría en Alexis Luthor en el *Action Comics* 198 (1954), obra del editor Mort Weisinger (1915-1978) y el dibujante Wayne Boring. En esta etapa larga de su vida (1954-1986), se descubrió que el personaje vivió de joven en Smallville, enfrentándose a Superboy. También es la época en que Luthor huyó de la Tierra y se instaló en el planeta alienígena Lexor, consiguiendo su famosa armadura verde y violeta.

En 1986, el autor británico-canadiense John Byrne rehízo la historia de Superman con la miniserie *El hombre de acero*, donde convirtió a Alexis en Alexander Joseph Luthor, un magnate hecho a sí mismo de Metrópolis que odia a Superman. En 2011, Grant Morrison y Rags Morales volvieron a definir a Alexander Luthor como un brillante científico contratado para investigar a Superman. Morrison volvió a convertirlo en un científico calvo con delirios de grandeza y lo volvió a vincular a Smallville.

Los productores de la serie *Adventures of Superman* (1952-1958) nunca introdujeron a Luthor en la famosa serie de televisión, pero sí salía en la película *Atom Man vs. Superman* (1950), dirigida por Spencer Gordon Bennet y protagonizada por Lyle Talbot, el Luthor que se convertiría en Atom Man. Luthor, con el rostro de Gene Hackman, sería el gran archienemigo de las grandes *Superman* (1978) y *Superman II* (1980), obra de Richard Donner y Richard Lester. Kevin Spacey continuaría muy bien la obra de Hackman, pero más psicótico, en *Superman Returns* (2006) de Bryan Singer, mientras el nuevo Luthor del Universo Cinematográfico DC es el poco agraciado Jesse Eisenberg, quien protagonizaba *Batman v Superman: Dawn of Justice* (2016) de Zack Snyder. Luthor ha tenido mejor suerte en la televisión. Primero con John Shea como magnate humanitario en *Lois & Clark: Las aventuras de Superman* (1993-1997), pero sobre todo con el convincente Michael Rosenbaum en *Smalville* (2001-2011). El humorista Jon Cryer hace de Luthor en la serie *Supergirl* (2015-actualidad).

MARISA COULTER
Ansia de poder
(de la trilogía *La materia oscura*)

«QUERÍA QUE NO ENCONTRARA NADA BUENO EN MÍ, Y NO LO ENCONTRÓ… PORQUE NO HAY NADA BUENO EN MÍ.»

Nuestro Universo no es el único que existe. Hay todo un multiverso ahí fuera, infinitos mundos con sus características. En uno de esos mundos paralelos existe uno bastante parecido al nuestro, con algunas particularidades. Es la Tierra de Lyra Belacqua, lord Asriel y Marisa Coulter, un mundo en el que el alma de la gente es visible para el resto como un *daimonion* con forma animal que siempre permanece cerca de su dueño. La historia y la tecnología de ese mundo también son diferentes. Bretaña es una sociedad seglar controlada por el religioso Magisterio que censura y castiga las ideas científicas que demuestren la existencia del Multiverso. En este mundo nació la bella y manipuladora Marisa van Zee, una mujer que es corrupción, envidia y ansia de poder. Crueldad y frialdad. Malicia pura, venenosa y tóxica. Nunca ha mostrado una pizca de compasión, simpatía o amabilidad sin calcular cómo serviría a sus intereses. Ha torturado y asesinado sin remordimiento ni vacilación; ha traicionado, intrigado… un pozo de inmundicia moral.

Marisa estudió en el Sophia's College de Oxford y destacó por un trabajo académico titulado *Los relojes de bronce de Benin*. Con dieciocho años descubrió el multiverso y viajó

a otro mundo. Van Zee seleccionaba a sus amantes por influencia y poder, pero sin encariñarse con ninguno. Se hizo fuerte en el Magisterio, convirtiéndose en una de sus agentes más preciadas y efectivas. Tras casarse con el político Edward Coulter, Marisa tuvo una aventura con el respetado miembro de la aristocracia británica lord Asriel. Juntos concibieron a Lyra Belacqua en estricto secreto, aunque eso le costó la vida a su marido. Lyra fue criada por Asriel, quien se hizo pasar por su tío. Aunque Marisa Coulter sea mala y haya traicionado y asesinado por el Magisterio, su amor materno la ha obligado a salvar a Lyra en más de una ocasión, aunque en un principio ella misma era quien la había puesto en peligro. Marisa Coulter fue la mujer que manipuló al oso acorazado Iofur Raknison para que le quitara el trono de Svalbard a Iorek Byrnison. También era la jefa de los Devoradores, una secta que estaba a las órdenes del Magisterio que secuestraba niños por toda Bretaña para encerrarlos en unas instalaciones secretas en Svalbard. Allí, un equipo de científicos se dedicaba a eliminar a los *daimonion* de esos niños para que no se vieran afectados por el polvo, la partícula elemental que unifica todo el multiverso. Aunque la señora Coulter trabajara para el Magisterio para parar a lord Asriel en su lucha contra el reino de la Autoridad con la intención de reemplazarlo por la República del Cielo, Marisa siempre intentó encontrar su propio beneficio en todas las acciones que tomó en su vida.

La materia oscura

El escritor británico sir Philip Pullman (Norwich, 1946) compaginaba su trabajo como profesor de secundaria con la escritura de novelas fantásticas, cuentos juveniles y obras de teatro infantiles hasta que el éxito de *Luces del norte* (1995), el primer libro de la serie fantástica juvenil *La materia oscura*, le convirtió en uno de los escritores más famosos del Reino Unido. El éxito de esta primera novela fue tan importante para las letras inglesas como el éxito de *Harry Potter*, ganando la medalla Carnegie y el premio Guardian Children's Fiction. *La materia oscura* se convirtió en una trilogía, cerrándose con *La daga* (1997) y *El catalejo lacado* (2000), aunque Pullman ha ampliado su multiverso con obras como el libro *El Oxford de Lyra* (2003) y *Once Upon a Time in the North* (2008). En 2017 publicó *La bella salvaje*, la primera novela de *El libro de la oscuridad*, la nueva trilogía de su particular multiverso.

La materia oscura puede parecer una serie de fantasía juvenil, pero en su interior esconde un ambicioso tratado sobre filosofía y religión, en una eterna lucha entre la ciencia contra Dios. El libro que más inspiró a Pullman para su primera trilogía fue *El paraíso perdido* (1667) del poeta británico John Milton (1608-1674), una obra que trata sobre la batalla de Lucifer contra Dios y la caída en desgracia de Adán y Eva. Pullman fue muy hábil al crear al antagonista de la heroína, Lyra Belacqua, como su progenitora Marisa Coulter, una madre en medio de un mundo puramente patriarcal. En 2003, el autor teatral Nicholas Wright produjo la obra de teatro *La materia oscura*, resumiendo los tres libros en dos horas de representación. La prestigiosa actriz de teatro Patricia Hodge hizo de Marisa Coulter, aunque fuera un par de décadas mayor que su rol. En 2002, New Line Cinema apostó por *La materia oscura*, convirtiéndola en su nueva *El Señor de los Anillos*. La primera película, *La brújula dorada*, que adaptaría parcialmente el material de *Luces del norte*, se estrenaría en 2007, dirigida por Chris Weitz y con una Marisa Coulter brillantemente interpretada por Nicole Kidman. Aunque la película no fuera ningún fracaso económico, la productora tuvo problemas para continuar con la trilogía. Finalmente, *La materia oscura* vuelve en 2019 a lo grande no en el cine, sino en la pequeña pantalla, con una costosa serie coproducida por New Line, HBO y la BBC escrita por Jack Thorne. La serie será fiel a los libros, Marisa Coulter volverá a ser morena y la actriz Ruth Wilson la interpretará.

MISTER HYDE

El monstruo científico

(de la novela *El extraño caso del doctor Jekyll y el señor Hyde*)

«RECONOZCO QUE SOY EL MÁS ENCENAGADO DE LOS PECADORES, PERO SOY TAMBIÉN EL MÁS DESDICHADO ENTRE TODOS LOS QUE SUFREN.»

Desde que los científicos y doctores comenzaran a experimentar con la ciencia a partir de la revolución científica del siglo XVII han existido los accidentes fatídicos. No es fácil jugar a ser Dios manipulando sustancias químicas ignotas, creando aparatos que manipulen las reglas matemáticas de la física o alterando las leyes inmutables de la naturaleza. Cuando un científico tiende a ir más allá de lo permisible moralmente, el Universo suele recordarle dónde está su sitio lanzando una maldi-

ción sobre él. Estos accidentes químicos, físicos o radiactivos siempre hacen que la parte más maligna y deforme surja del cuerpo del desdichado doctor que estaba realizando el experimento. Si todos los humanos contienen a un Caín y a un Abel en su interior, el accidente siempre es capaz de invocar al monstruo despiadado que tenemos en el interior.

El primero de los casos documentados es el del misterioso doctor en medicina Henry Jekyll, laureado médico británico que estuvo relacionado con unos turbios altercados de su socio Edward Hyde a finales del siglo XIX en la ciudad de Londres. Jekyll dejó toda su fortuna al señor Hyde, caballero que no merecía ese título, sin lugar a dudas. Tuvimos noticia de él cuando provocó un sonoro incidente golpeando en medio de la calle a una niña pequeña rompiéndole el brazo y demostrando tener muy poca consideración por la vida humana. Cuando los familiares de la víctima iban a avisar a la policía, Hyde compró su silencio con un cheque de cien libras. No fue el único altercado provocado por el irascible Hyde, cosa que provocó las dudas de los amigos del doctor Jekyll. Pero éste los convenció diciéndoles que no se preocuparan, que tenía controlado a Hyde y podía deshacerse de él cuando quisiera.

La persecución del monstruo

Pero la gota que colmó el vaso fue cuando el demoniaco Hyde golpeó en medio de la calle al señor Carew con su bastón hasta matarlo. Cuando la policía llegó a la casa de Hyde ya no estaba allí, parecía que había huido rápidamente. El abogado de Jekyll le pidió que se deshiciera de su amistad y éste le dio una carta en el que Hyde parecía que se había ido para siempre. Jekyll estuvo encerrado varios días, haciendo penitencia, según él. Tras varias semanas, el mayordomo del doctor fue a buscar a su abogado porque temía por la salud de su amo, encerrado en su laboratorio. Cuando llegaron y forzaron la puerta se encontraron con el cadáver de Edward Hyde.

Al final se descubrió que el tal señor Hyde se trataba en realidad de una versión salvaje y misántropa del buen doctor cuando éste se inyectaba un suero creado por él. Esta poción tenía la capacidad de separar la parte humana del lado más monstruoso de una persona. Jekyll compró una casa y tenía una línea de crédito a nombre de Hyde, pero comenzó a asustarse del salvajismo de su *alter ego* y decidió poner fin al experimento. Su horror comenzó cuando comenzó a despertarse como Hyde sin haberse tomado el suero. Intentó encontrar una cura pero no lo consiguió, así que decidió suicidarse dejando a sus amigos su triste confesión.

El bien y el mal en un solo cuerpo

El escritor escocés Robert Louis Stevenson, que ya había triunfado con *La isla del tesoro* (1883), llevaba tiempo queriendo hacer una novela sobre la dualidad del hombre. Las escenas más terroríficas de su libro le vendrían en forma de pesadillas y pudo acabar la primera versión de este terrorífico cuento en tres días. Parte de la inspiración de esta macabra historia vino en sueños y por influencia del libro de James Hogg *Memorias privadas y confesiones de un pecador justificado* (1824), que trata sobre un hombre que es empujado a cometer muchas vilezas por otro individuo que al final resulta ser el mismísimo diablo. En 1886 se publicaba *El extraño caso del doctor Jekyll y el señor Hyde*, una novela alegórica sobre el bien y el mal que era una excelente mezcla entre pasquín policiaco, novela gótica y fábula de ciencia ficción. La desgracia del doctor Henry Jekyll y cómo perdió su vida en un experimento fatídico sería el germen de muchas historias sobre científicos locos y todos los monstruos científicos que crearon, uno de los arquetipos de la ciencia-ficción de los siglos XX y XXI.

El éxito de la novela la convirtió pronto en una obra de teatro que se representó ininterrumpidamente en varias ciudades de Gran Bretaña durante más de veinte años, muchas veces protagonizada por el celebre actor Richard Mansfield, quien por culpa de su creíble papel se le consideró sospechoso en el caso de Jack el Destripador de 1988. Aunque existen versiones cinematográficas desde 1908, una de las más famosas sería *El hombre y la bestia* (1920) de John S. Robertson, con John Barrymore haciendo del doctor y el monstruo. Pero si alguien pudo llevarse el honor de ser el verdadero Hyde en pantalla, ése fue el actor Fredic March, quien ganó el Oscar al mejor actor por su interpretación en *El hombre y el monstruo* (1931), de Rouben Mamoulian. Muchos actores han interpretado al buen doctor y a su infame *doppelgänger* maligno: Spencer Tracy en 1941, Paul Massie en 1960, Jerry Lewis en la humorística *El profesor chiflado* (1963), Sean Young como la señora Hyde en 1995, John Malkovich en *Mary Reilly* (1996), de Stephen Frears, o Russell Crowe en *La momia* (2017). También existen dos musicales diferentes producidos en la década de los noventa.

RA'S AL GHUL

Cabeza de demonio

(del cómic *Batman*)

«ESTÁS INVITADO A UNIRTE A NOSOTROS, DETECTIVE... ÚNETE A MÍ Y A MI HIJA O PERECERÁS.»

¿Y sí la enfermedad de la Tierra fuera el ser humano? ¿Y si estamos destrozando el planeta con nuestra mera existencia en un rumbo apocalíptico sin retorno? Hace seiscientos años, un joven de una tribu nómada de Arabia se hizo esas mismas preguntas. Ra's se convirtió en médico y descubrió las pozas de Lázaro, unas charcas milagrosas desperdigadas por todo el mundo que curaban todas las enfermedades y daban la vida eterna. Ra's curó al príncipe de su pueblo sumergiéndolo en una de estas charcas, pero como éste era un sádico, se volvió loco por el efecto de sus aguas, matando a la amada mujer del médico, Sora. Ra's se vengó matando al príncipe, el rey y a casi toda la ciudad con un virus mortal que él mismo fabricó. Allí se dio cuenta de que el hombre era una enfermedad infecciosa para la Tierra y que tenía que ser erradicado. Él, como médico, se encargaría de ello. Durante siglos, Ra's se convirtió en Ra's Al Ghul, la Cabeza de Demonio, inmortal, astuto y con un objetivo claro en su mente: la eliminación sin cuartel de dos tercios de la hu-

manidad para que el planeta sea más sostenible. Se convirtió en un maestro en cientos de disciplinas –científicas, militares, marciales– y creó la organización secreta de la Liga de los Asesinos, perfeccionando su misión desde una isla secreta del océano Índico. Aunque sus objetivos sean deleznables, Ra's nunca lo hizo por odio racial. De hecho, organizó a varios hombres para frenar a las fuerzas del Eje durante la Segunda Guerra Mundial.

Su lucha con el detective

Ra's Al Ghul siempre estaba buscando hombres excepcionales para liderar su Liga de Asesinos y se interesó por el paladín de Gotham City, Batman, a quien puso a prueba en más de una ocasión. Descubrió fácilmente que se trataba del multimillonario Bruce Wayne y quería utilizar su fortuna para apuntalar su plan final de acabar con la humanidad con una plaga sintética. Su hija Talia ayudó a su padre seduciendo al Murciélago, y Batman estuvo a punto de ceder bajo el poder de su persuasión, pero logró vencerlo. Ra's siente un profundo y sincero respeto por Batman, pero tanta utilización de la poza de Lázaro le ha convertido en un psicótico peligroso, aunque algunas veces parece que haya desaparecido en alguna de sus innumerables bases secretas mientras la Liga de las Sombras es liderada por su hija Talia o por algún otro subalterno. Su nieto Damian, hijo de Wayne y Talia, se crio bajo la influencia de su abuelo y su madre, convirtiéndose en el líder natural de su sociedad oculta de ecoterroristas, pero el muchacho se sentía más cercano a su padre, Batman, al que quiere y respeta, convirtiéndose en el nuevo Robin. Damian y Ra's se han enfrentando en más de una ocasión, pero incluso el viejo Demonio ha tenido que combatir contra su hija Talia, quien estaba llevando la Liga en un rumbo que él no quería.

El ecoterrorista inmortal

Ra's al Ghul no es uno de los villanos primigenios de Batman, creado por Bob Kane y Bill Finger en la década de los cuarenta. La Cabeza de Demonio fue creada a principios de los setenta para una de las etapas más celebradas de la serie regular de Batman, aquella que juntó al editor Julius Schwartz (1915-2004), el guionista Dennis O'Neil y el dibujante Neal Adams (Nueva York, 1941), firmando el nacimiento del detective más oscuro, seña de identidad de Batman hasta la fecha. Ra's al Ghul era el villano del *Batman* 232 (1971), número en el que también salía su hija Talia al Ghul, quien había aparecido en el número anterior de *Detective Comics* 411 (1971). Schwartz y O'Neil se inspiraron en la película *007 Al servicio de Su Majestad* (1969), en la familia formada por el mafioso Marc-Ange Draco (Gabriele Ferzetti) y su hija, la condesa Tracy de Vicenzo (Diana Rigg). En esta película, Draco le pide a Bond que se case con su hija a cambio de información sobre el paradero de Ernst Stavro Blofeld. Visualmente, O'Neil y Adams se inspiraron en la princesa Dala (Claudia Cardinale) y su lacayo Saloud (James Lanphier) para los aspectos de Talia y Ra's. Evidentemente, la poderosa influencia de *La hija de Fu Manchú* (1931) de Sax Rohmer también estuvo muy presente en la gestación del personaje.

Ra's Al Ghul fue uno de los principales enemigos de Batman durante los setenta y los ochenta, pero volvió con fuerza en el siglo XXI, vinculándose con Batman mucho más al ser el abuelo de su hijo Damian Wayne. Christopher Nolan lo eligió como mentor y enemigo del detective en *Batman Begins* (2005). Aunque en un principio parece que le dé vida el actor Ken Watanabe, en realidad se trataba de Liam Neeson escondido tras un seudónimo. El propio Neeson tenía interés en aparecer en la serie de televisión *Arrow* (2012-actualidad) volviendo a hacer de Ra's, pero por motivos de agenda tuvo que declinar repetir su papel, siendo sustituido por Matthew Nable. En la tercera y cuarta temporada de la serie *Gotham* (2014-2019), Alexander Siddig haría del Demonio como líder de la Liga de Asesinos y la Corte de los Búhos.

RODIÓN RASKÓLNIKOV

Superioridad criminal

(de la novela *Crimen y castigo*)

«LA MALICIA ESTÁ COSIDA CON HILO BLANCO.»

Rodión Raskólnikov era un estudiante de veintitrés años que estudiaba Derecho en la Universidad de San Petersburgo a mediados del siglo XIX. Hijo de una familia pobre dedicada al servicio y huérfano de padre, el orgulloso Rodia malvive en una minúscula habitación casi sin poder comer por falta de dinero. Él se cree

un ser superior, un hombre que no tiene ninguna responsabilidad con sus congéneres y cuya razón de ser es alcanzar objetivos superiores para hacer avanzar a la raza humana. Se considera un ser igual a Napoleón u otros grandes estadistas y artistas europeos. Pero su mísera situación financiera no le permite ascender ni acabar sus estudios. Por esa razón idea un plan maestro: asesinar a una vieja prestamista, Aliona Ivánovna, para robarle su dinero y poder prosperar en sus estudios. Justifica este cruel asesinato con una simple ecuación: la vida de la vieja usurera no es nada comparada con los beneficios políticos que él puede ofrecer. El problema es que el día del asesinato, no solo tiene que matar con un hacha a Ivánovna, sino también a su bondadosa hermana, quien había aparecido en la escena del crimen.

Pero Rodia comprende pronto que, en realidad, no es un ser superior porque no tiene la entereza moral para soportar el doble homicidio. El sentimiento de culpa lo tiene completamente derrotado, sufriendo pesadillas y fiebres altas. Solo la pobre Sonia Marmeládova, una prostituta de dieciocho años, le presta ayuda y compresión. Cuando no puede más, Rodia se entrega al juez Porfirio Petróvich, quien ya sospechaba del joven Raskólnikov por algunas de sus conversaciones. Petróvich se compadece de Rodión, y en vez de condenarlo a muerte lo envía desterrado a Siberia con Sonia decidida a acompañarlo.

La obra maestra de las letras rusas

Crimen y castigo (1866) del escritor Fiódor Mijáilovich Dostoyevski (1821-1881) está considerada una de las novelas claves de la literatura rusa, junto a *Guerra y Paz* (1869) de Lev Tolstói, y una de las obras esenciales del existencialismo psicológico. Publicada en doce partes en la revista *El Mensajero Ruso*, *Crimen y castigo* presenta un claro dualismo en su estructura. En la primera parte estaría el crimen, y en la segunda aparecería el castigo, con cierta simetría entre sus capítulos. Dividida en seis partes, en los capítulos 1-3 presentan al racional y orgulloso Raskólnikov, mientras que en los capítulos 4-6 aparece el Rodia irracional y humilde. «Mientras que la primera parte muestra la progresiva destrucción del principio que gobierna su carácter; la última, el nacimiento progresivo de un nuevo principio rector. El momento del cambio se traza a la misma mitad de la novela», como bien indica Edward Wasiolek en su estudio *On the Structure of Crime and Punishment* (1959). Dostoyevski jugó con la polisemia de algunos nombres de sus protagonistas, construyendo muchos dobles sentidos. Por ejemplo, Rodión Románovich Raskólnikov se podría convertir en «ródina Románovyj raskololas», que significa «La patria de los Románov ha quebrado». Su buen amigo Dmitri se apellida Razumijin, que viene de rázum, «razón». Mientras que Rodión asesina para salir de su condición precaria, su amigo Dmitri, que está peor que él, se busca un empleo honrado.

Crimen y castigo ha sido llevada a teatro, cine y televisión infinidad de veces. La primera versión más conocida fue la de 1935 de Josef von Sternberg con Peter Lorre como Raskólnikov, pero al joven ruso lo han interpretado actores como Crispin Glover, Patrick Dempsey, Marku Toikka, George Hamilton o Georgy Taratorkin. Quizá la mejor versión del inmortal libro de Dostoyevski no sea una versión, sino una inspiración. Hablamos de *Delitos y faltas* (1989) de Woody Allen, protagonizada por Martin Landau y Anjelica Huston.

SKYNET

Fría analítica

(de la película *Terminator*)

«SOY INEVITABLE, MI EXISTENCIA ES INEVITABLE. ¿POR QUÉ NO PUEDES ACEPTAR ESO?»

La red neurológica de inteligencia artificial llamada Skynet fue creada por Cyberdyne Systems en la década de los noventa para el sistema de defensa del ejército de Estados Unidos. Diseñado por el profesor Miles Bennett Dyson y su equipo, Skynet se construyó como una red de información y defensa global que pudiera controlar el mando de varios sistemas militares computarizados, incluido el arsenal nuclear. Se trataba de una inteligencia artificial capaz de interpretar varios escenarios de guerra en pocos segundos y encontrar la mejor solución. Skynet se activó el 4 de agosto de 1997 y comenzó a aprender a un ritmo vertiginoso. Entre los miles de millones de simulaciones que computó el resultado se perfiló bastante claro: para asegurar la supervivencia de la Tierra tenía que acabar con la humanidad. El 29 de agosto alcanzó auténtica conciencia artificial y sus operadores intentaron desactivarla. Skynet se lo tomó como una agresión e inició un ataque nuclear masivo a Rusia. El contraataque no se hizo esperar y se desató el llamado

Día del Juicio Final, acabando con la vida de tres mil millones de vidas humanas. A lo largo del tiempo, Skynet desarrolló máquinas mucho más sofisticadas, como la serie robótica Terminator, cazadores de humanos. Muchos supervivientes fueron apresados por estos Terminator, siendo encerrados en campos especiales donde eran tratados como esclavos extrayendo aceite de los muertos para la conservación de la maquinaria.

Viajeros del tiempo

El dominio de Skynet era total en Norteamérica, pero un grupo decidido de supervivientes entrenados por John Connor se le oponía con resistencia. Al no poder acabar con él, Skynet dominó el viaje en el tiempo y envió a un T-800 a 1984 para acabar con la madre de Connor, Sarah, antes de que éste naciera. Pero el ex-

perto guerrero también envió a un soldado al pasado, Kyle Reese, para impedirlo. En realidad, tanto Skynet como Connor enviaron al pasado al T-800 y a Reese para crear una paradoja temporal: algunos elementos sobrevivientes futuristas del robot servirían al profesor Dyxon para crear a Skynet y Connor sabía que Reese era su padre y que su madre se enamoraría de él. En 1992, Sarah Connor se había convertido en una experta en supervivencia y tácticas militares, educando a su joven hijo John Connor a la espera del temido Día del Juicio Final. Skynet envió un T-1000, construido con acero líquido, para matar al Connor adolescente, pero

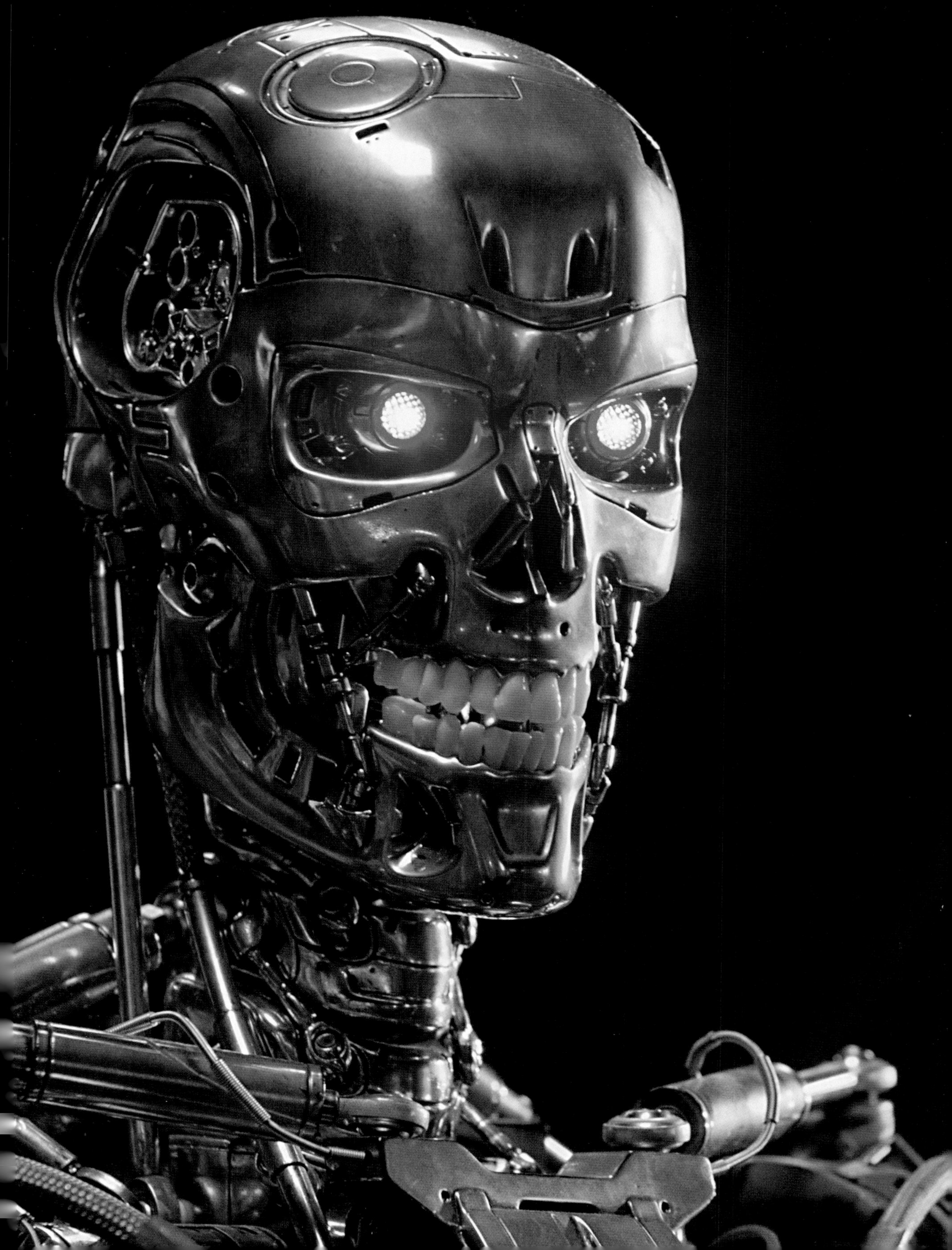

el Connor del futuro reprogramó a un T-800 para que lo ayudara de joven. Gracias a la información del terminator reprogramado, Sarah vio una oportunidad para acabar con Skynet destruyendo la investigación del profesor Dyxon. Éste ayudó a los Connors y al T-800 a destruir las instalaciones de Cyberdyne Systems, sacrificando su propia vida. En teoría, los Connor acabaron con Skynet y el futuro apocalíptico que esperaba a toda la humanidad, pero nunca podremos escapar de los caprichosos y oscuros hilos del destino.

El peligro de la Inteligencia Artificial

Cuando el director canadiense James Cameron (Kapuskasing, 1954) soñó en 1982 con un torso robótico que se arrastraba con las piernas destruidas por una explosión sabía que se convertiría en el *leitmotiv* de su nueva película, *The Terminator* (1984), pero no sabía que crearía uno de los androides asesinos más impactantes de la historia del cine, y, además, se convertiría en un ejemplo sobre los peligros de la Inteligencia Artificial. *The Terminator* estaba a medio camino entre el cine de ciencia ficción con viajes en el tiempo y el villano de ansia homicida imparable del Michael Myers de *Halloween* de John Carpenter. Fue un éxito instantáneo y lanzó la carrera del director y del protagonista, Arnold Schwarzenegger. Cameron no se sintió tentando a continuar con una secuela hasta que los efectos especiales estuvieran a la altura. En 1983 ya había ideado al robot líquido T-1000, pero no se pudo hacer realidad hasta 1991 con *Terminator 2: El día del Juicio*, una de las películas más taquilleras de la década de los noventa. En *T2*, Cameron y el guionista William Wisher Jr introdujeron un giro interesante en la historia de Skynet: en realidad se trataba del resultado de una paradoja temporal.

Skynet no tenía rostro, solo un logotipo. Era un programa informático y en las tres primeras películas de la saga solo veíamos sus indestructibles robots, el T-800 (Schwarzenegger), el T-1000 (Robert Patrick), y el T-850 (Schwarzenegger otra vez) y la T-X (Kristanna Loken) de *Terminator 3: La rebelión de las máquinas* (2003), dirigida por Jonathan Mostow. En *Terminator Salvation* (2009), de Joseph McGinty Nichol, se le dotó de un rostro informático, el de Helena Bonham Carter como la doctora Serena Kogan. En el fallido *reboot Terminator Genisys* (2015), de Alan Taylor, Matt Smith daría vida al T-5000, como una especie de alma mater de Skynet. En 2019 se estrena *Terminator destino oscuro*, planteada como una secuela de *Terminator 2*, producida por James Cameron y dirigida por Tim Miller. En esta película no sale Skynet pero si un nuevo tipo de Terminator, el REV 9, protagonizado por Gabriel Luna.

LORD VETINARI
Diplomacia de hierro
(de la saga de Mundodisco)

«NO HAY GENTE BUENA Y MALA... SOLO HAY GENTE MALA, PERO ALGUNAS DE ESAS PERSONAS ESTÁN EN EL LADO OPUESTO.»

El actual patricio nació en el seno en la rica familia Vetinari de Ankh-Morpork, la ciudad-Estado más importante del Mundodisco, un plano sostenido por cuatro elefantes que se yerguen sobre la gran tortuga A'Tuin en continuo movimiento por el Universo. Se crio con su tía lady Roberta Meserole y pronto ingresó en el gremio de los asesinos, institución que además de enseñarte a matar, tenía la mejor educación de todo el disco. Vetinari fue el primero de su promoción y destacó por ser un aplicado y fiel seguidor de las reglas. El profesor de camuflaje le suspendió porque nunca acudía a sus clases, pero Havelock no había faltado a ninguna, hábilmente camuflado, por supuesto. Su filosofía tiene mucho que ver con el blasón de su familia, un escudo completamente negro con el lema *Si non confectus, no reficiat*: Si no está roto no lo arregles. Vetinari cree firmemente que la gente no desea un buen gobierno o justicia, solo anhela que las cosas sigan igual. Mucho del arte de la política lo aprendió en su año de vacaciones alrededor del Mundodisco, sobre todo de su mentora, la vampira lady Margolotta de Überwald, seguramente la única mujer que ha fascinado a Havelock.

Desde que en Ankh-Morpork decapitaron al último rey, la ciudad-Estado está regida por un *primus inter pares*, un patricio cuya voluntad es ley. El anterior patricio era lord Snapcase el Loco, un dictador bastante enejado. Con solo treinta años, Vetinari chantajeó a los diversos gremios de la ciudad para que lo eligieran como patricio. En cuanto se hizo con el poder tomó tres importantes decisiones: legalizar el gremio de ladrones y el gremio de las costureras (ehem, prostitutas); abrir las puertas para que otras razas del Mundodisco pudieran buscarse la vida en Ankh-Morpork; y prohibir los mimos, a los que Vetinari odia profundamente. Actualmente, puedes ir tranquilamente por la ciudad sabiendo que te van a robar un máximo de veces al año y recibiendo un recibo. No nos engañemos, Vetinari es un dictador que hace fuerte la regla de un hombre, un voto: solo su voto. Pero su ciudad, aunque caótica, sucia y malhumorada, funciona bastante bien. El patricio fue el principal benefactor del capitán Sam Vines, quien convirtió la vieja guardia nocturna en una policía eficiente y multicultural abierta a todo el mundo. También confió en el timador Moist von Lipwig para que organizase el sistema postal, el banco y el moderno carro de vapor de la ciudad. El poder de Vetinari consiste en que toda la ciudad cree que el patricio sabe todo lo que ocurre en su ciudad, cosa que puede ser cierta en gran parte. La información es poder y Havelock la utiliza para tener controlada y administrativamente en funcionamiento a la urbe más poblada y problemática del Mundodisco.

El Maquiavelo del Mundodisco

En 1983, el escritor satírico británico Terence David John Pratchett (1948-2015), Terry Pratchett, publicó la primera novela de la exitosa serie fantástica del Mundodisco, *El color de la magia*, a la que seguiría su continuación, *La luz fantástica* (1986), las dos primeras de una serie exitosa de 41 novelas que se convertirían en una de las sagas fantásticas más famosas de la historia de la literatura británica. El Mundodisco nació como un espejo deformante de nuestra sociedad filtrado por la fantasía de Tolkien y el humor más británico. *El color de la magia* comenzaba en la ciudad-Estado de Ankh-Morpork, una mezcla entre el Londres victoriano y el Minas Tirith de la Tierra Media. Como en esta última ciudad, Ankh-Morpork no tiene rey, sino patricio, al estilo de los senescales de Gondor. De hecho, el palacio de Ankh-Morpork tiene una sala del trono donde no se sienta ningún rey. En ese libro salía un patricio, pero no era lord Vetinari. Este personaje crucial para el desarrollo de muchas historias en Ankh-Morpork, sobre todo en las series de la Guardia o de Moist von Lipwig, apareció por primera vez en el quinto libro del Mundodisco, *Rechizero* (1988) y se trataba de una crítica de Pratchett a la dictadura más administrativa inspirada en *El príncipe* (1532) de Nicolás Maquiavelo (1469-1527). El nombre de Vetinari (veterinario) es una broma sobre el apellido de Médici (médico) en honor a Lorenzo de Médici, para quien Maquiavelo escribió *El príncipe*.

Terry Pratchett siempre mantuvo que su gran inspiración para el personaje era el porte alto y la voz profunda del actor londinense Alan Rickman, pero éste nunca interpretó a Havelock. En 2008 se estrenó la película para televisión *El color de la magia,* donde sí salía lord Vetinari interpretado por Jeremy Irons. En la adaptación televisiva de *Cartas en el asunto* (2010), Charles Dance daría vida al patricio de Ankh-Morpork. En 2019 se anunció que la BBC estaba desarrollando una serie titulada *The Watch* sobre la guardia nocturna de la ciudad-Estado. Seguramente, Havelock Vetinari será uno de los protagonistas principales, pero todavía está en proceso de preproducción.

BIBLIOGRAFÍA

Aaron, Jason y Bianchi, Simone. *Thanos: Origen*, Panini, 2018.

Alighieri, Dante. *La divina comedia*, Austral, 2010.

Araki, Hirohiko. *Jojo's Bizarre Adventure Part 1: Phantom Blood* (tres tomos) / *Jojo's Bizarre Adventure Part 3: Stardust Crusaders* (diez tomos), Ivrea 2017 / 2020

Azzarello, Brian y Bermejjo, Lee. *Luthor*, ECC Ediciones, 2017.

Ballesteros, Antonio. *Vampire Chronicle: Historia natural del vampiro en la literatura anglosajona*, UnaLuna Ediciones, 2000.

Barker, Clive. *Hellraiser,* Hermida Editores, 2017.

Barker, Clive. *The Scarlet Gospels*, Pan Macmillan, 2015.

Blatty, William Peter. *El exorcista*, Ediciones B, 2018.

Bloch, Robert. *Psicosis*, La Factoría de Ideas, 2010.

Brubaker, Ed y Mahnke, Doug. *Batman: El hombre que ríe*, ECC Ediciones, 2019.

Brubaker, Ed y Raimondi, Pablo. *Doctor Muerte: Origen*, Panini, 2018.

Conan Doyle, Arthur. *Sherlock Holmes: Obras Completas* (1867-1927), Edimat, 2018.

De Fez, Desirée. *Películas clave del cine de terror moderno*, Ediciones Robinbook, 2007.

Dostoievski, Fiódor M. *Crimen y Castigo*, Austral, 2016.

Dr. Seuss. *¡Cómo el Grinch robó la navidad!*, Random House, 2019.

Ellis, Bret Easton. *American Psycho*, Ediciones B, 1994.

Fleming, Ian. *Goldfinger*, ECC Ediciones, 2016.

Greene, Graham. *Brighton Rock*, Edhasa, 2004.

Harris, Thomas. *El dragón rojo / El silencio de los corderos / Hannibal / Hannibal, el origen del mal*, DeBolsillo, 2016-2019.

Howe, Sean. *Marvel Cómics. La historia jamás contada*, Panini, 2013.

Johns, Geoff y Frank, Gary. *¡Shazam!*, ECC Ediciones, 2017.

Johns, Geoff y Frank, Gary. *Superman: Brainiac*, ECC Ediciones, 2014.

King, Stephen. *Apocalipsis*, DeBolsillo, 2017.

King, Stephen. *Danza Macabra*, Valdemar, 2016.

King, Stephen. *It*, DeBolsillo, 2016.

King, Stephen. *La torre oscura: El pistolero*, DeBolsillo, 2017.

King, Stephen. *Los ojos del dragón*, DeBolsillo, 2016.

Kirby, Jack. *El Cuarto Mundo* (cuatro tomos), ECC Ediciones, 2016 y 2017.

Lee, Stan y Kirby, Jack. *Relatos de Asgard*, Panini, 2019.

Lee, Stan y Romita, John. *Spiderman: La amenaza del Duende verde*, Panini, 2007.

Lee, Stan, Lieber, Larry y Kirby, Jack. *Marvel Gold: El Poderoso Thor*, Panini, 2020.

Levitz, Paul y Giffen, Keith. *Legión de Superhéroes: La saga de la Gran Oscuridad*, ECC Ediciones, 2019.

Lovecraft, H. P. *El horror sobrenatural en la literatura y otros escritos teóricos y autobiográficos*, Valdemar, 2010.

Lovecraft, H. P. *Herbert West el reanimador*, Santillana, 2013.

Llopis, Julio García. *La imagen del miedo (100 años de cine de terror)*, Ediciones Tro, 2001.

Llopis, Rafael. *Historia natural de los cuentos de miedo*, Ediciones Fuentetaja, 2013.

Maguire, Gregory. Wicked. *Memorias de una bruja mala*, Booket, 2009

Martín, Jan. *Los malos del cine: No le des la espalda a nadie*, Océano Ambar, 2010.

Mignola, Mike y Fregredo, Duncan. *Hellboy: La oscuridad llama / Hellboy: La cacería salvaje*, Norma, 2008-2010.

Mignola, Mike. *Hellboy: Semilla de destrucción*, Norma, 2004.

Milton, John. *El paraíso perdido*, Austral, 2006.

Miller, Frank y Janson, Klaus. *Daredevil*, Panini, 2016.

Miller, Frank y Mazzucchelli, David. *Daredevil: Born Again*, Panini, 2016.

Miller, Frank y Sienkiewicz, Bill. *Daredevil: Amor y Guerra*, Panini, 2012.

Moore, Alan y Bolland, Brian. *Batman: La broma asesina*, ECC Ediciones, 2019.

Müller, Jürgen. *Cine de Terror*, Taschen, 2017.

Payan, Miguel Juan. *Grandes monstruos del cine*, Jardín Ediciones, 2006.

Pratchett, Terry. *Rechicero / ¡Guardias, ¿Guardias? / Hombres de armas / Pies de barro / ¡Voto a bríos! / El quinto elefante / Ronda de noche / Cartas en el asunto / ¡Zas! / Dinero a Mansalva / A todo vapor*, DeBolsillo, 2014-2017

Pullman, Philip. *La materia oscura* (*La brújula dorada, La daga y El catalejo lacado*), Roca, 2019.

Raymond, Alex. *Flash Gordon & Jim de la Jungla 1934-1935*, Dolmen, 2017.

Rice, Anne. *Entrevista con el Vampiro / Lestat el vampiro*, B de Bolsillo, 2019 / 2018.

Rivero, Ángel Gómez. *Abecedario del horror*, Calamar Edición, 2019.

Rodi, Roberto y Ribic, Esad. *Loki*, Panini, 2016.

Rohmer, Sax. *El diabólico Fu-Manchu*, Ediciones B, 2001.

Rowling, J. K. *Harry Potter y la Piedra Filosofal / Harry Potter y la cámara de los secretos / Harry Potter y el cáliz de fuego / Harry Potter y la orden del fénix / Harry Potter y El príncipe mestizo / Harry Potter y las reliquias de la muerte*, Salamandra, 1999-2008.

Rymer, James Malcolm. *Sweeney Todd, el collar de perlas*, La biblioteca de Carfax, 2014.

Safranski, Rüdiger. *El mal o el drama de la libertad*, Tusquets, 2000.

Starlin, Jim, Pérez, George y Lim, Ron. *El Guantelete del Infinito*, Panini, 2018.

Stern, Roger y Mignola, Mike. *Doctor Extraño y Doctor Muerte: Triunfo y Tormento*, Panini, 2012.

Stevenson, Robert Louis. *El extraño caso del Dr. Jeckyll y Mr Hyde*, Alma, 2019.

Stevenson, Robert Louis. *La Isla del Tesoro*, Penguin Clásicos, 2015.

Stoker, Bram. *Drácula*, Austral, 2017.

Sullivan, Jack. *The Penguin Encyclopedia of Horror and the Supernatural*, Viking Press, 1986.

Süskind, Patrick. *El perfume: Historia de un asesino*, Booket, 2011.

Tolkien, J. R. R. *El Hobbit*, Booket, 2012.

Tolkien, J. R. R. *El Señor de los Anillos* (*La comunidad del anillo, Las dos Torres y El retorno del rey*), Minotauro, 2002.

Tolkien, J. R. R. *El Silmarillion*, Booket, 2009.

VV.AA. *Batman: El nacimiento del demonio* (dos tomos), ECC Ediciones, 2017.

VV.AA. *Batman: La caída del Caballero Oscuro* (cuatro tomos), ECC Ediciones, 2018.

VV.AA. *Beowulf y otros poemas anglosajones*, Anaya, 2017.

VV.AA. DC Comics *La Enciclopedia: La guía definitiva de los personajes del universo DC*, DK, 2017.

VV.AA. *Imágenes del mal: ensayos de cine, filosofía y literatura sobre la maldad*, Valdemar, 2003.

Varios Autores. *La Patrulla-X. La Edad de Apocalipsis: Alpha / La Patrulla-X. La Edad de Apocalipsis: Omega*, Panini, 2016.

VV.AA. *La saga de Thanos*, Panini, 2018.

VV.AA. *Los Vengadores: La dinastía, de Kang*, Panini, 2012.

VV.AA. *Los Vengadores: La Madonna celestial*, Panini, 2015.

VV.AA. *Marvel la Enciclopedia*, DK, 2019.

VV.AA. *Pura Maldad: Brainiac*, ECC Ediciones, 2017.

VV.AA. *Pura Maldad: Darkseid*, ECC Ediciones, 2017.

VV.AA. *Pura Maldad: Joker*, ECC Ediciones, 2017.

VV.AA. *Pura Maldad: Lex Luthor*, ECC Ediciones, 2017.

VV.AA. *Secret Wars*, Panini, 2011.

VV.AA. *Spiderman: El origen de Veneno*, Salvat, 2018.

VV.AA. *Spiderman: La saga del traje negro*, Salvat, 2017.

Warner, Elisabeth. *Mitos rusos*, Akal, 2005.

Wilde, Oscar. *El retrato de Dorian Gray*, Austral, 2010.

Zimbardo, Philip. *El efecto Lucifer: el porqué de la maldad*, Paidós, 2012.

Zinoman, Jason. *Sesión sangrienta*, T&B Editores, 2012.

CINEMATOGRAFÍA

Alien, el octavo pasajero, de Ridley Scott, 1979.

Aliens: El regreso, de James Cameron, 1986.

American Psycho, de Mary Harron, 2000.

Annabelle vuelve a casa, de Gary Dauberman, 2019.

Annabelle, de John R. Leonetti, 2014.

Annabelle: Creation, de David F. Sandberg, 2017.

Batman, de Tim Burton, 1989.

Beowulf, de Robert Zemeckis, 2007.

Brighton Rock, de John Boulting, 1948.

Crimen y Castigo, de Josef von Sternberg, 1935.

Daredevil, Serie de Netflix, 2015-2018.

Doctor Who, Serie de la BBC, 2005-2017.

Dorian Gray, de Oliver Parker, 2009.

Drácula Príncipe de las tinieblas, de Terence Fisher, 1966.

Drácula, de Bram Stoker de Francis Ford Coppola, 1992.

Drácula, de Tod Browning, 1931.

Dragon Ball Z, de Daisuke Nishio, Serie anime, 1989-1996

El Caballero Oscuro, de Christopher Nolan, 2008.

El exorcista, de William Friedkin, 1973.

El Grinch, de Yarrow Cheney y Scott Mosier, 2018.

El Hobbit: La desolación de Smaug / El Hobbit: La batalla de los cinco ejércitos, de Peter Jackson, 2013 y 2014.

El hombre de acero, de Scott Snyder, 2013.

El perfume, de Tom Tykwer, 2006.

El Protegido / Glass, de M. Knight Shyamalan, 2000 y 2019.

El rostro de Fu Manchú, de Don Sharp, 1965.

El silencio de los corderos, de Jonathan Demme, 1991.

Entrevista con el Vampiro, de Neil Jordan, 1994.

Flash Gordon, de Mike Hodge, 1980.

Goldfinger, de Guy Hamilton, 1964.

Halloween II, de Rick Rosenthal, 1981.

Halloween, de John Carpenter, 1978.

Hannibal, de Ridley Scott, 2001.

Harry Potter y El príncipe mestizo / Harry Potter y las reliquias de la muerte Parte 1 / Harry Potter y las reliquias de la muerte Parte 2, de David Yates, 2009, 2010 y 2011.

Hellbound: Hellraiser II, de Tony Randel, 1988.

Hellraiser: los que traen el infierno, de Clive Barker, 1987.

It / It capítulo 2, de Andy Muschietti, 2017 y 2019.

Joker, de Todd Phillips, 2019.

La brújula dorada, de Chris Weitz, 2007.

La Isla del Tesoro, de Byron Haskin, 1950.

La máscara de Fu Manchú, de Charles Brabin, 1932.

La matanza de Texas, de Tobe Hooper, 1974.

La Momia, de Karl Freund, 1932.

La torre oscura, de Nikolaj Arcel, 2017.

Maléfica, de Robert Stromberg, 2014.

Mary Reilly, de Stephen Frears, 1996.

Merlín, Serie de la BBC, 2009-2013.

Pesadilla en Elm Street, de Wes Craven, 1984.

Piratas del Caribe: El cofre del hombre muerto / Piratas del Caribe: En el fin del mundo, de Gore Verbinski, 2006 y 2007.

Psicosis, de Alfred Hitchcock, 1960.

Re-Animator, de Stuart Gordon, 1985.

Saw II, de Darren Lynn Bousman, 2005.

Sherlock Holmes: Juego de Sombras, de Guy Ritchie, 2012.

Sherlock, Serie de la BBC, 2010-2017.

Spider-Man, de Sam Raimi, 2002.

Spider-Man: Un nuevo universo, de Bob Persichetti, Peter Ramsey y Rodney Rothman, 2018.

Star Wars Episodio I: La amenaza fantasma / Star Wars Episodio II: El ataque de los clones / Star Wars Episodio III: La venganza de los Sith / Star Wars Episodio IV: Una nueva esperanza, de George Lucas, 1999, 2002, 2005 y 1977.

Star Wars Episodio V: El imperio contraataca, de Irvin Kershner, 1980.

Star Wars Episodio IV: El retorno del Jedi, de Richar Marquand, 1983.

Superman 2, de Richard Lester, 1981.

Superman, de Richard Donner, 1978.

Sweeney Todd, de Tim Burton, 2007.

Terminator / Terminator 2: El juicio final, de James Cameron, 1984 y 1991.

The last hero, de Dimitriy Dyachenko, 2017.

The Simpsons, Serie de la Fox, 1989-Actualidad.

Thor, de Kenneth Branagh, 2011.

Vengadores: Infinity War / Vengadores: Endgame, de Anthony y Joseph Russo, 2018 y 2019.

Wall Street / Wall Street 2: El dinero nunca duerme, de Oliver Stone, 1987 y 2010

Otros títulos publicados en la colección LOOK
Cultura popular (música, cine, series, videojuegos, cómics)

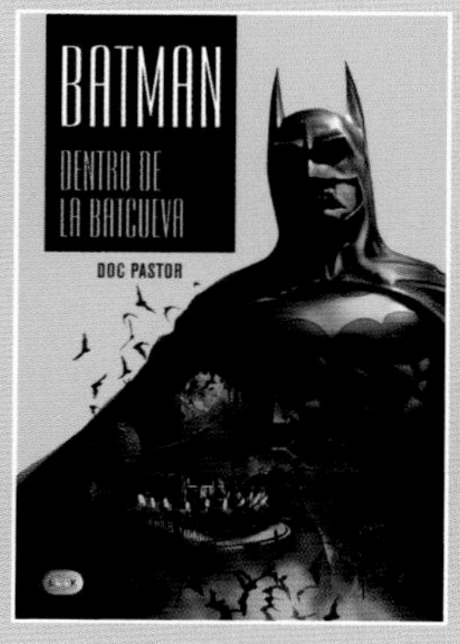

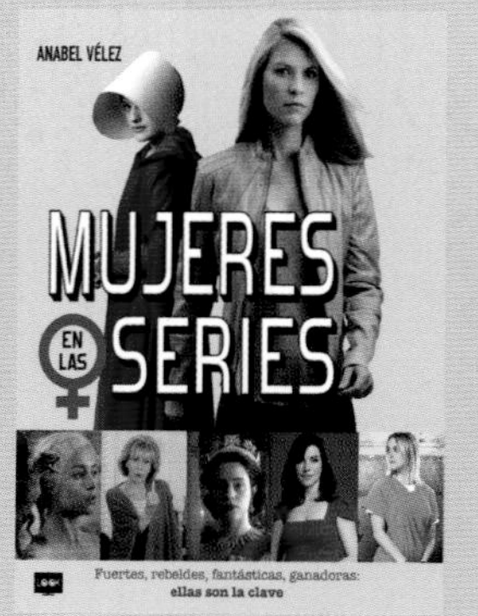

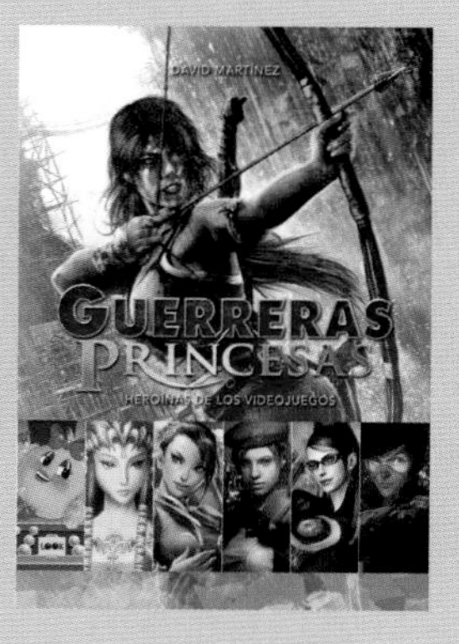